# 意林
## 成长卷

# 奔走在自己的热爱里

《意林》编辑部 编

海豚出版社
DOLPHIN BOOKS
中国国际传播集团

图书在版编目（CIP）数据

奔走在自己的热爱里 /《意林》编辑部编 . -- 北京：海豚出版社，2024.12. --（意林：成长卷）. -- ISBN 978-7-5110-7096-8

Ⅰ . I217.1

中国国家版本馆 CIP 数据核字第 202443HA38 号

| | | | |
|---|---|---|---|
| 出版人 | 王 磊 | | |
| 出品人 | 杜普洲 | 出　　版 | 海豚出版社 |
| 责任编辑 | 肖惠蕾　王 婵 | 地　　址 | 北京市西城区百万庄大街 24 号 |
| 丛书策划 | 王立莉　崔 龙 | 邮　　编 | 100037 |
| 图书策划 | 常莹莹 | 电　　话 | 010-68325006（销售） |
| 执行编辑 | 常莹莹 | | 010-68996147（总编室） |
| 美术编辑 | 郭 宁 | 传　　真 | 010-68996147 |
| 封面设计 | 马骁尧 | 开　　本 | 1/16（710mm×1000mm） |
| 封面供图 | VCG.COM | 印　　张 | 16 |
| 运营总监 | 王俊杰 | 字　　数 | 269 千 |
| 责任印制 | 于浩杰　蔡 丽 | 版　　次 | 2024 年 12 月第 1 版 |
| 法律顾问 | 中咨律师事务所　殷斌律师 | | 2024 年 12 月第 1 次印刷 |
| 印　　刷 | 嘉业印刷（天津）有限公司 | 标准书号 | ISBN 978-7-5110-7096-8 |
| 经　　销 | 全国新华书店及各大网络书店 | 定　　价 | 59.80 元 |

版权所有　侵权必究

### 启 事

本书编选时参阅了部分报刊和著作，因联系方式变更等原因，我们未能与部分作品的文字作者、漫画作者以及插画作者取得联系，在此深表歉意。请各位作者见到本书后及时与我们联系，以便按国家相关规定支付稿酬及赠送样书。

地址：北京市朝阳区南磨房路37号华腾北搪商务大厦1501室《意林·作文素材》编辑部（100022）电话：010-51900054

# 目录 MULU

第一辑

父母之爱无言，却给我面对一切的勇气

| 002 | 我不是个好儿子 |
| 004 | "别人家的孩子"也有你不知道的忧伤 |
| 006 | 当父亲提出"高考后要和我聊一聊" |
| 008 | 母亲的"咸菜外交" |
| 010 | 我的儿子不争气 |
| 012 | 原来期待里盛满了辛酸 |
| 013 | 选择 |
| 014 | 我的作文曾经全靠父亲口述 |
| 016 | 报喜不报忧？有牵挂，父母的命会更贵重 |
| 018 | 高考之于我们，到底意味着什么 |
| 020 | 我妈妈真的很厉害，总能找到工作 |
| 021 | 爱，原来不能太近 |
| 022 | 母亲教我那些事 |
| 025 | 兴至浓时即阑珊 |
| 026 | 父亲的小照里藏着拉不住的年华 |
| 028 | 大嗓门儿的妈妈 |
| 030 | 好一件"笨棉袄" |
| 032 | 《小猪佩奇》告诉你，怎么做个好妈妈 |
| 034 | 爸爸妈妈不幸福，我有权利"幸福"吗 |

| | |
|---|---|
| 038 | 骑行 9 小时回校的追风少年：目标是遥远的地平线 |
| 040 | 长大的只是那些大人 |
| 043 | "小镇做题家"的三本成长书 |
| 046 | 原来全世界都在假装当"大人" |
| 048 | 烂摊子，也要去摆啊 |
| 050 | 鲁迅的城市漫步 |
| 052 | 因为一个举动，她被 160 万网友评为"合格的大人" |
| 054 | 你该体验一次只能依赖自己的绝对孤独 |
| 057 | 我小时候最想攀爬的不是高山，而是屋顶 |
| 058 | 这辈子最后悔的事呀 |
| 060 | 好的人生是走出来的 |
| 062 | 后来我们才明白，告别终不能尽兴 |
| 064 | 他说我不蠢 |
| 067 | 刺痛双眼的朋友圈 |
| 070 | 原来盲盒不盲啊 |
| 072 | 它给我当大拇指好多年了 |
| 073 | 当三名大学生赴一名小学生的约 |
| 074 | 没人炫耀自己的泪水 |

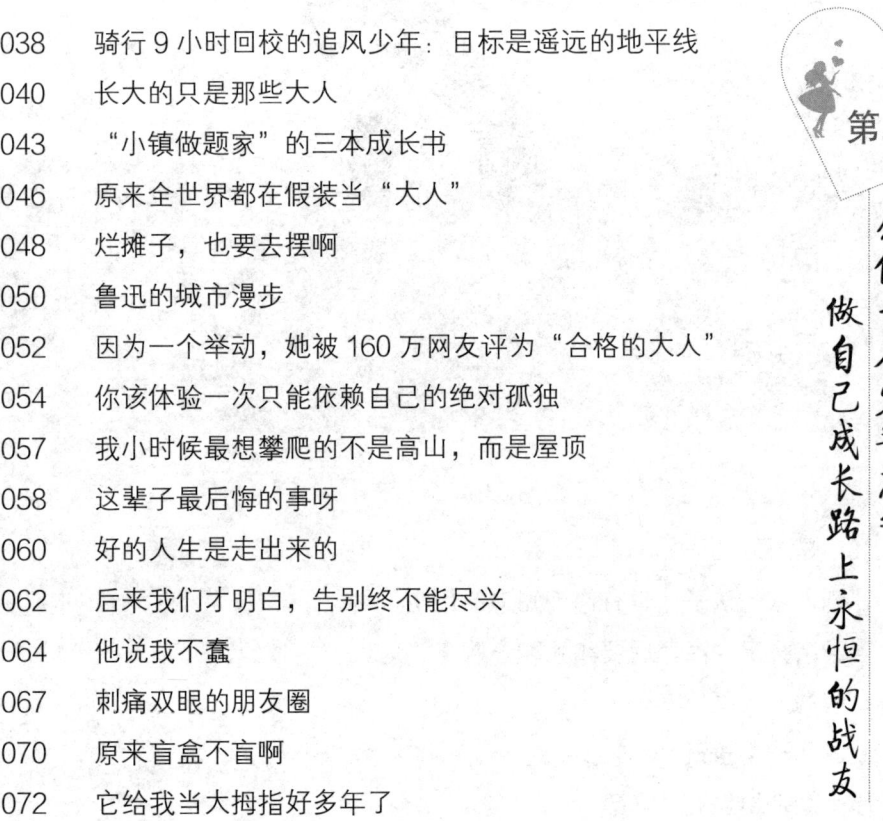

第二辑

愿你长存少年志气，做自己成长路上永恒的战友

第三辑

前路漫漫亦灿灿，不惧岁月不惧风

| | |
|---|---|
| 076 | 35 岁前，我也曾迷惘 |
| 078 | 金庸给我们所有人写了一个好结局 |
| 080 | 你所以为的"极限"，不过是你的"极点" |
| 082 | 科学家爸爸做科普上瘾 |
| 084 | 奔向月亮，即使迷失，也落于星河之间 |
| 085 | 正确的开始，微小的长进 |
| 086 | 从放牛娃到北大博士：纵有疾风起，人生不言弃 |
| 088 | 不惧怕，人生的"寒冬"里带着必然的希望 |

| | |
|---|---|
| 090 | 古诗背错了,也有价值 |
| 091 | 力量显现在约束下 |
| 092 | 追火箭的人:它想走出地球,而我想走出大山 |
| 094 | 不是每一个大难不死的男孩,都叫哈利·波特 |
| 097 | 我人生中的低谷期,是怎么熬过去的 |
| 098 | 独腿妈妈的倔强 |
| 100 | 鹅毛压得父亲喘 |
| 102 | 把自己当作一只蚂蚁、一头狮子 |

| | |
|---|---|
| 104 | 因为声音"嗲",我不敢举手发言 |
| 106 | 在哥哥的陪伴下长大 |
| 108 | 所有女生,进来挨夸 |
| 110 | 你是否也曾如我一样,仰望书香门第的女孩 |
| 112 | 谢谢你,推我去向更好的生活轨道 |
| 114 | 我丑过十年 |
| 116 | 答案都在你坚持跑下去的路上 |
| 118 | 一个背影的"点赞" |
| 120 | 将人生体验卡用到极致 |

第四辑

每个女孩都是公主,无论在破阁楼还是城堡里

**第五辑　只有心灵同频的人，才能肩并肩走得更远**

- 122　反"拖堂"作战
- 125　怎么会孤独呢
- 126　舍友有"公主病"
- 128　假装很熟，其实孤独！你陷入"气球式"社交了吗
- 130　社交"小号"里藏着五花八门的自己
- 132　我们为什么会嫉妒好朋友
- 134　给老师送礼物？你可知老师怎么想
- 136　你被气得发抖过吗
- 138　有种人，还没收到礼物就想着回礼
- 140　让草代表草，再组成草原

**第六辑　阅读与学习，带我们去向更好的远方**

- 142　去寻找可以给你力量的人
- 145　世间无"必读之书"
- 146　人类永远需要童话
- 149　职高没前途？我一路考进心仪大学
- 152　爱，是朗读到最后一刻
- 154　人生最重要的从来都不是考试
- 157　你认真读十本经典书籍，一开口就不一样
- 160　我只是个乐观的普通高中生
- 162　我的第一篇作文
- 164　写散文从做学问开始
- 166　安徒生，你是懂童话的
- 168　少了三页书，多了一个作家
- 170　当我十六岁，失去了"学霸"坐标
- 172　一册旧书慰年华
- 174　我的大学，何尝不是父亲的大学
- 176　阅读成就了我的文学梦

| | |
|---|---|
| 178 | 60米高的树、打雷般的鹅叫……你也有童年比例尺吗 |
| 180 | 纸有魂 |
| 181 | 虽然前方拥堵,但你仍在最优路线上 |
| 182 | 我得爱自己 |
| 183 | 过度追求只会失去自由 |
| 184 | 宋朝人的"朝九晚五" |
| 186 | 那一年,有个少年想变成风 |
| 188 | 留堂,一场残酷又有趣的游戏 |
| 190 | 我是次品吗 |
| 192 | 与"不完美"握手言和 |
| 194 | 找回"普通力":难道只有我是来人间凑数的吗 |
| 196 | 堂吉诃德的风车,以及我的兔子 |
| 198 | 自行车上的身体美学 |
| 199 | 蜻蜓与少年 |
| 200 | 愿你恰到好处地生活 |
| 202 | 我觉得,有少许恋物也是好的 |
| 204 | 惊心动魄的兰花 |
| 205 | 旋转木马 |
| 206 | 艺术,从"稍微"开始 |
| 207 | 《小马过河》还能这么读 |
| 208 | 吃一堑,长"半智" |
| 210 | 人生不是一趟火车旅行 |

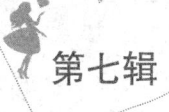

第七辑

生命是一块画板,你要自己一笔一笔着色

212　馋不是罪，是有品位
214　我和橘皮的往事
216　把好吃的留到最后，是一种浪漫
218　半块面包的愧疚
220　中国最动人的酸，串联起我家三代女性
222　那年的雪花面：风雪中的热气腾腾
224　被一碗面改变的人生
226　饭菜都在锅里热着呢
228　那些请我吃过饭的哥哥姐姐
230　吃也汹汹，爱也汹汹

第八辑

世间温情，多藏于一餐一饭之中

第九辑

足够努力才会足够幸运，请享受无法回避的痛苦

232　多亏这句提醒，我的散漫才没开枝散叶
235　找到你的"土豆泥技能"
236　人生，不是完成一场任务
237　控制自己能控制的
238　实现遥不可及的目标，只需要做三件事
239　无效时间
240　自律真的能使人自由吗
242　塑造
244　独立思考一定是件好事吗
246　你偷过的懒，终会囚禁你的心

# 第一辑

## 父母之爱无言，
## 却给我面对一切的勇气

♡ 奔走在自己的热爱里

　　爱有很多种，而有一种爱，发自灵魂深处，存乎举手投足之间，无须用言语表白，难以用辞藻形容，那般质朴纯粹，那般醇厚自然。

　　这是人间最真挚的一种爱——父母之爱，无言之爱。无论在成长的过程中，我们经历多少坎坷、多少苦难，父母的爱，都能给我们面对一切的勇气。有了这份爱，那些艰难苦楚又算得了什么呢？

# 我不是个好儿子

□贾平凹

小时候,我对母亲的印象是她只管家里人的吃和穿,白日除了去生产队出工,夜里总是洗萝卜呀,切红薯片呀,或者纺线,纳鞋底,在门闩上拉了麻丝合绳子。

母亲不会做大菜,一年一次的蒸碗大菜是父亲亲自操作的,但母亲的面条擀得最好,满村出名。家里一来客,父亲说:吃面吧。厨房一阵案响,一阵风箱声,母亲很快就用箕盘端上几碗热腾腾的面条来。客人吃的时候,我们做孩子的就被打发着去村巷里玩,玩不了多久,我们就偷偷溜回来,看着客人是否吃过了,是否有剩下的。

果然在锅底就留有那么一碗半碗。在那困难的年月里,纯白面条只是用来待客,没有客人的时候,中午可以吃一顿苞谷糁面,母亲差不多是先给父亲捞一碗,然后下些浆水和菜,连菜带面再给我们兄妹捞一碗,最后她的碗里就只有苞谷糁和菜了。

父亲去世后,我原本要立即接母亲来城里住,她不来,说父亲去世没过三

年，没过三年的亡人会有阳灵常常回来的，她得在家顿顿往灵牌前供饭菜。每年院里的梅李熟了，她总摘一些留给我，托人往城里带，没人进城，她就一直给我留着。"平爱吃酸果子"，她这话要唠叨好长时间，梅李就留到彻底腐烂了才肯倒去。

我成不成为名人，母亲一向是不大理会的，她既不晓得我工作的荣耀，我工作上的烦恼和苦闷也就不给她说。一部《废都》，国之内外怎样风雨不止，我受怎样的赞誉和攻击，母亲未说过一句话。当知道我已孤单一人，又病得入了院，她悲伤得落泪，要到城里来看我。弟妹不让她来，不领她，她气得在家里骂这个骂那个，后来冒着风雪来了。她的眼睛已患了严重的疾病，却哭着说："我娃这是什么命啊？！"

我告诉母亲，我的命并不苦，什么委屈和劫难我都可以受得，少年时期我上山砍柴，挑百十斤的柴担在山砭道上行走，因为路窄，不到固定的歇息处是不能放下柴担的，肩膀再疼腿再酸也不能放下柴担的，从那时起我就练出了一股韧劲。

而现在最苦的是我不能亲自伺候母亲！父亲去世了，作为长子，我应该为这个家操心，使母亲在晚年生活得幸福，但现在既不能照料母亲，还反倒让母亲为儿子牵肠挂肚，我这做的是什么儿子呢？把母亲送出医院，看着她上车要回去了，我还是掏出身上仅有的钱给她。我说，钱是不能代替孝顺的，但我如今只能这样啊！母亲懂得了我的心，她把钱收了，紧紧地握在手里，再一次整整我的衣领，摸摸我的脸，说我的胡子长了，用热毛巾焐焐，好好刮刮，才上了车。眼看着车越走越远，最后看不见了。我回到病房，躺在床上开始打吊针，我的眼泪默默地流下来。

1993年11月27日草于病房

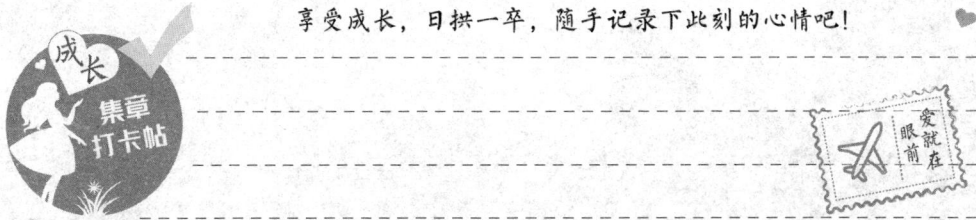

# "别人家的孩子"
# 也有你不知道的忧伤

□郝景芳

很多人小时候，可能都曾经被父母口中"别人家的孩子"打击过。很"不幸"，我好像就是这样一个不受欢迎的"别人家的孩子"。但我自己知道，我记忆中的成长岁月，失落多于骄傲。

我在学业上一直追求"遥远的光"，就是一种"未来我的人生要像这样"的模糊的感觉。语文老师鼓励我们自由写作，我于是幽默点评《三国演义》，还羞怯地写了几部小说。那时候的我，野心勃勃地想要在上高中时出版一本畅销书。但高一之后，一系列的阅读让我开始无法提笔。先是马尔克斯的《百年孤独》，然后又读到卡尔维诺的《看不见的城市》。从那时候开始，我的写作就谦卑多了。为了贴近心中的光，我从中学到大学一直尝试，一直笨拙而艰难地尝试。至今我仍活在时时出现的气馁中，又在气馁中继续鼓起勇气前行。

有人问我："你这么喜欢文学，为什么不读中文系？"因为有另一道更远、更强烈的光在吸引我。小学三年级时，我爱看《少年科学画报》，被里面富有趣味的机器人漫画迷住了。后来读《十万个为什么》，天文卷里说，宇宙里有一

种奇特的星星:"中子星上每一立方厘米的物质,都需要一万艘万吨巨轮才能推动。"我当时惊呆了。每个人一生中可能都会有一些眩晕时刻,这些就是让我目瞪口呆的眩晕时刻。

高三的时候,我偶然看到一些有关量子力学的科普作品,被深深吸引了。后来,顺着这条线,我读了玻尔、海森堡和薛定谔的著作。我后来了解到,薛定谔三十几岁发表了著名的薛定谔方程。他对古典哲学和古印度哲学有深入研究。他懂六国语言。他业余时间喜欢写诗,喜欢雕塑,喜欢和朋友一起散步,讨论生命哲学。他低调、内敛,思辨能力强,关于经历的磨难讲起来云淡风轻。他就是我最想成为的那类人——洞悉世界,洗尽铅华。

大学时我最大的失落,就是发现我的思考能力和成就恐怕永远也赶不上我的偶像。

我的成长就是这样,我的努力是因为心中有光,忧伤也是因为心中的光。在这样反复失落和忧伤的过程中,我有了意想不到的收获。

如果你给自己设定的目标是100分,最后哪怕只做到10分,内心虽然会感到失落,但也会惊讶地发现,自己很拿不出手的成绩已经比周围人的高一些了。把梦做大一点儿没坏处,梦做大了,现实中的挑战就是小事了。

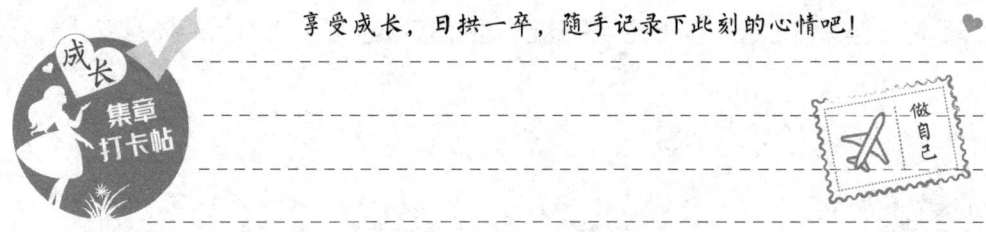

# 当父亲提出
# "高考后要和我聊一聊"

□周 冀

小时候,父亲永远是拒绝迁就我的,在某些方面他有自己"顽固"的原则。

高三以前,除非身体抱恙,他每周必须拉着我打一次羽毛球,我屡次抗议未果。后来,我习惯了小事上默认他的决定,避免争执。但整个中学时期,因为自己的未来规划与父亲期待的并不一致,我还是下意识地把父亲当成"假想敌",认定高考之后必有一场"恶战"。所以,当父亲提出"高考后要和我聊一聊",我如临大敌,在脑海里预演了无数次"剑拔弩张"的场面。

那天,父亲拿上他裹着棕色皮套的笔记本,喊我去阳台的藤椅上坐坐,还罕见地泡了两杯茶。

四个小时的长谈由高中以来贯穿于我们所有交谈的问题开启:"还是想学写作相关的专业吗?"我再次给出肯定的答案。父亲却一反常态地不再强调如此做的风险,反而对我说:"这问题我反复问你,是不希望你将来为自己草率的选择后悔。但写作你喜欢了十几年,这已证明你足够坚定。"这一轻描淡写又重于

千金的应允让我预先筹划的"反击"霎时失去了意义。我正愣神儿，父亲利落地从笔记本中撕下三页，递到我手里，上面密密麻麻地写着后来谈话涉及的种种话题，以及我生活中与之对应的细节。

在"坚持锻炼"的话题旁，父亲完整地列下了我18年来尝试过的所有运动和每项运动坚持的时间，我瞥到时暗暗吃惊。自初中寄宿始，我每周回家的日子不过一两天，只在面对重大决定时才与父母沟通。很多零碎的细节，我自己都记不清了，但父亲一一记下了这些琐事。

那次长谈让我在父亲身上看见了此前从未发觉的包容与细腻。借由这偶然漏出的光，我开始重塑父亲的身影。过去，成见让我将他困在"监护人""独裁者"的形象中，认定他只想按照自己的心意编织子女的人生。可仔细回忆，上高二时我提出独自外出旅行，常娇惯我的母亲犹豫不决，反倒是父亲坦然答应。

我曾坚定地认为父亲是"留守父母"，他跟不上时代思潮，而子女需要成为他的一座桥梁。可在某种程度上，我又何尝不是"留守子女"？因为始终"留守"在自己的偏见里，无视父母与偏见不符的行为，在心中为他们塑造片面的形象。

发现"惊喜父母"的时刻，偏见被击碎。但这种顿悟式的体验也可能带来遗憾——正如电影《晒后假日》中，已为人父母的苏菲回忆起童年与父亲的那次土耳其之旅，终于明白父亲当年复杂苦涩的心境，却为时已晚。

*享受成长，日拱一卒，随手记录下此刻的心情吧！*

# 母亲的"咸菜外交"

□闫慧芳

母亲每到冬天腌菜时，总是特地多腌制几大罐，远远超出我家要吃的量。

母亲说："我这是专门多备些，好送给亲友们。"每当家里有人来做客，母亲总是从咸菜罐中捞出一些，凉拌、蒸或炒，把朴素的咸菜做出别样风味。而每当有客人夸赞母亲腌制咸菜的手艺时，她总会在客人临走前拿出几个袋子，将几样咸菜分门别类装好，给客人带走。客人推辞时她便说："这都是自家腌的，又不值钱，你可别嫌弃！"

一天，邻家阿姨来到我家，说："刘大姐，你这咸菜是怎么腌的啊？我儿子说比我腌的好吃多了，我特意来向你讨教讨教！"母亲脸上带着自豪又羞赧的笑容，连连说道："欢迎欢迎，还怕你们不喜欢哩！"因着这咸菜，身为家庭主妇的母亲社交开始增多，邻里间的感情也在这你来我往的走动中逐渐加深。

一缸咸菜，正常随吃随取，能吃到来年打春。但由于母亲的热心肠，我家的咸菜总是没等过完冬天就被母亲送完了，可母亲总是比自己吃了还高兴。

上了大学，我偶然跟母亲抱怨起食堂的饭菜味道太过寡淡。不出几日，母亲便寄来几罐咸菜给我。在食堂吃饭时，我和几个要好的同学分享母亲的咸菜，她们都赞不绝口。因着这层关系，每次和母亲视频聊天时，同学们总是调皮地凑过来，说："谢谢阿姨送的咸菜，真好吃！"母亲的脸上笑开了花，顺势和同学们攀谈起来，像朋友一样关心起她们来。以至于后来寄咸菜时，母亲特意提到哪位同学爱吃糖醋蒜，哪位同学爱吃芥菜丝，把这些都各寄了一罐。因着这小小的咸菜，母亲和室友成了"忘年交"。

如今，咸菜早已不是什么稀罕物，因此今年入冬，母亲又要腌咸菜时，我在旁边阻拦："外面买又不贵，何必费事自己腌制。"母亲正兴奋地择洗蔬菜，闻言怅然地搓了搓手，说："是啊，超市里啥都有，哪里还需要我哩。"我心里一酸，这才明白：原来，咸菜承载了母亲的成就感，更是母亲社交的法宝。有了这咸菜，母亲就觉得她还是被需要的，是有价值的。

于是我忙接话道："但外面卖的哪有您腌的好吃哩，前两天我朋友还念叨着

第一辑 父母之爱无言，却给我面对一切的勇气

让我寄两罐您腌的咸菜呢！"

闻言，母亲笑了，又投入了忙着腌菜的生活琐事中……

享受成长，日拱一卒，随手记录下此刻的心情吧！

# 我的儿子不争气

□凡小西

孩子爸是"985"博士，我是"985"硕士，我们以为儿子一定是个聪明的孩子。但自从他上了小学，我们所有的骄傲很快"余额"不足。尽管我们不愿承认，但儿子的学习成绩就是不好。

我给他报了许多辅导班，我甚至还按照上课进度，在家学习各种辅导书和视频，再来辅导儿子。我认真分析每一篇课文，刷奥数题，曾经在我小时候死活搞不懂的鸡兔同笼、抽屉原理，我现在竟摸得门儿清……

即便这样，儿子的成绩依然不行。由于我天天给他的学习加码，他熬夜太多，免疫力下降，经常感冒发烧，四年级就戴上了近视镜。终于，我不得不接受现实——我的孩子，确实资质一般。

其实，他很听话。那年暑假，我给他报了数学和英语辅导班，儿子竟主动说："妈妈，给我报一个语文班吧，不然我怕暑假过完，我会落后……"我一阵心疼，儿子努力又听话，但就是学习不好。这怪他吗？陪儿子读书四年，我必须承认，有的人真的并不适合读书。

放下焦虑，我开始冷静思考让孩子学习的意义是什么。无非是为了让他以后有能力养活自己，实现自己的价值。

我的儿子勤劳、懂事、善良，将来踏实做一份平凡的工作，又何愁没饭吃？

我的孩子，虽然数学不好，奥数几乎听不懂，可是他喜欢研究厨艺，现在才10岁，已经能做好几种像样的饭菜。我的孩子，虽然英语不行，语法总是忘记，单词也总是拼错，可是他心地善良，他进楼栋门的时候，看到身后有人，总会用小手撑着门，等着后面的人一起进来。我的孩子，虽然语文很糟，作文写得枯燥乏味，可是他孝敬父母。

那天晚上，我颈椎病犯了，头疼得厉害，儿子说："妈妈，你去休息吧，不要陪我了，我自己能把作业写好。"我昏沉沉地睡了，许久，大概是儿子写完了作业，他悄悄走到我身边，给我盖了盖被子。

曾经很长一段时间，我看到"不争气"的儿子，就想起这句话：学习好的孩子都是来报恩的,学习差的孩子都是来报仇的。可是现在,我不这样认为了。

新学期刚开学,班上投票选班干部,班主任对我说:"回家好好夸夸你儿子,今天,他勇敢地上台竞选体育委员,而且全班38个孩子都选了他。这次竞选班干部,落选的都是前十名的'学霸'。"班主任还说:"这个选票结果,我是没想到的。我当时问了全班同学为什么要选他,有的说他开朗活泼,有的说他很讲义气,谁遇到困难,他都是第一个站出来帮忙……"

听着班主任的话,我突然很感动,也很骄傲,为我的儿子。是的,他一点儿都不优秀,几乎每次考试成绩都吊车尾。可是,他却能做好自己,自爱且爱他人,自尊且尊重他人,这难道不是宝贵的财富吗?

那天放学,我看着儿子背着书包朝我奔来,手里拿了一块饼干,说是学校中午发的,觉得特别好吃,就给妈妈留了一块。我很感动,我想,我的儿子长大后一定会自食其力。当我们生病时,他愿意耐心照顾陪伴我们……就这样长大、变老。我想,这是作为父母,最期望孩子能够拥有的未来了。

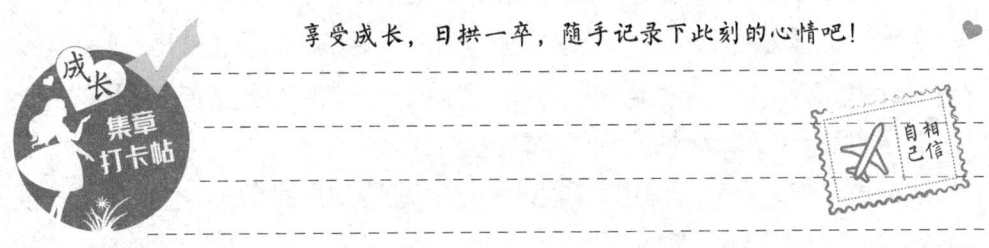

享受成长,日拱一卒,随手记录下此刻的心情吧!

# 原来期待里盛满了辛酸

□袁秋茜

父亲自去年七月脚受伤之后，就一直郁郁寡欢。求医问药，在家休养，一晃就一年半过去了，他看着自己一天天苍老，不能打工挣钱，心里特别不是滋味。今年三月份他没听劝，跑到上海去干活儿，谁知并不顺利，啥也没干成，最后垂头丧气地回了家。

我和母亲都劝他，想开点儿，一两年不外出没什么大不了的，家里有粮，怎么着都有饭吃，钱可以紧着点儿花。

但父亲显然不愿意过在家种田的日子，因为光靠种粮食挣不了几个钱。他说，自己才五十几岁呢，不该在家"养老"，无论如何，要想办法出去赚钱。父亲说这话时，仿佛自己还年轻，仍是二十几岁的样子，那时候的他也是为了我们整个家，收拾行囊，独自去远方打工赚钱，年初出发，年终回来。

那时，每当父亲要远行，母亲便会提前几天开始准备衣服和食物。那些年，父亲去新疆干活儿，一去就是一年，母亲把春夏秋冬的衣服分别装在不同的袋子里，袜子会备十几双，生怕父亲没有衣物换洗。

当时的父亲，有一身的勇气和力气，他不怕带的东西多，不怕沉重，他很喜欢母亲用玻璃瓶装的腌制好的小菜，走的时候总会带上好几瓶。他说想家的时候，就在白饭上夹一点儿母亲做的小菜，那味道会让他觉得自己并未离我们多远。

每当父亲远行前的一晚，我们全家会在一起吃一顿相对较好的晚饭。幼时的我不懂事，只知道那晚的伙食好，吃饭时手舞足蹈，一个劲儿地吃着平时不太能吃到的肉，母亲总让我少吃点儿，边说边把肉夹到父亲的碗里，父亲则笑着将他碗里的肉夹到我的碗里，然后摸着我的头……每当这时，母亲总是望望我，又望望父亲，眼里闪着泪光，哽咽着。

时光流转，父亲依然选择远行，只是这次，临行前的那晚，眼里闪着泪光的人，从母亲变成了我。

第一辑 父母之爱无言，却给我面对一切的勇气

享受成长，日拱一卒，随手记录下此刻的心情吧！

# 选 择

□黄小平

小时候，家里穷，可母亲总喜欢"制造"一些可能的事情，供我选择。

早上，母亲会说："孩子，早餐是吃红薯还是喝稀饭呢？"当我说喝稀饭时，母亲就会高高兴兴地下厨为我做稀饭。

过年了，母亲没有那么多钱给我既买上衣又买裤子。于是，母亲就对我说："孩子，今年过年是先给你买件上衣还是先给你买条裤子呢？"当我说先买上衣时，母亲就会满脸欢笑地带我去商店挑选。

后来，我问母亲，为什么总让我做出一些选择呢？母亲说："孩子，一个有选择的人，是富有的。"

感谢母亲，她让我贫穷的童年，因为有了选择而变得富有、快乐和幸福。

享受成长，日拱一卒，随手记录下此刻的心情吧！

# 我的作文曾经全靠父亲口述

□ 管 佑

很幸运，我有一个当民办教师的父亲。我们小时候写作文是从小学三年级开始的，而且写作往往定在周末。有了父亲的"帮助"，我写作文当然不愁了，最让我自豪的是，我的作文几乎每次都能够作为范文在班上被老师朗读。可是这样的美好时光持续到五年级结束时终止了，因为六年级那时属于初中，初中生写作文是在每个礼拜五的下午。最要命的是，写作文只有两节课的时间，第二节课后必须交作文。

没有了父亲的"帮助"，写作文成了我学习中最纠结的事情。在同村同学心目中，我原是作文"高手"，可是没有了父亲的帮助，我甚至连其他普通同学都不如，两节课根本写不完一篇完整的文章，为此我受到老师极其严厉的批评！

初中生正处于敏感期、叛逆期。那种批评带来的打击是致命的，其时内心的苦闷、憋屈难以名状。

由小学过渡到初中，简直是从高峰跌到了谷底。那段日子我失魂落魄，时时刻刻在想办法让自己的写作水平"恢复"到以前的"水准"。可是我觉得自己的努力如泥牛入海，根本看不到一丝希望。感觉自己写任何一篇作文都是从零开始。与其说过去我的作文写得好，不如说是父亲的水平高，因为过去的每一篇作文都是父亲口述，我做记录。

记得小学时写作文，我都是星期天玩了一整天，到了星期一清早五点多钟，被母亲叫醒，我壮着胆子忐忑不安地推醒睡梦中疲惫的父亲，让他一字一句地教我写。父亲念一句，我写一句。父亲实在太疲倦了，我不忍心叫他，于是等，但我又不敢等太久，因为写不完，老师会给我吃"训面"。等父亲再次醒来时，前面的内容全忘了，我就从头到尾读一遍写过的内容，父亲再教我一段，我再匆匆地记录下来。如此这般，循环往复，等到天色渐亮时，一篇佳作就算记录完成。这时我会拿着草稿以箭射出一般的速度飞奔到学校将文章工工整整地誊到作文本上，然后"胸有成竹"地等待老师的赞许。其时我虽然没能够从父亲那儿学得作文的诀窍，但我对作文有自己的标准——语言不流畅、文章结构不合理的作文，就连自己都交代不了。苦于当时词汇储备不足，心有余而力不足，写每一篇作文，常常开头信心百倍，结束时偃旗息鼓，一直在遗憾的叠加中苦苦度日。我是如何走出困境的，当时懵懵懂懂，全然不知，只是清楚每周的作文都与本单元所学的文章密切相关，于是我开始仔细地阅读语文课本中所选的课文。别人读五遍，我就读十遍，直到把文章读得滚瓜烂熟为止。慢慢地，我能够把课本里的好词语用到自己的作文里。终于在某年某月某日，一个星期五的下午，我居然顺利完成自己心中所谓的"雄伟大业"。

高中期间，我开始大量涉猎文学作品，包括当时畅销的名著，《年轮》《穆斯林的葬礼》《平凡的世界》《茶花女》《白鹿原》等就是在此时读的。我读名著不求大略，而求精细。

如1998年读《白鹿原》，我正好在河曲中学补习，整整一年才读完。读的书多了，思想和眼界渐宽，总感觉想写点儿什么，或者读的书多了想把一些美好的词句、优美的段落摘抄下来，再后来就有了写作的欲望。

日记是我写作的雏形，也算是开端。我是在什么时候开始有了写日记的习惯记不得了，但自此便没有止步，直至大学毕业、工作以后都不曾间断。

我是教英语的，但是我后来一直没有放弃写点儿东西，根本原因在于初中升高中那一年，我参加了五寨第四中学150名优生现场作文大赛，而且以绝对优势获得了冠军。参赛前，我没有一点儿底气，甚至根本不期望自己能得奖，只是埋头写下自己当时的心情和处境。我清楚地记得，当时写了1500字左右。字数不多，但是当文章写完，我的泪流得稀里哗啦。那件事情成为我文学发展的一个转折点。

高二时由于对文学的执着，我以五寨四大"文学青年"之一的身份参加了"首届山西省中学生现场作文大赛"。只记得那时我心气高，俨然一副"文学青年"的派头，但那次没有获任何奖。我想，文学如跳舞，起初，跳得好的给观众以美的震撼，授之感染，围观者情不自禁于无声处翩翩起舞，经时舞技渐精，尔后去吸引更多人起舞。而我就是那个围观舞蹈的人。

享受成长，日拱一卒，随手记录下此刻的心情吧！

## 报喜不报忧？
## 有牵挂，父母的命会更贵重

□顺 然

每天和妈妈打一通电话，已经成为我日常生活的一部分。在电话那头，她会告诉我她的近况，但大致意思就是：不用担心，她很好。

可这句话的背后，我知道：她不太好。今年5月，她忍了一晚疼痛，等到医院开门，检查结果是肾结石。要做激光碎石，过程有点儿难受。

她只是一个劲儿在电话里告诉我：医生说结石小了很多，要喝很多水，肚子胀，叫我不要担心。今年8月，她去医院做妇科检查，需要独自面对检查和治疗过程，体验也不是很好。

我远在北京，距离足够远，我几乎体会不到她独自就医的恐惧和担忧。

我也不好。上半年几乎处于居家隔离状态，也打乱了我的生活节奏，吃上了抗抑郁药。随后换工作，又处于一段适应期。但我也只会打电话告诉她：我换了一份可以早点儿下班的工作，每天居家隔离，真舒服。

我们两人都欺骗对方自己过得很好，但实际上呢？各自有各自的一地鸡毛。

而我相信，这种母女关系在中国社会一定非常常见，报喜不报忧，不想让对方为自己担心。一句话，我所做的一切都是为你好。

明明是拥有血缘关系的母女，到头来却好像成了最熟悉的陌生人。可她是我的妈妈，我们俩硬生生地把关系陌生化，看上去是为彼此考虑，实际上两人的距离却好像越来越远。

很显然，这样的关系很压抑，这也意味着双方都没有把对方纳入自己的生活圈，一方面可能是害怕对方担心；另一方面可能是即便真的发生糟糕的事情，对方也似乎没有办法解决，与其给对方增添烦恼，不如不说。

但不暴露脆弱，怎么是爱呢？当双方没有相互亏欠，亲情的纽带该如何绑定？孩子刚入社会，明明四处碰壁，却还在父母面前强颜欢笑，说好的家是最后的港湾呢？而"报喜不报忧"真的会让对方放心吗？与其猜来猜去，真的不如说出来好。

我们也可以把血缘亲情解释为共享对方的一段生命历程。我们来到这个世界，不是赤裸裸来的，是与父母、家人共同生活在一起。的确，我们需要用喜悦让这个小群体充满快乐与安宁，但我们的疲惫、不堪、委屈甚至愤怒不给最亲的人看，还能给谁看？有那么一些时刻，不用假装成熟，不用假装懂事，只需要把生活的琐碎分享给家人，体会彼此的情绪，这样难道不好吗？

另外，儿行千里母担忧，或许适度让父母"忧"一下孩子，有了牵挂，他们才会更在乎自己的健康，会下意识地告诉自己"孩子还离不开我，我得好好的"。比起了无牵挂的父母，有牵挂的父母，命自然就变得更加贵重。

所以，大胆地表达忧愁吧。亲人，就是用来适度麻烦的。

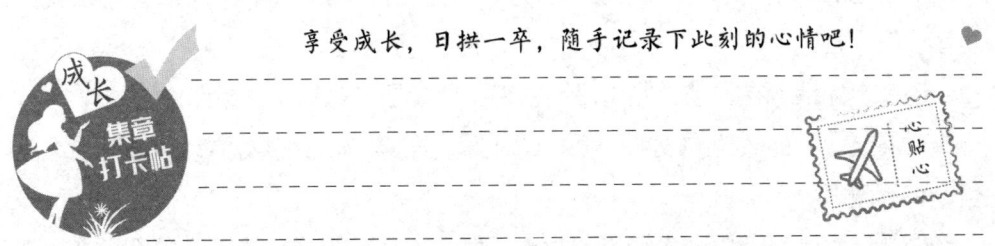

## 高考之于我们，到底意味着什么

□艾 润

那一年高考，我的成绩差到羞于向人提起。

我在家里鼓起勇气跟爸妈讨价还价，一会儿说我要去读技校，一会儿说我要去打工。爸妈却反反复复只有一句话——"你必须去复读"。我说我不去，转身就躲在房间里哭。

我并不是真的不想复读，只是不知道如何面对那样难堪的分数。我甚至想我可能是不适合高考的，否则为什么明明每次月考的成绩都不错，却在面对高考试卷的时候溃不成军呢？我更害怕，一旦复读成绩仍不好，我没有勇气面对爸妈。

最后决定去复读，是因为爸爸。他不再强制我去复读，也从不对我说"我们是为你好"这样的话。他只是抱着学校发的那本报考指南。那么厚的一本书，我都懒得翻。可爸爸每天都在翻看，认认真真研究每一个专业，询问从事教育行业的亲戚。

他说："你不可以不读书的，你才18岁，你不知道未来还有多长。如果停在这里，你有可能就会一直停在这里了。你现在可能还不明白这样的选择对未来的你，是多么不负责任。"

爸爸垂着头，坐在那里，翻看着报考指南，有时候招手问我："你来看看，这所学校怎么样？"我突然就绷不住了，低着头瓮声瓮气地说："爸爸，我去复读。"

还有半句话卡在嗓子眼儿里没说出来，那就是"对不起，谢谢你"。

对不起，不能成为你们的骄傲，还让你们操碎了心。谢谢你，包容我的肆无忌惮和不懂事。

如果还有比高三更令人惶恐的时光，那一定是高四。我选择了最后一排靠近角落的位置。一个月后，我有了个同桌。她背着一个巨大的书包，架着大眼镜，周身写满"严肃"。我把我的书往里面挪了下，谁知她竟然发现了，露出开怀的笑:"不用,不用。"就是那个笑容,让我觉得她是心甘情愿来复读的。心甘情愿来复读的人一般是上一次高考成绩很不错。所以,我试探着问了她的成绩,可这次,她有点儿不好意思地说:"我因为没考上好大学,就出去打工了。后来又想读书才回来的。"

接下来她所有的勤奋都在诉说着对重返校园的感恩。因为有一年没读书,落下的课程比较多,她每天都要花费比我们更多的时间。晚上不舍得睡觉,早上早早起床。有一个勤奋的同桌做参照,我也更加用心起来。

第二次高考结束后,我问同桌,到底是怎么做到那么有精气神儿的。她说:"在工厂的时候,每天连续站十几个小时。所有人都说高考不是唯一的出路,可后来我才意识到高考不是唯一的出路的意思是:在高考之外,你已经修好了更好的路。可惜,我并没有。就那么慌慌张张地一脚踏出去,才发现外面的世界,根本没给我双脚落地的机会。"

那是我第二次领略到她的严肃。那一年,我和同桌,终于收到了迟到的大学录取通知书,但重要的是,我们真正懂得了为自我做选择的意思。

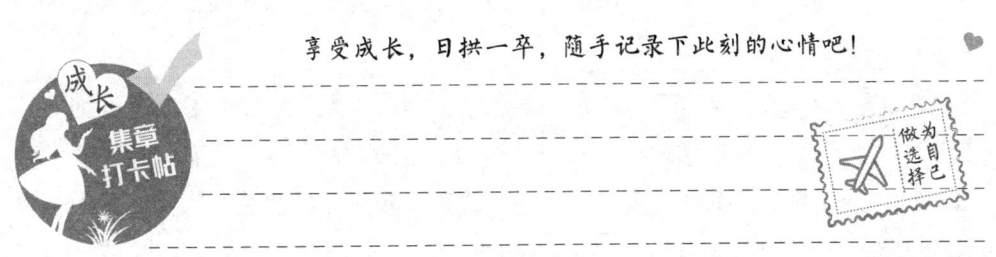

# 我妈妈真的很厉害，总能找到工作

□良 宵

我妈做了大半辈子农民，近几年才搬到城里居住，每月只有两三百块的养老金，因为内心接受不了还要靠子女给生活费这件事，于是在六十多岁的时候，走上了她的打工路。

六十多岁，还是在经济不发达的县城，妈妈最开始找到的是环卫工的工作，每天要在人来人往的大马路上不断捡垃圾，一个月工资1700元，休息4天。她的腿有关节炎，站不了太长时间，可她还是很开心，自豪地截图发到家庭群里，并说"工资一分不少地到账了"。

而直到一个月后，她又换到一家电子厂去做保洁时，我才终于听到她开始抱怨上一份工作的不足之处，"负责的路段太多了，每天工作时间太久，刮风下雨也得去"。

我诧异妈妈找工作的能力，而且是在一个她不太熟悉也没有老朋友的地方。去电子厂上班得步行半小时，工资只比做环卫工多100块钱，从卫生间到食堂到办公室均要负责。厂里员工多，保洁任务就和"西西弗斯的石头"一样，但妈妈还是很满足，"几乎都是室内工作，还有空调"。

年底回家时，妈妈又换到一家医院做清洁阿姨。"在公众号上看到的，我就去登记了。"

在我看来，医院的工作更辛苦了，月休2天，工资2000块，而且每天6点就要打卡。这次她满意的理由是"虽然上班早，但是没有那么累，电子厂的保洁负责的内容太多了，医院都是按照楼层分好的"。她总是这样，先默默承受，除非有更好的选择。

我总觉得她太辛苦了，可妈妈又总能宽慰我，"总比在田里强"。我一时接不上话来，想这么多年她是如何一个人支撑过来的，又想，如果她早些出来就好了，凭借这份忍耐力和吃苦程度，怎么都会好的，但没有重来的可能。

享受成长，日拱一卒，随手记录下此刻的心情吧！

## 爱，原来不能太近

□黄小平

读小学时，上学要走过一段山路，我有点儿怕，便要父亲送我。父亲却每次只站在村头，远远地目送我，说："有父亲的目光在身后，你就不怕了。"说来也怪，走那段山路时，一想到父亲的目光，就真的不怕了。父亲为什么不直接送我上学，而是站在村头远远地目送我呢？那时，我一直不明其理。

一次，我见父亲在房前的果树之间挖下一个又一个土坑，我问父亲挖土坑干什么。父亲说，把肥料埋进土坑里给果树施肥。我问父亲，为什么不把肥料直接埋进树蔸，而要隔上一段距离？父亲说，如果肥料离果树太近，果树一下子吃不消那么多营养，会被"肥"死的，而保持一定的距离，有利于果树均衡地吸收养料，也有利于根须生长，因为要吸收更多的养料，树根就只有拼命地往有肥料的地方钻，这样果树才能长得更好。听了父亲的话，我忽然明白了父亲为什么只站在村头远远地目送我上学。因为爱得太近，有时反而会变成一种灾难和伤害。

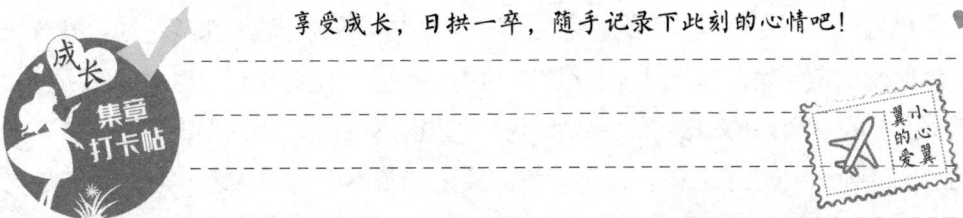

# 母亲教我那些事

□莫 言

我出生于山东省高密县一个偏僻落后的乡村。五岁的时候，正是一段艰难的岁月。生活留给我最初的记忆是母亲坐在一棵白花盛开的梨树下，用一根洗衣用的紫红色的棒槌，在一块白色的石头上，捶打野菜的情景。绿色的汁液流到地上，溅到母亲的胸前，空气中弥漫着野菜汁液苦涩的气味。那棒槌敲打野菜发出的声音，沉闷而潮湿，让我的心感到一阵阵的紧缩。

这是一幅有声音、有颜色、有气味的画面，是我人生记忆的起点，也是我文学道路的起点。我用耳朵、鼻子、眼睛、身体来把握生活，来感受事物。储存在我脑海里的记忆，都是这样有声音、有颜色、有气味、有形状的立体记忆，活生生的综合性形象。这种感受生活和记忆事物的方式，在某种程度上决定了我写的小说的面貌和特质。这幅记忆的画面中更让我难以忘却的是，愁容满面的母亲在辛苦地劳作时，嘴里竟然哼唱着一支小曲！当时，在我们这个人口众多的大家庭中，劳作最辛苦的是母亲，饥饿最严重的也是母亲。她一边捶打野菜一边哭泣才符合常理，但她不是哭泣而是歌唱，这一细节，直到今天，我也不能很好地理解它所包含的意义。

我母亲没读过书，不识字，她一生中遭受的苦难，真是难以尽述。战争、饥饿、疾病，在那样的苦难中，是什么样的力量支撑她活下来，是什么样的力量使她在饥肠辘辘、疾病缠身时还能歌唱？我在母亲生前，一直想跟她谈谈这个问题，但每次我都感到没有资格向母亲提问。

那时候我们家正是最艰难的时期，父亲陷于水火，家里存粮无多，母亲旧病复发无钱医治。我总是担心母亲走上自寻短见的绝路。每当我下工归来时，一进门就要大声喊叫，只有听到母亲的回答，心中才感到一块石头落了地。有一次下工回来已是傍晚，母亲没有回答我的呼喊，我急忙跑到牛栏、磨房、厕所里去寻找，都没有母亲的踪影。我感到最可怕的事情发生了，不由得大声哭起来。这时，母亲从外边走了进来。母亲对我的哭泣非常不满，她认为一个人尤其是男人不应该随便哭泣。她追问我为什么哭。我含糊其词，不敢对她说出我的担忧。母亲理解了我的意思,她对我说:"孩子,放心吧,阎王爷不叫,我是不会去的!"

母亲说话时虽然腔调不高,但使我陡然获得了一种安全感和对未来的希望。多年后,当我回忆起母亲这句话时,心中更是充满感动,这是一个母亲对她的忧心忡忡的儿子做出的庄严承诺。活下去,无论多么艰难也要活下去!现在,尽管母亲已经被阎王爷叫去了,但母亲这句话里所包含的面对苦难挣扎着活下去的勇气,将永远伴随着我,激励着我。

我曾经从电视上看到过一幅让我终生难忘的画面:以色列重炮轰击贝鲁特(黎巴嫩首都)后,滚滚的硝烟尚未散去,一个面容憔悴、身上沾满泥土的老太太便从屋子里搬出一个小箱子,箱子里盛着几根碧绿的黄瓜和几根碧绿的芹菜。她站在路边叫卖蔬菜。当记者把摄像机对准她时,她高高地举起拳头,嗓音嘶哑但异常坚定地说:"我们世世代代生活在这片土地上,即使吃这里的沙土,我们也能活下去!"

老太太的话让我感到惊心动魄,女人、母亲、土地、生命,这些伟大的概念在我脑海中翻腾着,使我感到了一种不可消灭的精神力量,这种即使吃沙土也要活下去的信念,正是人类历尽劫难而生生不息的根本保证。这种对生命的珍惜和尊重,也正是文学的灵魂。

在那些饥饿的岁月里,我看到了许多因为饥饿而丧失了人格尊严的情景,譬如为了得到一块豆饼,一群孩子围着村里的粮食保管员学狗叫。保管员说,谁学得最像,豆饼就赏赐给谁。我也是那些学狗叫的孩子中的一个。大家都学得很像,保管员便把那块豆饼远远地掷了出去,孩子们便蜂拥而上抢夺那块豆饼。这情景被我父亲看在眼里。回家后,父亲严厉地批评了我。爷爷也严厉地批评了我。爷爷对我说:"嘴巴就是一个过道,无论是山珍海味,还是草根树皮,吃到肚子里都是一样的,何必为了一块豆饼而学狗叫呢?人应该有骨气!"他们的话,当时并不能说服我,因为我知道山珍海味和草根树皮吃到肚子里并不一样!但我也感到了他们的话里有一种尊严,这是人的尊严,也是人的风度。人,不能像狗一样活着。

我的母亲教育我,人要忍受苦难,不屈不挠地活下去;我的父亲和爷爷又教育我,人要有尊严地活着。他们的教育,尽管我当时并不能很好地理解,但也使我获得了一种面临重大事件时做出判断的价值标准。

饥饿的岁月使我体验和洞察了人性的复杂和单纯,使我认识到了人性的最低标准,使我看透了人的本质的某些方面,许多年后,当我拿起笔来写作的时候,这些体验,就成了我的宝贵资源。我的小说中之所以有那么多严酷的现实描写和对人性的黑暗毫不留情的剖析,是与过去的生活经验密不可分的。当然,在揭示社会黑暗和剖析人性残忍时,我也没有忘记人性中高贵的、有尊严的一面,因为我的父母、祖父母和许多像他们一样的人,为我树立了光辉的榜样。这些普通人身上的宝贵品质,是一个民族能够在苦难中不堕落的根本保障。

享受成长,日拱一卒,随手记录下此刻的心情吧!

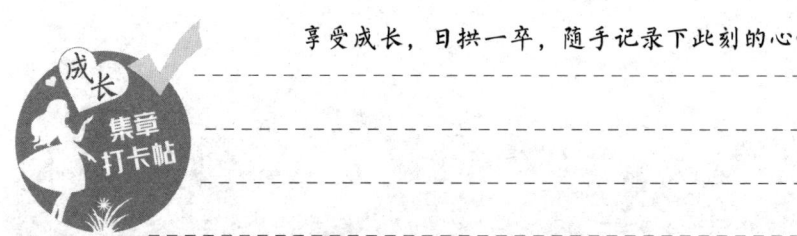

第一辑 父母之爱无言，却给我面对一切的勇气

# 兴至浓时即阑珊

□陶瓷兔子爱丽丝

在我小时候，过年还没有禁止燃放烟花爆竹一说，每年过年爸妈都会给我买很多的烟花——不会爆炸，点燃一根会静静冒火花的那种。

我是家里同辈中最小的孩子，到了可以自己玩烟花的年龄，大我好几岁的表哥表姐们早已对这个幼稚的玩法失去了兴趣，于是每年几乎只有我一个人，揣着满兜的烟火棒，在楼下的院子里点燃一根又一根。

不记得是哪一年，家里的大人忽然记起了在楼下孤单地放着烟花的我，七大姑八大姨全部乌泱泱地跑下来，带着新年应酬间挥之不去的浓郁酒气，大着舌头陪我放烟花，有个舅舅甚至还特意跑去敲开商店的门，买了许多我一直歆羡的，一声巨响炸上天空，然后绽放巨大花束的那种烟花。但那个时候的我莫名其妙就生了气，在一群大人兴致勃勃地捂着耳朵点烟花的时候，我一个人怒气冲冲地跑回了家。不知道自己为什么生气，也好像的确没有理由生气，这件事过去了很多年，我都在为自己那一刻的"不识好歹"而略感惭愧。但今天在看《约翰·克利斯朵夫》的时候，我忽然因为书里的一句话理解了那一刻的自己——约翰会因为酩酊大醉的父亲在音乐奏响时手舞足蹈而感到恼恨，因为他觉得父亲的行为破坏了他对音乐含蓄的爱。大概所有孩子的爱都是这样含蓄且绵长的吧，我这样想着，当这种爱被过于激烈和热情的感情的加入所破坏，失落的情绪反而比快乐更多。

我也不由得想要再次感慨阅读的魅力，隔着数百年甚至上千年的时光，依然可以从书中看懂自己多年前的残影。凡事还是七分为最佳呀。

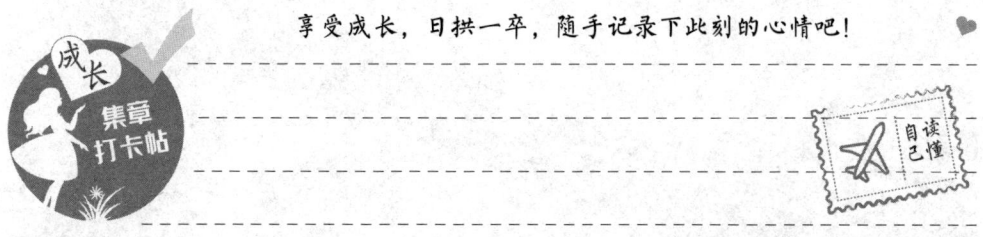

享受成长，日拱一卒，随手记录下此刻的心情吧！

## 父亲的小照里藏着拉不住的年华

□丁立梅

父亲32岁那年照过一张小照,是在上海城隍庙照的,二寸,黑白的。当时父亲看到一家照相馆,不知出于什么心理,就走了进去拍了一张二寸的黑白照。照片上的父亲,脸上有着深刻的忧伤,却挡不住风华正茂的英气。那张小照带回来,被许多人争相传看,都说照得好。而这时的父亲,正倚在家里的沙发上打瞌睡,衰老得似一口老钟。

记忆中的父亲,是没有这么老的。在一大帮大字不识一个的乡人里头,父亲是多么出色,他识文断字,吹拉弹唱无所不会。那时的我们,喜欢围着父亲转,喜欢听父亲拉二胡、吹口琴。我们也喜欢争相把父亲的小照偷出来,在别的小朋友面前炫耀,赚尽骄傲和自豪。

当我读书渐渐多了后,对父亲的崇拜渐渐少了,以至到无。我眼中的父亲,与其他庸常的父亲没什么两样。及至我工作了,父亲来城里看我,当着我的一帮同事,他把"大厦"读成"大夏"。

我羞红了脸纠正。父亲讪讪地笑,再读,还是读成"夏"。

这时的父亲无助得像个小孩,被我接进城里来看病,听任我的"摆布",神情落寞。

一日,我约了几个朋友外出游玩,拍了许多照片。回来,我一边翻看照片,一边随口对坐在沙发上眯着眼打盹儿的父亲说:"爸,我们也来照张合影吧。"父亲一下子睁开眼,眼神亮亮的。他站起来,病腿也好似比平常好了几分,他走到我面前的椅子上坐好,对着镜头认真摆好姿势,开心地说:"你不嫌爸爸老吧?"

我把那张照片洗出来,效果很好。

照片上,我与父亲都笑得满脸生辉。父亲久久地对着看,嘴里说着"拍得真好啊。"

我知道,从此以后父亲将会贴身揣着这张照片,逢人便要掏出来炫耀,像小时候我炫耀他的照片一样,他会指着照片上的我对别人说:"喏,这是我小女儿,是个作家呢。"

享受成长,日拱一卒,随手记录下此刻的心情吧!

## 大嗓门儿的妈妈

□今世未央

我还在上小学时,我妈因为麦地里浇水的事跟村里人吵了起来,她的嗓门儿一向很大,骂架也从不吃亏,但对方是个大男人,不屑跟她吵,直接给她推了一个趔趄,看热闹的人哄笑了半天。

她吃了亏,回到家越想越气。那会儿,爸爸总在外地给人盖房子,家里只有我,她带着我就去了那男人的家里。我个子小,帮不上什么忙,转身在院子里捡起一根三股木叉,哗啦一声,门上的玻璃就全撞了下来。

我妈每次很自豪地跟人讲起这件事,那些邻居都跟她感慨:"这孩子随你,以后肯定闯得开。"

后来,我考上了县城里的中学,同学们大部分是县城里的孩子,他们的妈妈头发是卷的,穿着坡跟鞋,一路嗒嗒轻响,哪怕是训斥自己的孩子,也是很温柔的样子。而我妈走起路来像是梁山好汉,骂我的时候,嗓门儿大得能穿透整个操场。

我莫名觉得有些自卑,可我改变不了她,只能改变自己。每次校服晾干后,我就偷偷用盛满热水的缸子,把它熨得平一点儿;我写完作业不再出去玩儿,而是独自在屋子里看书;说话、走路的时候,学着我最喜欢的英语老师的样子。村里人都说我变得像个城里人了。

但无论我怎么努力,还是有人无视我辛苦的蜕变。班上有个男生,家里条件很好,最喜欢跟我过不去。上课故意打扰我听课,让我帮他抄作业,见我不理他,就撕掉我的作业本。

周末放学,我在车棚怎么也找不到自行车,急得团团转,等别人都推走了,我才发现,那辆车座被拧没了的,就是我的自行车。这期间,那男生一直在旁边,等着看我出丑。我看着他笑得得意,突然就爆发了,嗷的一声扑了上去。

我们双方的家长被叫到学校的时候,我妈吓坏了,"怎么啦,这是?"其实我一点儿也没受伤,反而把对方的胳膊抓破了,那个男生傻愣在那里不知道辩解,主要是被我的架势吓住了。

男生的家长嫌弃地看着我们，她的眼神让我泄了气，我拉着我妈就回家了。后来，我反复想过，我妈常年在地里干农活儿，一边干着活儿，一边跟旁边的人说着话，因为距离远，自然都是用"吼"的。爸爸常年不在家，她的泼辣、她的大嗓门儿、她重重的脚步声，都不是她的错。

大学毕业后，我留在了省城。休年假回家那几天，妈妈一直小心翼翼的，还压低着嗓门儿找我聊天。我开她玩笑："现在怎么对我这么好啊？是不是怕我不给你养老啊？"她狠狠地白我一眼，用尽量温柔的声音说："我养的孩子就不是那样的人。"

我跟妈妈说："行啦，你就别压着嗓子说话了，听着真别扭，我已经习惯了你的大嗓门儿。"这时，她才原形毕露，一声大吼："你个小兔崽子，敢不养我老，我爬也要爬过去咬你两口。"

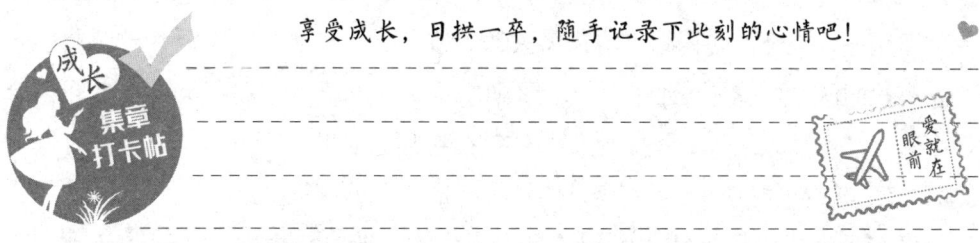

享受成长，日拱一卒，随手记录下此刻的心情吧！

# 好一件"笨棉袄"

□司志政

十多年前，我上大学第一年的冬天。

我母亲，一个农村妇女，千里迢迢，从河南老家，坐三十多个小时的硬座绿皮火车到哈尔滨，只为给我送件过冬的棉袄。她突然出现在我眼前时，我又惊又喜，嗔怪她："邮给我不就行了，这么远跑一趟！"母亲的脸上泛着皴红，摇了摇头，哎呀了下，不好意思地笑着说："忘嘞。"

过了很长一段时间，想起此事，我才明白母亲的心思，"目的"太过浅显——只是想看看我，摸得到看得见的我，想想自己也够迟钝。小时候，母亲恨不能把我系在她胳膊上，她去哪儿都想把我带着，我去哪儿她都想跟着，有时在同学家过夜，她都担心得晚上翻来覆去睡不着。

有段时间，她很不开心，因为想不通，全国那么多大学，我为什么非要到哈尔滨去，"离家太远"，这是她那时候常挂在嘴边嘟囔的话。她四五天就打电话问我一遍，过得怎样，安不安全，仿佛我还是那个小孩儿。

说回棉袄，那件棉袄用的棉花是自家种的，加上邻村出产的天蓝色手工老粗布，是母亲一针一线缝的。许是觉得东北冷，棉袄做得十分厚实，我穿上后"胖"了一大圈儿，鼓鼓囊囊，外衣都穿不上了。样式嘛，实在老土，跟我爷爷身上那件没区别。穿着棉袄，在宿舍扭了一圈儿，舍友们乐得不行，笑我跟电视剧里地主家的傻儿子似的。好是真好，可太丑，穿不出去。照我老家的话说，"真是一件'笨棉袄'啊！"纠结了好一阵子，我还是决定脱下，用塑料袋一套，往柜子里一塞，没再穿过。

毕业后，辗转去了北京工作。为了省钱，租了个没空调没暖气的小房间。冬天不好挨过去，哪里是睡觉的地方，更像个冰窖。一天晚上，冷得直跺脚，我忽然想起那件"笨棉袄"。

离开哈尔滨来北京收拾行李时，我觉得没用，本想扔了的，但不知怎么的，犹豫了下，又塞进包里。

那个包里装的都是些无关紧要的东西，垃圾一样瘪瘪地靠在墙角。我忙打开包,翻出棉袄,迅速穿上,屋里瞬间像多个火炉,身上立马就热了。自那以后的好几年,因那件"笨棉袄",我有惊无险地扛过一个个寒冬。

可白天出门,我一定穿另一件袄子——昂贵时髦,但不中用,身上还是拔凉的。为了所谓的"颜面",龇牙咧嘴地忍,也没让"笨棉袄""见过光",只有晚上回来,关上门,才迫不及待把它换上,做贼似的。

后来回了河南老家,这里的冬天不比北京冷,暖气烧得旺,那件"笨棉袄"再无用武之地,但我一直宝贝地珍藏着,成了思念母亲的念想,觉得孤独,拿出来看看,摸摸,对着它发会儿呆,就算是暑九天,穿在身上,也觉得母亲还在一样。

可能母亲在天上会笑我傻,大热天还穿"笨棉袄",话中夹杂着腼腆和宠爱:"恁揍啥嘞?!"这次我不迟钝,想笑,傻笑,顺便对着天喊上一嗓子:"穿这土'死'个人的'笨棉袄'嘞!"

享受成长,日拱一卒,随手记录下此刻的心情吧!

# 《小猪佩奇》告诉你，怎么做个好妈妈

□张 渺

第一次听说《小猪佩奇》的时候，闺女一岁，还没到会看动画片的年龄。老同学在电话里抱怨，她家娃为这部动画片，霸占了电视。

一年以后，那只粉红色的小猪，带着她的爸爸、妈妈、外公、外婆，带着她的小伙伴，带着她的弟弟乔治，以及那头"吓人"的恐龙，霸占了我家的玩具筐、绘本架。

小猪佩奇一家蹦蹦跳跳、欢声笑语，我闺女在电视机前，跟着蹦蹦跳跳、笑语欢声。我呢？我正在感慨，在当妈这件事儿上，我还不如一只"猪"。

无论在任何文化中，母亲这个身份都承载着无尽的爱与责任。做个好母亲，并不是只有爱就足够的。爱或许是天然的，教育却不是。

当了妈，照顾孩子的琐碎常常让人失去理智，我会忍不住冲她发脾气。但每次发完火，我都会懊悔，还告诫自己：看看人家猪妈妈！

猪妈妈真是母亲这个身份的典范。她穿着雨鞋，和孩子们一起在泥坑里跳，即使身上弄脏了，也只是说："只是些泥而已。"她哄两个娃睡觉，尽管他们一个问题接一个问题地抛出来，就是不肯老老实实睡觉，她也没有不耐烦。她工作时，佩奇和乔治弄坏了她的电脑，她并没有生气，更没有责怪、打骂孩子。但她也不会放任孩子们，她会要求他们帮她做家务，对他们玩耍的时间和方式提出一些规则和要求。她让佩奇自己把玩具整理好——虽然佩奇很快又弄乱了。当佩奇在"换上雨鞋跳泥坑"，还是"穿着新鞋在旁边看"两个选择中犹豫时，她没有帮孩子做决定，而是让佩奇自己拿主意。

很多道理我原本不是不明白，比如对待孩子要有耐心，比如理解孩子。但想通这些需要一个过程，于我而言，这个过程是在看着佩奇一家如何生活时完成的。这一家人，活出了一个理想中完美家庭该有的样子。他们并非没有缺点，猪爸爸有点儿懒，佩奇有点儿小虚荣和小心眼儿，乔治挑食且不乐意和小伙伴分享玩具，狗爷爷和猪爷爷经常争强好胜。但他们也会互相谅解，互相尊重。父母永远不会在孩子的生活中缺席，朋友在争执后很快就会和好。当小孩子们一起问家庭主妇兔妈妈为什么没有工作时，兔妈妈的回答是："你们以为是谁在照顾你们这些小家伙呢？"

任何职业都要经过培训，成为母亲的"就职培训"我用了两年，也终于能够控制住脾气。

如果问，我愿意让女儿看一部什么样的动画片，大概就是《小猪佩奇》这样的了。她会慢慢长大，那些陪伴着她的小猪玩偶，总有一天会被束之高阁，但那些和爱与美有关的事，会铭刻在她的生命里。她收获了快乐，可学到更多东西的人，或许是我。

享受成长，日拱一卒，随手记录下此刻的心情吧！

# 爸爸妈妈不幸福，
# 我有权利"幸福"吗

□妙黛有言

在网上看到过一个短视频，视频中只有一个提问：假如你遇到18岁的妈妈，你会对她说什么？

原以为大家会说"年轻的妈妈真美"之类的赞美，或者"趁着房价便宜去买房"之类的玩笑。可是没想到，评论区几乎刷屏似的，只有一句话：别嫁给我爸，别生下我。

这些留言看得使人揪心，也让人心疼。一位父亲该多么令孩子绝望，才会让孩子说出这样的话。一位母亲过得该多么悲苦，才会让孩子愿意用生命去阻止她。

不要觉得憎恨父母是一件很爽的事，憎恨父母也就意味着憎恨自己的成长环境，憎恨这个世界，以及憎恨他们自己。我想，那些讨厌父母的孩子，一定经历过无数次绝望。

### 父母不幸福，孩子不要悲苦与共

朋友欣欣的父母，就代表了千千万万个家庭。

父亲是一个没有什么本事的男人，除了在挥舞拳头打她们母女的时候。所有家务都是妈妈一个人在操劳，爸爸甚至觉得男人进厨房就是一件"娘儿们"的事。

欣欣唯一庆幸的，就是妈妈很爱她，一直在保护着她。每次在爸爸醉酒打她们的时候，妈妈都是抱着欣欣，替她挨那些拳头。爸爸骂她的时候，妈妈就赶紧捂住欣欣的耳朵。

妈妈从小就告诉她，一定要好好学习，逃离这个家。至于妈妈为什么不逃离，妈妈说过，她大字不识几个，没出去赚过钱，离婚的话，娘家的嫂子肯定容不下她，她实在无处可逃。

"无能的爸爸+不幸福的妈妈"的确是很多家庭的缩影。这些妈妈也确实深爱着她们的孩子,希望孩子快乐幸福。但是,这些孩子带着对父亲的恨,带着对母亲的拯救欲,无法真正快乐。

恨父亲,也就意味着恨自己的出生,如果对把自己带到这个世界的人都是充满恶意的,那么他们又如何能热爱这个世界呢?想拯救母亲,就意味着他们弱小的肩膀上扛着另一个灵魂。他们承接着母亲的情绪,要与母亲悲苦与共。

### 身体离开父母容易,精神离开父母难

孩子的身体离开父母容易,但是精神离开父母很难,哪怕是那个殴打、谩骂他们的父亲,孩子也没有那么容易恨起来。

父母打了他们,他们会想"一定是我惹大人生气了,我不够听话";父母斥责他们,他们会想"爸爸妈妈说得对,我就是这么糟糕";父母辱骂他们,他们会想"他们都是为了我好,说话难听但是出于好心"……

终于有一天,孩子不愿意自我欺骗。他们放弃了对父母的期待,这个过程,要先经历对自我的否定,再经历对父母的否定。这些孩子变得非常自卑、羞耻。认为自己低人一等,认为自己不配被爱,认为自己一文不值。

而不幸福的苦情母亲,同样会给孩子带来灾难。这些母亲有的会像欣欣妈一样,告诉孩子"你要离开这个糟糕的家"。也有的母亲会给孩子戴上情感枷锁:"要不是为了你,我早就跟你爸离婚了""妈妈为了你牺牲了这么多,你好意思不听话吗?"。

好的关系中,父母是孩子的容器——孩子把自己的坏情绪发泄到父母的容器里,父母过滤加工后,还给孩子温暖的能量。而糟糕的关系中,是孩子做了父母的容器——他们消化父母的愤怒、悲伤、无力感,然后小小的身躯默默承受。

可扛着父母不幸责任的孩子,他们敢幸福吗?

### 羞耻感,苦情家庭送给孩子的礼物

"无能的爸爸+不幸福的妈妈",给他们带来最可怕的情感,就是羞耻感。他们的羞耻感来源于:我是丑陋的,我背后站着两个更丑陋的家伙,我不希望有人靠近我,我怕别人看出我的窘迫。比如无法阻止痛苦发生的无力感,体无完肤

的暴露感，有缺陷或低人一等的感觉，异化和被孤立的感觉，自责感，愤怒感，等等。

至于幸福和快乐，对不起，羞耻感会瞬间把它们淹没。

电视剧《安家》中，房似锦出生在一个极度重男轻女的家庭，她的父母扮演的就是"无力+虐待"的"父亲"形象；她的爷爷，承担的就是"苦情+不幸福"的"母亲"角色。整个家族里，只有爷爷对她好，爷爷生病住院的时候，即使房似锦知道爸妈是用这个为借口，骗她多次往家里打钱，可她还是拼命工作给家里拿钱。

那种苦的感觉，似乎就是对爷爷的陪伴。我和你一起受罪，这样我们就是世界上最理解彼此的人。这也是很多苦情的家庭带给孩子的感受。自己苦一点儿，心里反而踏实一点儿。

房似锦好不容易能开心地吃一个冰激凌，但是吃到一半，她瞬间就不开心了。想到在家里痛苦的爷爷，她觉得自己的快乐与幸福都是羞耻的。"我的爷爷还躺在病床上，我怎么好意思在这儿吃冰激凌？"

但是原生家庭的苦，又凭什么施加给你呢？

我们可不可以这样理解——父母无力处理好自己的人生课题，这是父母自己的事情，我们为什么要同他们一起体验不幸？

如果你是那个不敢幸福的孩子，请勇敢地对自己、对爸爸妈妈说一句：这一切不是我的错，我没有义务承担你们的幸福与不幸。

享受成长，日拱一卒，随手记录下此刻的心情吧！

第二辑

# 愿你长存少年志气，
# 做自己成长路上永恒的战友

♡ 奔走在自己的热爱里

  从牙牙学语到青葱年少，多少时光从我们的身边悄然溜走。成长，是一场奇妙而独特的旅程。它像一条蜿蜒的河流，静静地流淌，带着我们从懵懂走向成熟，从脆弱走向坚强。三毛说："岁月的流失固然无可奈何，而人的逐渐蜕变，却又脱不出时光的力量。"既然无法改变时间的流向，不妨与它握手言欢，在岁月的长河里翻涌出最美的浪花。点滴的进步，细碎的成就，都是我们在成长过程中蜕变的缩影。请静下心来，一点一点雕琢出更好的自我。

  把成长当作一场旅行，不在乎目的地，专注于沿途的风景，以及看风景的心情。喜欢的歌慢慢听，喜欢的事慢慢做，喜欢的生活好好努力。在每个晨光熹微时，愿你被希望轻轻唤醒，带着新的力量启程。

# 骑行9小时回校的追风少年：
# 目标是遥远的地平线

□编辑部汇编

2015年8月27日，一架飞机在宁夏银川河东机场降落，飞机上，即将迎来25岁生日的环法自行车赛事记者陈子昊就此实现了"打卡"中国34个省级行政区的心愿，随后写下了"希望在我有涯的人生里，还能把脚印带到更多地方"的文字。

如今，他的脚步已经遍布40个国家。除了赛事记者，他还解锁了速降车手、自行车博主、解说员、国家队领队等身份，人生转速要比同龄人快很多。曾经那个从老家骑行9个小时回校的少年，用追风一般的速度，闯进了广阔天地。

2009年，刚上大一的陈子昊从老家广东江门恩平骑行回到学校广东财经大学佛山校区，用的是一辆价值700元的旧单车，连很多车手的"入门级装备"都比不上。但行动力一向超强的他，揣着一张地图就出发了。也许，乐队五条人的歌里"骑着破单车的道山靓仔"从这一刻起就有了一个具象的样子：起点在小镇，眼里却是遥远的地平线。

2011年，陈子昊又坐上绿皮火车，怀着憧憬向青海而去。他将从西宁出发，

顶着西南的烈日和劲风，骑向1000多千米外的拉萨。从西宁到拉萨的青藏线，被誉为"除月亮之外最神秘的地方"，是世界上海拔最高、线路最长的柏油公路，沿途经过壮阔无垠的戈壁滩、巍峨险峻的昆仑山和神秘美丽的可可西里，比川藏线海拔更高、更荒凉，人也更少。

在环境的艰险之外，陈子昊还面临着一个难题：他的自行车的后拨钩意外断掉了，临时更换的装备不太适配，骑行会更加吃力。但对素来胆大的陈子昊来说，壮阔的世界就在眼前，冒险的细胞已经苏醒，在最大的飞轮和变速器的最高挡都不能用的情况下，他将就着骑完了平均海拔超过4000米的青藏公路。

这次骑行中掉链子的车，是陈子昊的第一辆入门级公路车，被他叫作"小黄"。那之后，陈子昊也陆续组装过几辆配置更高的车，但每一辆都是黄色的——黄色是环法自行车赛领骑衫的颜色。在自行车爱好者眼中，"环法"的分量几乎可与足球世界杯等同，对陈子昊来说也一样。

毕业后，陈子昊以另一种方式圆了自己的"环法"梦——去做全职的公路车赛事记者和摄影师。2016年，陈子昊作为记者进行了第103届环法赛事的全程报道。由于自行车比赛和传统体育赛事不一样，比如每届环法自行车赛的赛期共23天、21个赛段，跟踪赛事报道实况的记者，在赛事期间也必须跟着选手环绕法国一周直至回到巴黎。无论再苦再累，陈子昊都会坚持到最后一刻。

常年的骑行和探索，让他有着超乎年龄的坚韧。如今，停不下来的他已加入了中国华兴洲际自行车队。这支国家队性质的洲际公路自行车队，以世界巡回赛和奥运会为目标。陈子昊既是车队媒体管理，也是负责带队出国比赛的领队。

他就像一只始终在长空翱翔的鹰，颇有几分汪国真诗里的味道，仿佛目标是地平线，留给世界的就只能是背影。

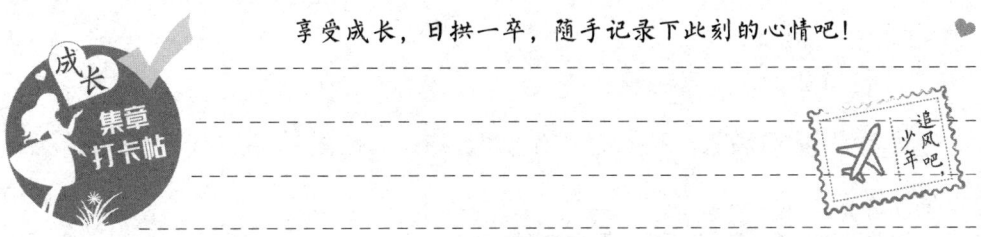

享受成长，日拱一卒，随手记录下此刻的心情吧！

# 长大的只是那些大人

□ 刘亮程

我听人们说着长大以后的事。几乎每个见到的人都问我:"你长大了去干什么?"问得那么认真,又好像很随便,像问你下午去干什么,吃过饭到哪儿去一样。

一个早晨我突然长大了,扛着一把铁锨走出村子,我的影子长长地躺在空旷的田野上,它好像早就长大躺在了那里,等着我来认出它。没有一个人,路上的脚印,全都是脚后跟朝向远处,脚尖对着村子,劳动的人都回去了,田野上的活儿早就结束了,在昨天黄昏就结束了,在前天早晨就结束了。他们把活儿干完的时候,我刚长大成人。

粮食收光了,草割光了,连背一捆枯柴回来的小事,都没我的份。

我母亲的想法是对的,我就不该出生,出生了也不该长大。

我想着我长大了去干什么,但我好像对长大有天生的恐惧。我为啥非要长大?我不长大不行吗?我就不长大,看他们有啥办法。我每顿只吃半碗饭,每次只吸半口气,故意不让自己长大。我在头上顶一块土块,压住自己。我有什么好玩的都往头上放。

我从大人的说话中,隐约听见他们让我长大了去放羊、扛铁锨种地、跑买卖、去野地背柴。他们老是忙不过来,总觉得缺人手,去翻地了,草没人锄;出去跑买卖吧,老婆孩子身边又少个大人。反正,干这件事,那件事就没人干。猪还没喂饱,羊又开始叫了。尤其春播秋收,忙得腾不开手时,总觉得有人没来。其实人全在地里了,连没长大的孩子也在地里了。可是他们还是觉得少个人。每个人都觉得身边少个人。

"要是多一个人手就好了。"

父亲说话时盯着我。我知道他的意思,嫌我长得慢了,应该一出生就是一个壮劳力。

我觉得对不住父亲。我没帮上他的忙。

我小时候,他常常出远门。我没看见他小时候的样子。也许没有小时候。我不敢保证每个人都有小时候。我一出生父亲就是一个大人。等我长大——我真的长大过吗——他依旧没有长老,我在那些老人堆里没找到他。

在这个村庄,年轻人在路上奔走,中年人在地里劳作,老年人在墙根晒太阳或乘凉,只有孩子不知道在哪儿。哪儿都是孩子,白天黑夜,到处有孩子的叫喊声,他们奔跑、玩耍,远远地听到声音。

找他们的时候,哪儿都没有了。嗓子喊哑也没一个孩子答应。不知道那些孩子去哪儿了,或许都没出生,只是一些叫喊声来到世上。

我还不会说话时,就听大人说我长大以后的事。

"这孩子骨头细细的,将来可能干不了力气活儿。"

"我看是块跑买卖的料。"

"说不定以后能干成大事呢,你看这孩子头长的,前锛拉,后瓦勺,想的事比做的多。"

我母亲在我身边放几样东西:铁锨、铅笔、头绳、铃铛和羊鞭。我记不清我抓了什么。我刚会说话,就听母亲问我:哒,你长大了去干什么?我歪着头想半

天,说,去跑买卖。

他们经常问我长大了去干什么。我记得我早说过了,他们为啥还问。可能长大了光干一件事不行,他们要让我干好多事,把长大后的事全说出来。

一次我说,我长大去放羊。话刚出口,看见一个人赶羊出村,他的背有点儿驼,反穿着毛皮袄,从背后看像一只站着走路的羊,一会儿就消失在羊踩起的尘土里。又过了一阵,传来一声吆喝,远远的。那一刻,我看见当了放羊人的我就这样走远了。

多少年后,他吆喝着半群羊回来,我已经不认识他,他也不认识我。

这个放着一群羊,长老的"我",腰背佝偻,走一步咳嗽两声。他在羊群后面吸了太多尘土,他想把它咳出来。

每当我说出一件我要干的事时,就会有一个我从身边走了,他真的按我说的去跑买卖了。开始我还能想清楚他去了哪里,都干了些什么,后来就糊涂了,再想不下去,我把他丢在路上,回来想另外一件事。那个跑买卖的"我"自己走远了。

有一年他贩一车皮子回到虚土庄,他有了自己的名字,我认不出他。他挣了钱也不给我。

我从他们的话语中知道,有好多个我已经在远处。我正像一朵蒲公英慢慢散开。我害怕地抱紧自己。我被"你长大了去干什么"这句话吓住了,以后再没有长大,长大的只是那些大人。

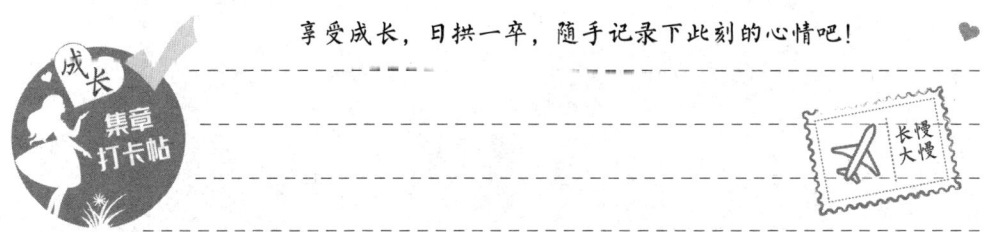

# "小镇做题家"的三本成长书

□ 陶 勇

陈南钰、孙宗逸、王雪卿、张丁凤、张潇伊五位亲爱的同学：

你们好！

阅读来信，让我感到像晨曦中迎面吹来一阵青草地的气息，清新、干净，里面夹杂着一些迷茫和希望获得人生答案的渴求，真诚而又直接。

看到信中的"北京四中""高一"这些字眼，我想起了自己的高中时代。那时，在我们地方高中，最流行的杂志就是《中学生数理化》，前几页都是北京四中这样的名校介绍，而且贴了很多照片。有时贴的是"天文爱好组"的同学透过望远镜看浩瀚星空，有时贴的是"微机（当时电脑被称为微机）兴趣小组"的同学编程，做出会跳会蹦的小人在屏幕上闪烁。这本杂志的厉害之处就在于，一方面用这些照片勾起了我们这种"小镇做题家"的无比敬仰和羡慕，另一方面用"学好数理化，走遍天下都不怕"这样的鸡血口号，来激励我们咬牙坚持。

至于为什么我学好了数理化，却还是遇上那么倒霉的事，这本杂志没说。我觉得我可以做到"走遍天下都不怕"，靠的是另外两本书。

一本书是"笑忘书"。我是九三学社社员，2013年我有幸参加了九三学社前辈严仁英教授的百岁生辰庆祝。严教授是妇产科专家，她曾经悲惨到在厕所里打扫卫生长达十年之久，以至于妇产科遇到疑难杂症，会说"到厕所去找严教授"。

后来，她被选为北大医院的院长，不老老实实坐办公室，却深入田间地头，骑着自行车穿梭在荒郊野外，去调查农村孕产妇的死因，制定并推广了围产医学，大大降低了孕产妇的死亡率，严教授也因此被誉为"中国围产保健之母"。

提起那段苦难，严教授说了八个字，"能吃能睡，没心没肺"。你们看，"笑对苦难""忘掉悲伤"，把这本书学好，提升逆商，人生还有什么可以打败咱们的呢？

另一本书是"职业书"。我是医生，每天接触的都是生老病死，或者是身体残疾和苦痛的人，或者是心理焦躁和烦闷的人，都是负面和阴影。

但这个世界有意思的地方在于，往往鲜艳的花朵盛开在污泥之中，所以我看到，很多一贫如洗，却还坚持劳动、不放弃治疗的人；也看到很多明知自己身患绝症，但仍然怀揣梦想、不断地进取奋斗的人；还看到很多被孤立、被误解、被伤害、遍体鳞伤，但仍心无恨意、笑对人生的人。

医生的日常工作，不仅没有让我觉得厌烦，反而成为精神力量的源泉。

你们在信中问到两个问题，一个是如何确定目标并坚持，一个是要不要坚持自己的理想。我想，这两个问题可以合并成一个，那就是"主""谓""宾"的问题。主语——谁制订目标，自己还是他人，这个他人可以是父母，也可以是老师，或者朋友。谓语——坚持，如何坚持制订的目标。宾语——目标或理想，什么样的目标，什么样的理想。

所以，亲爱的同学们，你们问了我一个人生的终极问题，这个问题决定了人一辈子怎么过。我必须坦白地告诉你们，此问题没有标准答案。我可以提供给你们的解题思路有两条：

第一，无论你们如何选择，一定都会有感觉自己选错的阶段，也一定会有感觉自己选对的阶段。譬如，你们中间的两个想学医的同学，果然坚持了自己的兴趣，选择学医的话，面对背不完的解剖组胚、生理生化、内外妇儿等知识，你们的同学一个电话打过来，问你们有没有空吃饭逛街，你们只能对着窗外的明月长叹一声，继续埋头死背，任由黑眼圈爬上面颊，这时你们一定十分后悔。

但后来你们会真的看到饱受病痛煎熬的患者，经过你们的妙手医治战胜病痛，这时你们会获得成就感；家中亲人因为你们的悉心、专业的看护而保持健康，吃青春饭的同学羡慕你们越老越吃香的时候，你们又会庆幸自己选对了。

其实，无论今天你们选择什么专业，都会存在阶段性的对错问题。不要因为一时的不爽，就彻底否定自己的初心。努力，对于大部分人来说，比选择更重要。

第二，判断选择正确与否的标准，在于评价指标的设立。像我这种理想主义者，会认为人生的意义在于寻找到比生命更重要的东西，从一开始，就不满足于只是赚钱和获得名誉，应该说，理想主义的人更"贪心"，因为他们要的是内心的满足。通过医学这个窥镜，可以更多地体悟真情，提升心智，感受平衡与和谐的状态，感受自己看问题的视野得以开阔，这种状态就会让我很满足。

但我要坦白的是，我也不能活在真空里，我也尊重世间的评价标准，只是保持平衡、没有走极端，不会为了追求更多的财富而牺牲自己的理想。

其实，有选择权的我们是被人羡慕的。我有一位初中同学，上学的时候，每天早上4点钟出门，先是割猪草，把家里的猪喂了，然后做饭，给弟弟和卧床的母亲把饭做好，再走十几里路去上学。

她后来考上了上海的一所名牌大学，但是所有的学费都要通过勤工俭学来获得。对她来说，在选择职业的时候，必须比我们更考虑世间的评价标准，所以，你们有选择的苦恼，但是，更多的人有无法选择的苦恼。

《中学生数理化》上登得最多的广告就是祛痘膏，广告之精准令人心动。一个清纯的女生，手持绿色包装的祛痘膏，脸上干净光滑，微笑恬然，对于当时高一满脸是痘看见镜子就闹心而又正处在那样一个需要建立外貌自信以构成异性吸引的我，简直是极大诱惑。

可惜小镇上买不到啊。所以后来我高考考得不错，也不好说是不是跟这有关系，一方面因为买不到祛痘膏而省了浪费在照镜子上的工夫；另一方面加倍努力，希望去到买得到祛痘膏的大城市。

令人痛心的是，等我费尽辛苦度过了千军万马过独木桥的人生大考到了北京之后，这款祛痘膏停产了。

你们看，人生不就是这样有意思吗？

再次感谢你们的来信。希望你们的人生多一些选择的自由，同时保持对初心的敬畏。

陶勇

2021年2月18日

于朝阳医院眼科

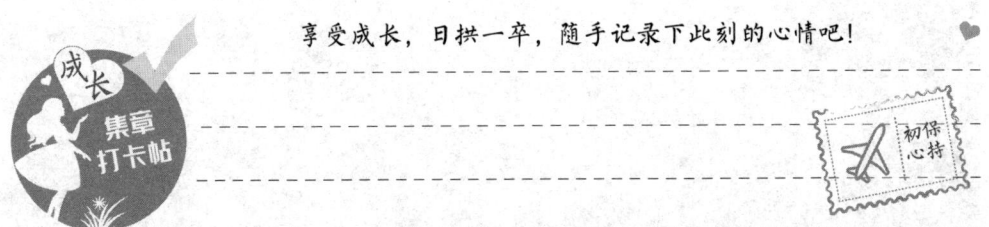

# 原来全世界都在假装当"大人"

□吴爱喜

过完年,在父母亲戚眼中的你,"又长大了一岁"。但只有自己知道,其实自己一直在"假装当大人"——

生活和工作中遇到的问题,虽然表面看起来好像可以把握住,但自己根本是个外强中干的"银样镴枪头";小时候不会处理的人际关系,现在面对时还是会想要躲躲闪闪;小时候觉得难挨的场面,现在遇见还是会坐立不安……

那些以为我们长大后自然就能拥有的技能——知道每一个七拐八绕的亲戚在辈分上该怎么称呼、买东西的时候善于讨价还价、在大街上碰见别人搭讪应对自如的生活技能,该不会还是不会,该不行还是不行。然而对比之下,周围的人却似乎对各种人际关系都能应对自如,对自己的角色如鱼得水。

这时候,真的很难不产生一些自我怀疑:难道全世界只有我自己在"假装当大人"?

原因出现在我们对"大人"的定义上面——长期以来,我们的社会语境中,将"大人"和一系列与"稳定感"相关的褒义词紧密相连,比如:成熟、稳重、冷静、理性、熟练……

甚至在我们小时候也经常听到类似的话:"等你长大了就懂了""等你长大

了就会了""等你长大了就好了"……

这些潜移默化的概念给成人世界镀上了一层金光,让人觉得仿佛只要长大了,该会的就会了,该懂的就懂了,眼下困住自己的难题将迎刃而解;而反过来,这也会让一些年轻人觉得,如果自己在日常中做不到这些,就是没有长大。

但这种思路属于一种绝对化思维陷阱。在这种"失序"感的背后,是对自己"不够成熟"的担忧,是对日常生活失去掌控的恐惧。事实上,成年人也会有不擅长的事,也会有迟疑、迷茫、痛苦和两难的时刻,这都再正常不过了。

"长大是在某一刻突然发生的"这种说法,更像一种文学修辞,真正的成长是一个不断变化的过程——这里边有发展,但可能也会有退步,但对大多数人而言,总体还是个不断向上的过程。

人生不只有"没长大"和"长大了"两种状态,或者说:从出生到死亡,人一直处在成长中,每一刻我们都比前一刻成长了一点点。

所以,不够成熟又怎样呢?我就是这样的人。而在某种程度上,"假装大人"就像之前流行的话题"世界是个草台班子"一样,都是年轻人试图通过重新定义世界,拿回自己生活主动权的方式。"草台班子"消解了以往通俗语境里对成人世界精英化、秩序化、神秘化,以及严丝合缝运转的描绘,在心态上缓解了年轻人初入社会的紧张感,让人觉得成人世界的试错成本好像也不那么高,进而挺直腰板、鼓起勇气加入其中。

知道自己时刻走在变得更好的道路上,这就够了。

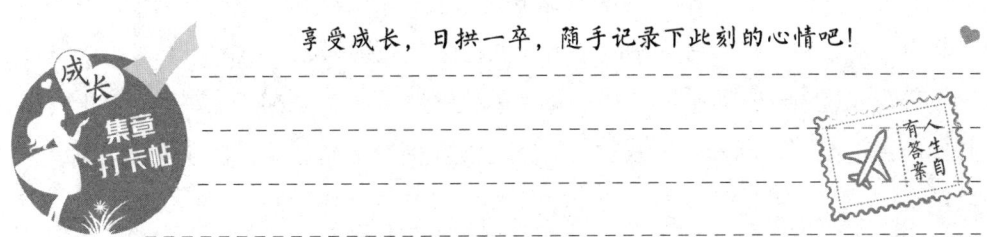

享受成长,日拱一卒,随手记录下此刻的心情吧!

# 烂摊子，也要去摆啊

□周牧辰

如果把人生中的某种境遇比作摊子，那么很多人都可能摆过烂摊子。

何为烂摊子？用我母亲的话说，就是位置不好，摊子上的东西难卖或根本卖不掉，赚不到钱。

母亲年轻时，摆过不少烂摊子。为了养活子女，补贴家用，她经常早晨去街上摆摊子——卖的都是自家的时令农副产品或者自养的家禽：蔬菜、瓜果、红薯、糯米、鸡蛋、鸡鸭鹅……有啥就卖啥。

我家离街上远，那时候又没有公路，全靠挑着担子步行。每次母亲都是凌晨4点多就从家里出发，可到达时，街上的早市已经开始了，好一些的摊位早被其他摊主占了，母亲只能选到偏远的角落，而那里人流量小，摊位上的东西便难以卖出去，所以被称为"烂摊子"。

母亲自然不愿总待在烂摊子上，她也想朝市口好的摊上挪，哪怕能沾些边也好。但绝大多数摊主都不会同意她挪过去，怕她抢了自己的生意。有时母亲把摊子摆到商店的门面前，但很快就被店主驱走，觉得她拦了路，影响了店里的生意。所以，大部分时间都被赶来赶去。

还有的时候，母亲干脆就在市口好的摊位旁边等，等他们卖完后空下了摊位，再替补上去。但乡镇上的早市都是露水式的，高峰时间很短，太阳一出来交易基本上就结束了，再好的东西也难卖掉，她只能勉强抓个尾市。

实在被赶得哪儿也待不下去，母亲就重新回到她的烂摊子上，大声地吆喝，费尽口舌地推销，同时降价贱卖。最终也没卖掉的那些，也只能挑回去，第二天再过来摆。

占不到好摊位，烂摊子也要去摆啊。这是母亲常跟我说的一句话。在她看来，摆，总比不摆要好。不摆，什么东西都卖不出去；摆了，至少还能有点收入。

就这样，母亲靠着不断地去摆烂摊子，勉强将一家人的生活支撑了下去，将我们抚养成人。

其实，有些人的摊子比我母亲的还要烂。我曾采访过一个患有脆骨症的少年，他频繁地骨折，身高比同龄的孩子矮一大截，看上去就是个小矮人。更糟的是他的父母还离了婚，他只能跟年迈的爷爷奶奶一起生活。

但他没有向糟糕的现实屈服。他选择去普通学校而不是当地的特教学校上学。由于出行不便，从8岁起，他就每天坐着一辆小孩玩的"扭扭车"去上学、放学。他很坚强，一直努力微笑着面对生活，刻苦学习，开心地和同学们打成一片，并给自己找了个摄影的兴趣爱好。

10年过去了，这个孩子在高考中取得了非常不错的成绩，上了一本院校，摄影也越来越专业。他说，在大学里会一如既往地好好学习，毕业后要开一家摄影店……这个脆骨症男孩的人生摊子，在常人眼里够烂吧？但他依然坚持去摆，而且乐观地摆，摆出了令人意想不到的好结果。我们有理由相信，这样的人一定会有更出彩的未来。

我们大多数人，可能都有过人生的烂摊子：事业不顺心、儿女不如意、健康不乐观、理想难实现，还有突然出现的意外等。家家都有难念的经，人人都有难过的坎。说到底，人生的烂摊子极少有人能完全避开。

但是，那些所谓的"烂"，并不意味着好不起来。一切皆有改变的可能，如我的母亲和那位脆骨症男孩。只要不气馁、不放弃，勇敢地把烂摊子摆出去，摆着摆着，可能就没那么烂了。

要相信，人生没有永远的烂摊子。坦然面对，足够努力，那些摆烂摊子的日子，终会离我们远去。

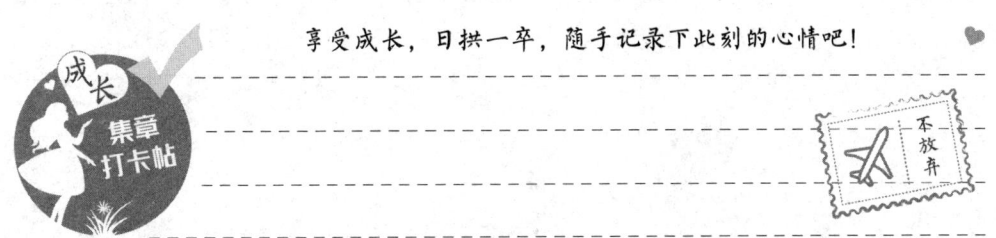

# 鲁迅的城市漫步

□沈轶伦

你总能想象一个"横眉冷对千夫指"的神色严肃的先生,但你能想象一个在百货公司里漫步、挤玩具柜台的先生吗?那也是鲁迅。

他可亲。许广平在《鲁迅先生与海婴》一文中写道:"从前这书呆子的他,除了到书店去,其他的什物店是头也不回地走过的。有了海婴之后,他到稍远的地方,一定要到大公司的玩具摊上,留心给小孩拣选玩具。"他这么有品位的人,会为孩子挑选什么呢?在如今对外展出的周海婴的玩具珍藏里,那些小哑铃、玻璃弹珠、九连环、智力套圈和算数盘里,究竟哪一个是鲁迅亲自买的呢?

他服软。鲁迅自己说过的:"这孩子不肯受委屈……不肯吃饭之类的消极抵抗法已经有了的。这时我也往往只好对他说几句好话,以息事宁人。我对别人就从来没有这样屈服过。"服软的鲁迅多么可亲。他到上海来,他战斗,他写文章,他支持青年,他振臂高呼,他也为这个小宝宝买药、种痘、晒太阳、称体重、过生日,他亲力亲为地带这个受了"三家邻居警告"又常生病的淘气包去医院或请医生来家诊治。

1935年1月4日,鲁迅在给萧军和萧红的回信中写道:"……知道已经搬了房子,好极好极,但搬来搬去,不出拉都路,正如我总在北四川路兜圈子一样。"你在照片里能看到他在上海昂首挺胸去高校演讲时的步态,却想不出这位斗士怀揣着玩具在上海走回家时的表情。

鲁迅刚来上海不久,就走进了内山书店。1930年,在内山书店主人内山完造的介绍下,鲁迅迁入拉摩斯公寓,住三楼。当时,公寓里的住户身份颇为国际化。柔石、冯雪峰、郁达夫、史沫特莱和内山完造,成了鲁迅新家的常客。

他是沿着昔日的北四川路,今日上海虹口区四川北路来来回回走着的,走了十年,从景云里到拉摩斯公寓,从内山书店到大陆新村,还有木刻讲习所旧址、中国左翼作家联盟会址纪念馆,鲁迅去过的每一幢建筑分明都还在,只是那个牵着儿子的手"回眸时看小於菟"的老虎爸爸,不在了。一切化作了一条"鲁迅小道",只要踏上这个区域,每隔几米就会看到地砖上镌刻着指路的标志。如今任何一个游客,只要沿着地上的指示标志,就能和鲁迅先生的足迹在这座城市里交会。

我时不时会去这条路上走一走。想这一刻是多么幸运。上海有外滩,有梧桐区,有各类购物场所,有无数漂亮摩登的"网红"打卡点,但上海不仅仅是这样,上海,是一座有过并永远留住了鲁迅的城市。沿着鲁迅小道走着,我想起了文学研究者王晓明老师的话:"我们今天生活的时代,虽然和鲁迅所处的时代有了很大的不同,但鲁迅当年面对的许多问题,如确认自己的人生意义,理解自己所处的时代等,同样是我们今天需要面对的。历史虽然一直在变化,但在很多时候,不同历史时段的社会和人生状况,并不如我们所想象的那样截然不同。"

大陆新村外,山阴路上的水杉绿得可爱;重新装修开张的内山书店,陈列着鲁迅主题的文创产品;路口的万寿斋,有全上海最好吃的馄饨和小笼包。从店里走出的抱着孩子的老人,四川北路上匆匆骑着共享单车经过的青年,提着小菜篮子转入居民楼的主妇……一切在日常的运转间,显示着生命的自序和自足,显示着灵与美,这是鲁迅和瞿秋白沿着这些路走过时,怀着热泪畅想过的未来吗?我们身处的平凡无奇的此刻,正是他们为之献身的理想未来。

享受成长,日拱一卒,随手记录下此刻的心情吧!

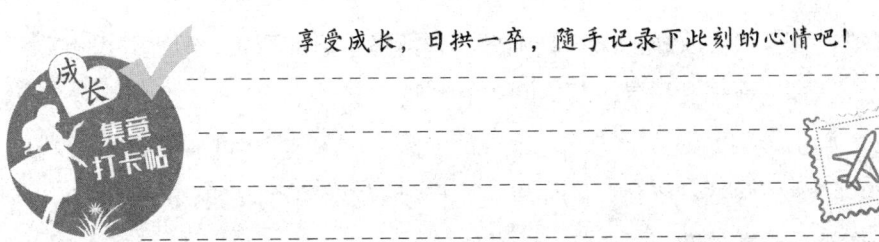

# 因为一个举动,她被160万网友评为"合格的大人"

□辣炒猪排

最近,有人收获了一张特别的奖状。

这张"合格的大人"奖状,是网友为凡凡的小店颁发的一项殊荣。

凡凡经营着一家小卖铺,店里人来人往,总会发生许多趣事,她干脆把自己店里监控录像中值得记录的部分截取下来,和大家一起分享。

而她之所以被大家评为"合格的大人",还要从几天前的一段引发全网热议的监控录像说起——

这天,一个小女孩拿着妈妈的手机来到小卖铺买雪糕。在柜台结账时,往常都能用密码顺利支付的手机,突然蹦出了刷脸支付的页面。而小女孩孤身一人,一来没有妈妈陪在身边帮忙刷脸解锁,二来从没遇到过这样的状况,因此一时陷入了尴尬境地。不仅如此,在她身后还有两个成年人,对这件小事开起了玩笑。可能是担心耽误的时间太长,雪糕会融化,也可能是被他人的眼光影响,在多重重压之下,小女孩一个人捧着手机,手足无措地哭了起来。

身为老板的凡凡第一时间赶跑了在一旁奚落孩子的大人:"走了啦,你们两个人!"然后告诉小女孩不用担心雪糕会融化,即使化了,也可以拿两支新的给她,以解后顾之忧。

此话一出,让不少网友瞬间共情,因为很多人会因为犯一个小错,产生一个小失误,引来指责和谩骂。一件很小很小的事情,也会让人当场崩溃,觉得无法挽回。

有了她的安抚,小女孩的哭声渐渐停止,情绪也稳定下来。但她并没有草草了事,反而认真地帮小女孩寻找解决问题的方法。

首先,她引导小姑娘分析了问题出现的原因。因为结账用的是妈妈的手机,所以需要刷妈妈的脸才能支付。即便发生了自己解决不了的突发情况,也不用着急,可以向大人寻求帮助。

其次，顺着这个逻辑，她为小女孩提供了两种解决问题的方案：第一种方案，就是带着手机回家找妈妈刷脸，完成支付；第二种方案，则是回家拿现金，再回店里付钱。

不仅如此，凡凡还明确向小女孩强调了她需要承担的责任：可以直接把雪糕带回家，但是只有确认妈妈付钱后，才可以吃。

至此，凡凡的开导还没有结束。授人以鱼不如授人以渔，她还为小女孩提供了一套在未来面对问题时的解决方案——她先是理解了小女孩在两个陌生大人面前感到羞愧、尴尬的情绪，并没有因此而责怪小女孩；又告诉小女孩，等到下次面对他人的玩笑时，一定要大声地表达出自己的真实想法，说出自己的不满。这一整套处理方法，不仅逻辑清晰，而且面面俱到，让不少观众都由衷地感到佩服。

视频的结尾，在小女孩离开小卖铺后没多久，一条到账通知的语音提醒，打破了小店的宁静——小女孩按照约定，一分不差地把钱转给了她。而凡凡在这段短短的监控录像中所展现出来的坚定、善良、同理心，让很多观众深受感动。在小女孩的情绪被她疗愈后，无数个在童年时代一样孤立无援的网友，仿佛也得到了救赎。

毕竟，对于这一代成长于世纪之交的年轻人来说，都或多或少有过在童年时代被忽视、被大人们嘲弄的记忆。

但不是每个小孩，都能遇到像凡凡一样伸出援手的大人。

正因如此，一个"合格的大人"，才显得弥足珍贵。

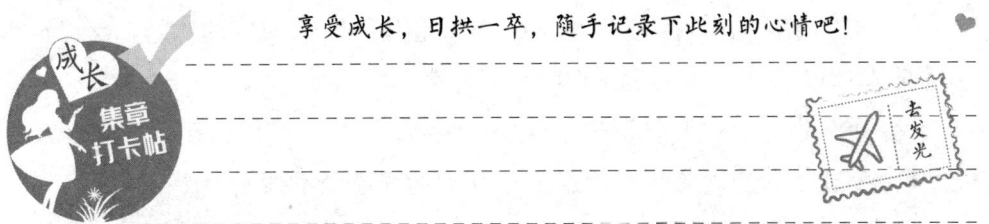

## 你该体验一次只能依赖自己的绝对孤独

□巫小诗

高考结束的那个暑假,我刚成年,骨子里迫切想要做一些事情证明自己已是大人。要知道,一个人在刚要拥抱世界的时候,总会有轰轰烈烈干一番大事的期待。于是,我有了人生的第一份兼职,也经历了状况百出又充满能量的一天。

我在一家小旅行社当助理导游。所谓助理导游,说白了,就是游客的后勤人员。我所在的县城太小,没有全程的导游服务,需要助理导游把游客护送到旅行的城市再交接给当地的旅行社。这项工作没有太高的技术要求,认真细致就好。

前两次的跟团工作,去的都是省内的景点,过程非常顺利,数数人头、收发证件、看看风景、侃侃大山,好不清闲自在,我一度觉得自己的第一份工作太顺利了,简直就是开门红。可在我第三次跟团的时候,发生了旅行社创办以来最大的事故。

那天,我带领一行19人的旅游团奔赴西安。这是我第一次带出省的长途旅游团,我需要领全团游客先坐汽车去武汉,再坐火车去西安——这是最经济的组合路线。我们只需要准点到达火车站,从龚先生手上拿我们全团的火车票即可。

可没想到,非节假日的高速公路,那天竟堵到"地老天荒",时间原本很宽裕,可眼看着就可能赶不上火车了。在得知误点时,乘客们开始牢骚满腹,原本亲切的叔叔阿姨开始围着我喋喋不休:"你们旅行社干什么吃的?""我们不去了!双倍退钱!"甚至有人爆了粗口。

我开始慌乱了,这种情况还是第一次遇到,没有人告诉我接下来应该怎么做,也没有一个人把我当小孩,哪怕一点儿体谅都感受不到。

我问司机师傅应该怎么做,他尴尬地说,他只负责开车。我的泪水在眼眶里打转,强撑住没有流下来。我拼命让自己冷静,想着怎样将损失降到最低来安抚大家的情绪和弥补旅行社的损失。

虽然注定赶不上火车,但火车那时还没有开。我打电话给已在车站等候的龚先生，让他看能否改签合适的车票，改签不了就只能退票，不然火车开出后损失会更大。可是，暑期车票紧俏，改签已是不可能的事情。滞留武汉的话，一群人的住宿将是一笔巨大支出。原路返回当然更不行，旅行社将面临投诉以及经营诚信等问题，会因这事砸了招牌。无路可退了，当晚必须走，只能退了火车票，想别的法子。

旅客们情绪依然很激动，我鼓起勇气，自己做主，以旅行社的名义掏钱请大家吃晚饭以表歉意。大巴开到高速公路边一家不错的餐厅，旅客们进去用餐的时候，我开始疯狂地打电话。我决定当晚坐汽车走，联系了几家客运公司，要么没有合适规格的车，要么价格太高。终于，一连串的电话打下来，我联系到一辆中型长途客运巴士，价格也可以接受，能连夜将旅客送至西安，也是卧铺，旅客不会劳累。

但是，这辆巴士只有19个位置，而旅行团加上我一共有20人，高速严格限制不许超载。怎么办呢？我当即决定自己不去了。我通过旅行社联系到了一名西安当地的导游，她会在车站接应他们。谢天谢地，一切妥当了，我绷紧的神经瞬间松弛，整个人简直要瘫软在地上。

送旅客们上车时，一个阿姨问我："姑娘，你真的刚刚高中毕业吗？"

"是啊！"我不知道她为什么突然问我这个问题。

"我的女儿跟你差不多大，她如果碰到今天这样的情况，绝对会被吓傻的，你干得好呀！"

"谢谢！"我笑了笑。

车开远了，我还在原地愣着。其实，我早就被吓傻了，只是还没缓过神来。

送游客来的那辆大巴，晚饭前就走了。当时已经是晚上10点，没有回家的车了，要在武汉滞留一晚吗？掏了两桌饭钱，我身上的钱不多了，如果住宿就买不起返程的车票，而我也不想独自在这儿住一晚。我放眼看了看，我站的地方似乎离高速公路不远，我决定搭车。我从来没有搭过车，不知道会不会像旅游杂志上写得那么简单，也许成功的概率不大，只能硬着头皮试一试了。

高速路口堵车，我一路走过去，找我家乡的车牌号，赣G，就是这辆。我大声朝驾驶座上的师傅说："我通宵跟您说话，防止您瞌睡，您让我搭车回家好不好？我走不动了，也没有钱。"很幸运，他爽快地答应了，挥手示意我上车，这一切顺利得跟电影情节一样。然后，我拖着疲惫的身子，几乎整宿都没合眼，跟一位不相识的货车师傅唠了一宿的嗑，从他小孩的成绩聊到了国家大事。凌晨两点，他还请我吃了碗泡面，那面汤夹杂着泪水，有点儿咸。

我是凌晨5点到家的，旅客几乎跟我同时抵达西安，我如释重负，瘫倒在床上，一觉睡到傍晚。回想着前一天发生的一幕幕，我感到不可思议，天哪！那是我吗？我居然独自摆平了那么大的烂摊子，我简直要被自己感动了。

凯鲁亚克说："人在一生当中应该体验一次健康而又不无难耐的绝对孤独，从而发现只能依赖绝对孤身一人的自己，进而知晓自身潜在的真实能量。"这句话放在那天的我身上，该是多么贴切。18岁那天，是我年龄上的成年，而这一天，是我心智上的成年。

*享受成长，日拱一卒，随手记录下此刻的心情吧！*

# 我小时候最想攀爬的不是高山，而是屋顶

□熊培云

村子里的屋顶，早先是茅草盖的。麻雀会在里面做窝。那时候的屋顶有自然之美，人居屋顶下，鸟宿屋顶中，屋顶之上是苍穹。不过，这样的屋顶实在不结实。我小时候最想攀爬的不是高山，而是屋顶。虽然那时村里大多已是瓦屋，但没有哪个孩子敢爬上去，主要是因为大人不允许：一来怕踩坏了瓦片，二来担心孩子从房顶上掉下来。

我家的房子只有父亲能上去，但都是例行修缮。比如发现屋子漏雨，待天晴了，父亲就会上去"检瓦"，把碎瓦换掉，或者将下滑的瓦片复位。

由于一直无缘爬上屋顶，每当我在电视里看到有人在屋顶奔跑时，总是羡慕不已。盼望有朝一日在屋顶上行走，像一次短暂的远足，不是向着大地，而是向着天空。那一刻，人仿佛挣脱了尘世的束缚，身心自由了。

现在，每家人都可以在屋顶上行走了。遗憾的是，这里几乎片瓦无存。

宁为玉碎，不为瓦全。这是玉的世界，瓦不存在了，活下来的只是玉的附庸。正如我的村庄，成为城市的附庸。屋檐飘雨，已是昨日之梦。

夏天的夜晚，我时常独自躺在老家的屋顶上，而我心里塞进了太多的东西，再也装不下童年时的绚烂星河了。

享受成长，日拱一卒，随手记录下此刻的心情吧！

## 这辈子最后悔的事呀

□ 橘　炽

我曾是个"熬夜小达人",能把漫漫长夜当作白天一样过,整宿整宿地疯狂看小说、玩手机。

那段时间我迷上了被窝里的虚拟世界,只觉得晚上比白天更自在,哪怕困得要命,还是舍不得闭上眼,幼稚地认为睡觉是浪费大好光景。

理所当然地,到了白天我总是无精打采,哈欠连天。爸妈以为是我学习太累,还给我买了昂贵的补品,一点儿也没有怀疑他们的"乖乖女"在被窝里藏了秘密——这让我很愧疚。但我依旧舍不得夜晚的那些快乐,于是白天虽然很困,也还是强撑着好好学习。

我决心下次月考一定要考得更好一些,这是父母喜欢的,我每一次考试成绩进步,他们都能笑得和孩子一样。那时仗着年少,肆无忌惮地消耗身体,一点儿也没意识到有些损失是不可逆的。

第一次戴近视眼镜觉得新奇有趣,第一次头晕目眩时也不以为意,还有那闷闷的胸口和太短暂的心悸,我都当作偶然。

直到下一次月考的时候,我的世界突然天旋地转,变得一片黑暗。再睁眼,是在床畔哭泣的妈妈和湿了眼眶的爸爸。

这是我第一次看见爸爸妈妈哭,也是第一次知道爸爸妈妈会哭,我心里几乎要溢出惊惶和不安来,一个劲儿地想:完了,完了,他们是不是知道我在被窝里玩手机、看小说了?会狠狠骂我的吧!他们确实已经知道了,但没有骂我,只是用几乎乞求的语气劝我,以后不要再这样了。

后来我才知道,原来我晕倒在考场上,是很危急的那种情况,医生都下了病危通知书,如果不是抢救及时,他们就要失去我了。

而这一病,花了很多钱,爸爸本来想买的小汽车泡汤了。而哪怕是花了那么多钱,医生还是无奈地表示:我的小心脏坏掉了,不能和原来一样了。从此,它要一直带着小支架工作啦。

再后来,时间如流水逝去,我渐渐长大,也渐渐力不从心。我终于发现带了小支架的自己和别的健康小孩儿不一样,要长期吃抗凝的药,所有的剧烈运动都不能参加,连呼吸都要小心翼翼……

我终于在悔恨里成长,懂得爱惜自己,也懂得自己的重要性。但可惜,好像有点儿迟,失去的健康回不来了。

于是,我无数次躲在被窝里哀叹:爸妈生下我这笔投资有点失败呀!万一某天不幸我比他们先离开这个世界,那可真是血本无归!

于是,我偷偷攒钱买了一份保险,确保最后能给他们留下些什么。

我在日记本的最后一页留言:我知道自己的心脏不好,好怕自己比你们先一步离开这个世界呀。

我舍不得离开你们,也舍不得你们难过,真到了这一天,我可不希望你们哭完后一无所有。请拿着这笔钱去买买买吧,不要舍不得花。

对不起,亲爱的爸爸妈妈。

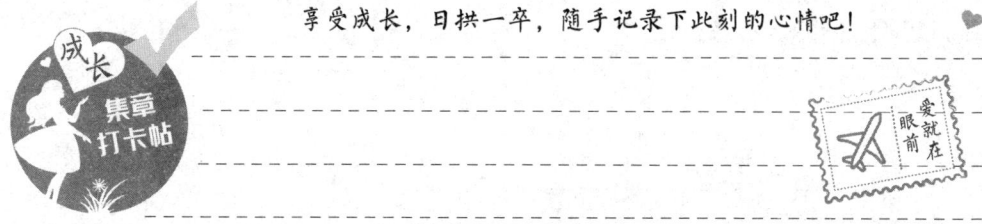

# 好的人生是走出来的

□林 溪

女儿大学选择的专业是所谓的"天坑"专业。两年前，高考成绩出来后，校长和班主任都建议她上一所工科专业背景深厚的院校，将来好就业。我也赞同，选择专业肯定要考虑以后找工作。

女儿却有自己的主意。她一直觉得人很神秘，想通过专业学习去探究生命的奥秘。为此，她将10个高考志愿无一例外地填上了生命科学类，并如愿以偿地开启了生物技术的研习之路。

她很喜欢校园生活，上课从不迟到、早退，保持严格自律。别人觉得晦涩难懂的文献，她视若珍宝；大部分同龄人还在为学习方向感到迷茫时，她已经开始为毕业后的考研做规划了。她把更多的时间倾注在实验室，经常因为沉浸其中而错过了吃饭时间。

女儿的成绩一直保持领先，多次获得校级奖学金，但她并不是传说中的书呆子。公益课堂、辩论会、体育赛事，处处都有她的身影。除了在学生会和团支部承担重要工作，她还是学校大学生创新创业项目的负责人。为了实现做科研的梦想，女儿在成长的路上奋力奔跑着。

这样的状态，我还担心什么呢？也许当初入学的时候是带着几分无知者无畏的冲动，但这一路的奔跑让她的目标更加坚定，也更加具体。而我能做的，就是选择相信她的这个选择是对她最重要的东西，然后通过女儿的不断努力，一步步将这个决定变得更加正确。我也坚信，无论她以后走上怎样的道路，她都不会后悔当初的选择。

人的一生面临着无数次选择，每次选择都是一场取舍，没有"万全之策"。反复在得失中权衡，不一定会让我们做出更加明智的选择，还可能让我们更加畏首畏尾。好的人生往往是走出来的，而不是选出来的。任何选择都只是我们人生路上的一种可能，并不能决定全部。

选择所爱，坚持所选，才是最明智的做法。既然无法预知未来，不如在选准一条路后，风雨兼程地走下去。

剩下的交给时间，它一定会给你最好的答案。当你的能力足够撑起你的梦想的时候，你的任何选择都会成为最正确的选择。

*享受成长，日拱一卒，随手记录下此刻的心情吧！*

# 后来我们才明白，告别终不能尽兴

□胡不归

我发现我不太会与人告别，无论是突如其来的，还是计划已久的。当一场分别真正到来的时候，说什么都词不达意，做什么都无法恰如其分。

印象中，第一次告别，是在八岁那年。

曾祖母生病了，家里忙成一团。那几天，常有亲戚进出曾祖母的房间，行色匆匆。而妈妈非常严肃地警告我不许进去，我只能远远地看着曾祖母的房间。

然而我最后还是趁着没人注意，蹑手蹑脚地靠近了那栋房子，趴在窗外，听到悲戚的声音，说着"来送送你，安心地走"之类的话语。曾祖母要走吗？我心里一紧，想着那我也该送送吧。等探望的人走出客厅，我便马上爬上窗台，看到屋子里照例是阴暗的，床帘半掩着，在幽微的光亮中，我瞥见了躺在床上的曾祖母，她将瘦弱的身子慢慢撑起来，两只空洞的眼睛盯着我。这是曾祖母吗？我嗫嚅着，一时竟说不出话来。曾祖母动了动干硬的脸，说："你来。"她的声音微弱而颤抖，那只枯树枝般的手向我伸过来。"啊！"我吓了一跳，从窗台掉了下去，担心被发现，又急忙跑开。

后来，我又爬上了曾祖母房间的窗台，却不曾再见到她。

长大后的某一天，我突然醒悟：那次爬上窗台与她见面，成了我们的告别。而这最后一面，我竟因为害怕生病虚弱的曾祖母，一句话都没有对她说，但直到现在，她向我招来的手却一直刻在我的记忆里，懊悔与遗憾在我心头萦绕了很多年。于是我想，对于突然的告别，我无从把握，那么，对于有预告的告别，我总该应付得了吧。

大学毕业是一场告别青春的仪式，我知道六月里会有那么一天，我们将迎来一场告别，开一场隆重的典礼，拍一张最后的集体照……所以我早早就准备着。

属于我们的告别仪式历时三天。第一天，走入回荡着校歌的会场时，我的脑子里居然一片空白，尽管出门前已经反复练习，可临上阵了，我还是不知所措，糊里糊涂就结束了这一天,只记得集体照里少了一些同学。到第三天,余下的人也陆陆续续走了。我在校门口与同学互相道别,心里突然涌上积攒了很久的话,却堵在了喉咙里,只能冲着他们挥挥手,说声再见,如平时的离别一样。

之前苦心孤诣地想让这场告别不一样,可最后还是稀里糊涂地结束了。仿佛还没开始告别,青春就确确实实已宣告结束。

时光流逝,经历了越来越多的告别,尽管每一次分别前,我都提醒自己要好好道别,但到了那一刻,我还是不知道怎样才能把当时复杂的情绪表达得淋漓尽致。

后来,岁月教会我,告别终不能尽兴。让我对曾祖母的内疚渐渐释怀,对青春年华的缅怀也渐渐淡然,对大大小小的分别都看淡了许多。毕竟,再怎么执着,都无法改变离别的既定事实。为了遗憾不那么深,我们只能在分别到来前,好好聚首,认真陪伴,有话不妨直说,想做的事也不妨马上做。谁知道,眼前一别,是否还能再见呢?

享受成长,日拱一卒,随手记录下此刻的心情吧!

# 他说我不蠢

□ 韩毓海

我的老师柏庆禹于2020年9月4日去世了，离第36个教师节只差6天。

在我的求学生涯里，柏老师是第一个懂我的人。

如今的我怎么成了北大中文系的教师，而且怎么就成了一个"非典型"的中文系教师？想来想去，我觉得这一切都是因为遇到了我的柏老师。

在遇到柏老师之前，我喜欢的是数学，当时老师们说我聪明，无非就是因为我很擅长解几何题。

可惜这聪明没能持续多久，因为对数学的热爱，使我突然萌生了极大的困惑，即一切推演，并不是为了追求什么"未解之谜"，而只不过是为了证明早已存在的"前提"和"法则"而已。

及至学到代数，我的困惑就几乎发展为了绝望，我甚至感到：所谓代数者，无非是一种不断回到前提的循环论证而已——从此以后，直到今日，我便对我曾经热衷的数学有所怀疑——所谓数学、所谓解题，无非就是永无止境地强化对于"规则"的确认，而这些规则，是人们事先知道、早就知道了的。

有谁家的孩子，是突然从聪明堕入愚蠢，由好学变为厌学的呢？在我看来，这如果不是因为遭遇了什么外在特别的变故，那很可能是因为这孩子的脑子里突然出现了他不该想也最终想不明白的事——换而言之，这孩子"想太多了"，而他想到的问题，可能在既定的规范里没有答案。

在大多数家长和老师看来，孩子喜欢胡思乱想，这起码就算是"不专心"，是将来"一事无成"的先兆。

记得有一回，我在数学课上提问说："我见过锅、见过球、见过正月十五的月亮，就是没见过什么是'圆'，数学教的东西，包括圆——统统都是不存在的。"

数学老师愣了几秒钟，然后直截了当地说："你脑子蠢得像头驴，再捣乱，你就给我出去。"

我的同学们放声大笑，我被自己的这种"错误认识"吓坏了，而从此以后，我不但对数学，对学习都丧失了兴趣。到了初二，我的成绩就一落千丈，在老师和同学眼里，我确实蠢。

今天看来，胡思乱想当然不等于错误的思想；胡思乱想，无非是没有边界和规范的思想。从这个意义上说，胡思乱想是孩子的本能，也是人的一种能力。

少不更事的我，就曾经差一点儿被这样"废掉"了，而我没有被废掉，就多亏了柏庆禹老师。

第一个指出我不蠢的人，就是我的语文老师——我中学时代的班主任柏庆禹，起因则是我的一篇作文《运动会》。

在那次学校的运动会上，我的工作是帮助参赛的选手保管他们换下来的衣服，而柏老师在讲评大家的作文时，破天荒地把我的文章挑出来，仔细地讲评了半节课。

他这样说："在运动会上，一般只有两种人、两个视角，一个是观众视角，一个是运动员视角，而这篇作文的'奇特'之处在于：从另外一个特殊的视角（保管衣服者）出发，把上述两种视角沟通起来，这样一来，也就沟通了场内与场外，台上和台下。"

他接着说:"作者的可贵就在于'观察角度的独特',因此,能够从'个别'去表现一般,能够置身事外又投入其中——而这样的态度叫'鉴赏',这样的能力叫审美,这样的作品叫艺术。"

他还说:"'文似看山不喜平',艺术的根源就在于'奇思妙想'。"

令我终生难忘的是,柏老师讲到这里的时候,顿了一下,然后,方才徐徐地说:"这就是为什么知识发展的根本动力不在别处,就在于四个字——解放思想!"

那一天,我第一次知道:原来被数学老师严厉禁止的"胡思乱想",还可以被称为"奇思妙想";那一天,我第一次知道:知识不等于规范,因为知识发展的根本动力,就在于解放思想,所谓解放思想,就是不能用条条框框去束缚人们的思想。

那一天,我第一次知道:看世界、看事物不仅有一个视角,而是有多个视角,从多个视角看世界,叫审美,叫鉴赏,叫"批判";那一天,我第一次知道:人身上有一种能力,使它区别于物,而人所具备的这种能力,就叫艺术能力。

而那一天,我的柏老师告诉我,我不是一头蠢驴,因为驴不具备想象力。正因为我身上具备这样一种叫"想象力"的能力,所以我不是驴。

我永远记得那个秋天,永远想念那个秋天,在那个秋天,我遇到了一位好老师。

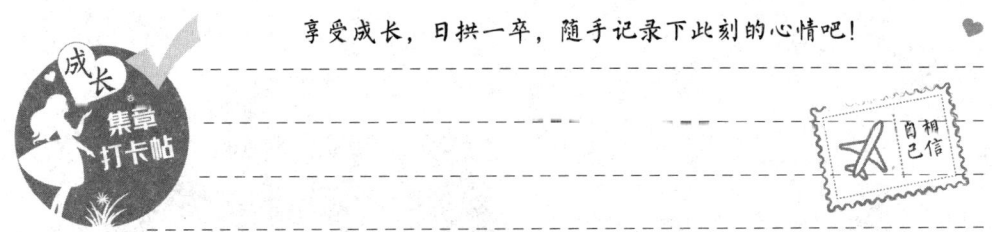

第二辑 愿你长存少年志气，做自己成长路上永恒的战友

# 刺痛双眼的朋友圈

□洛不良

起码在上高中以前，我绝对算不上好孩子。当然，我也不觉得我爸是个好爸爸。

那时候的我爸，是由各种味道和灰尘构成的。酸臭的汗味、劣质香烟的烟味，偶尔会有啤酒的酒味，还有从工地上带来的各种水泥和沙子。

我妈去世得早，早到我已经记不清她的模样。我爸圈子不广，只念到初中的他也没多少朋友，不去工地做活儿的时候，他就买一小袋花生米和一瓶啤酒，蜷在角落的小凳子上慢慢咂完。我听着他打出来的酒嗝，闻着各种味道混合在一起产生的新奇的臭味，觉得无比恶心。我从不在同学面前提起我爸，学校要求开家长会的时候，我总是找借口告诉老师，我爸忙，没时间来参加，他们也不好强求。

好不容易挨到初三毕业，我早已不关心我的分数，因为我已经想好初中毕业就去打工，飞向外面的世界。只等着成绩出来好让我爸死心，而且，我要在打工之前跟我爸要钱买一部手机。在我第三次跟他提出我要买一部手机之后，他终于恨铁不成钢地把1000块酸臭的钱扔在桌子上，起身去了工地。

我拿着钱去了手机店，急不可待地给自己买了一部智能手机。在家躺着玩了几天之后，我终于觉得没意思了，约了几个同学去给房地产企业发宣传单。在大街上看到人就塞，然后要人家的微信，拿到手机不久的我就加了好多陌生人的微信，他们的"朋友圈"也让我见识到世界的纷杂和美妙，我更加焦急地想出去打工。

中考成绩出来了，没有任何惊喜和悬念，327分，连当地的职业高中都上不了。我说："刚好，我要去打工了。"虽然我爸平常性子沉闷，对我也没什么好脸色，却从未动手打过我，那天他一反常态，像一头突然发狂的黑牛，腾地从座位上站起来，给了我一记沉重的耳光。我还没反应过来，他就抓着我的胳膊，揣上破旧的钱包，朝一中走去。

我爸瘦弱的身体好像散发着火焰，而我好像多长了半边脸，又沉又痛。我努

力想挣脱他的手，但常年在工地上劳作让他的手强劲无比，任凭我怎么挣扎都逃不开。路上的人纷纷侧目，看着我们这对奇怪的父子。

他一直拉着我走到一中的招生办，在招生办老师面前，他的腿和背都弯着，身上刺鼻的汗味让对面的老师微微后仰身子。我看着他那卑躬屈膝的样子，轻蔑地笑着，那一刻我恨不得和眼前这个粗鄙的人毫无瓜葛。

后来我爸又独自跑了几次一中招生办，最终给我弄来一个一中借读的名额。他把一张借读证明甩在我面前让我签字，我本不打算签，但又怕吃他一耳光，最终还是签下了名字。他收起借读证，又去工地干活儿。

去外地打工的梦想破碎了，我无比懊恼，打开手机翻看"朋友圈"。一个之前发宣传单时加的人，看样子是个老板，在"朋友圈"发了一条视频，配的文案是："一个个都像猴子一样灵活"。那个视频里是一群工地的工人，在开垦不久的地皮上劳作着，身上绑着安全绳吊在大坑里，凿着黄土。

我一下子就在人群中扫到了我爸的身影。他穿着灰色的短袖，后背已经被汗水浸透，瘦削的身体上捆着粗粗的安全绳，头上戴着安全帽，和别人一样吊在大坑里凿黄土。那一行配文"一个个都像猴子一样灵活"，像一把利剑直接插入我的眼睛。15岁少年迟到的自尊在那一刻喷涌而出，我趴在桌子上泪流满面。

我爸晚上回到家，照例在门口抖了一堆土、水泥、沙子，一推开门，看见桌子上做好的饭菜，愣了愣神儿。那天他整顿饭都吃得闷闷的，大概他怎么也想不通，平日里玩世不恭的儿子怎么会想起来主动给自己做饭。

那个暑假剩下的日子，我没有再出去发宣传单，我删了手机里加的那些微信好友，把爸爸老年机里的卡换到了那部智能手机里，爸爸粗重的手指笨拙地滑着屏幕，那是他的第一部智能手机。我把初中的课本归置起来，慢慢捋着之前自己睡觉、起哄时错过的那些课堂内容，抓耳挠腮地去思考自己曾经不屑一顾的题目，背单词、背古诗，等爸爸快回来的时候就买菜做饭。

高中开学后的第一次期中考试，我从班级垫底直接蹦到班级中游。班主任喜出望外地看着成绩单，他怎么也没想到一个本来差到极致的借读生能够在短时间内取得这么大的进步，要知道他一开始对我的期望不过是"不要打人、不要起哄、不要骂老师"。

那天，我佯装平静地回到家，跟爸爸说，下午不要去工地了，学校要开家长会。爸爸喜出望外地望着我,我也认真地看着他,忽然发现在我偷偷放走的那些日子里,他苍老了这么多。经年累月的工地生活让他得了哮喘,脸上的皱纹一层深似一层,里面都是再也洗不净的泥浆。爸爸打电话跟工头请了假,又烧了一壶水洗头,洗出一盆泥沙,又用湿毛巾擦胳膊,做完这些,他仔细闻了闻自己,略显尴尬地说:"还是有点儿臭。"我拿出一瓶大宝,他布满裂痕的手沾了一点,噗噗噗地涂在了脸上,又换了一身干净的衣服。我的爸爸已经把他打扮成了自己心里最体面的模样。我没告诉爸爸,其实我被评为"进步之星",开家长会的时候电子白板的荣誉榜上会有我的名字,他还会被叫起来发言。

"那天你爸爸有点儿愣愣的,我叫了三遍他才反应过来我叫的是他儿子的名字,站起来的时候有点儿局促,笑了一下就坐下了。"这是班主任后来跟我转达的话。那天爸爸从教室出来,眼睛红红的,手里攥着我的成绩单,史无前例地揽着我的肩膀,我们爷儿俩去吃了牛肉面,加了牛肉。

时至今日,我都没告诉爸爸,关于那个夏天、那条"朋友圈"。或许他自始至终都没想明白,儿子怎么突然之间就变了,但只有我知道,那些后来的努力和体谅,是原本就属于他的迟到的礼物。

享受成长,日拱一卒,随手记录下此刻的心情吧!

# 原来盲盒不盲啊

□明前茶

朋友王灿家里养了十年的猫得急病去世了。这让家里的气氛由阴转雨,特别是孩子,近一个月没有任何笑容,老公张平使劲安慰劝说都没有效果。

王灿就想到能不能弄一只盲盒送孩子。毕竟如今"00后"玩盲盒,是一股潮流。手机里还存着猫的不少照片,去江边捡一块鹅卵石,在石头上细致画猫,最后封入盲盒,也许可以让女儿获得安慰。

张平与王灿做了分工,王灿负责找石头、找木盒,张平主动早点下班回家,捡回自己的美术功底,躲在阁楼上画猫。

很快,家里的爱猫故去七七四十九天了,这一天,孩子收到了盲盒。木盒打开,孩子发出了尖叫声,继而热泪盈眶,她手握石头,让妈妈来看——石头上的猫,神情与故去的爱猫一模一样。孩子把这块石头端端正正放在了她的书桌上,她喃喃说:"我会好好努力的。谢谢爸爸。"

第二辑 愿你长存少年志气，做自己成长路上永恒的战友

这可能是她上中学之后，第一次说"谢谢爸爸"。以前，张平靠送外卖养家，觉得孩子不懂事，自己每天风里雨里跑12小时，回家时带着点心与饮料，小心翼翼地放在女儿的书桌上，她都懒得说谢谢。一次，在为成绩发生冲突后，女儿还声泪俱下地吼过："你们做的所有事，都只有一个目的，让我好好学习，提升成绩与排名，好像除此之外所有的事，都不在你们的眼里。我一说长大后要像岸本齐史那样画出《火影忍者》，你们就要笑我，我一说长大后也可以成为汉服设计师，你们也要笑我，只有你们为我选定的路，才是对的？"

现在，看着孩子打开盲盒时从难以置信到欣喜安慰，张平意识到，孩子不是不要上进，而是不想依照父母安排好的道路去上进。同样，她也不是不要安慰，只是，她需要的，是一种在"我懂你"基础上的安慰。

第一只盲盒送出后，王灿两口子与女儿的关系改善了很多。甚至，女儿也同意在自己考上大学前，家中不再养猫，因为"爸爸妈妈的工作很忙，我忙于上课、补课，也没有这个精力"。孩子仿佛是一夜之间懂事了。后来，互相赠送盲盒成为王灿一家人表达"体谅、领会与关爱"的特殊方式。

赠送盲盒的意义就在于：它不仅让双方都开启了心明眼亮的沟通旅程，而且消解了父母之间、父母与子女之间诉苦式、咆哮式或互怼式的沟通，它像随风潜入夜的春雨，化解了父母与孩子成长路上必有的焦渴、板结与压抑，悄悄地、微妙地湿润了你的心田，将"你永远被接纳"的承诺，送到你的手里。送出一只盲盒，就是送出一份"只有你可以开启"的信赖。

享受成长，日拱一卒，随手记录下此刻的心情吧！

# 它给我当大拇指好多年了

□孙京雨

偶然看到一个视频，是一个小女孩手指扎进了一根碎木屑，她的爸爸要帮她将木屑挑出来。她勇敢地将手指伸向爸爸，还不忘叮嘱："请你温柔一点儿。"

爸爸拿出了一把小刀。小女孩紧张了，带着哭腔说："你要把我的整个手指都切掉吗？"小女孩接下来的话，却让我扑哧一声乐了："我的大拇指可是跟了我好多年啊。"怕爸爸没听明白，又补充了一句："它给我当大拇指好多年了。"

我瞬间被她的童稚融化了。这个小女孩看起来四五岁的样子，从她记事起，大拇指就一直跟着她。穿衣服系纽扣或者拉拉链的时候，用刀叉或者小勺子吃饭的时候，玩玩具的时候，翻童话书的时候，写字的时候，涂鸦的时候，洗脸的时候，擦汗的时候，梳理头发的时候……大拇指都在帮助她。我想，如果是别的手指扎进了一根刺，或者受了伤，小女孩也会心疼地说"这个食指可是跟了我好多年呀""它给我当小手指好多年了"。在小女孩的眼里，它们当了自己的手指，帮助自己做了好多事，这是一件多么不容易的事情，是值得感恩的。所以，误以为爸爸要把她的大拇指切掉时，小女孩不是畏惧疼痛，而是不舍，是心疼，想要保护它。

而我的大拇指已经跟了我五十多年，我却常常忽视它的存在。就像忽视了其他手指的存在一样，我同样忽视了自己脚的存在，以及整个身体的任何器官。只要它们不生病，不出岔子，不罢工，我就漠视它们，无止境地消耗它们。我忘了，它们其实也只能够跟着我几十年，之后会随着我身体的消逝而去，永不再回。

是这个可爱的小女孩让我明白，我的大拇指已经跟了我好多年，我不该只在点赞的时候，才想起它。

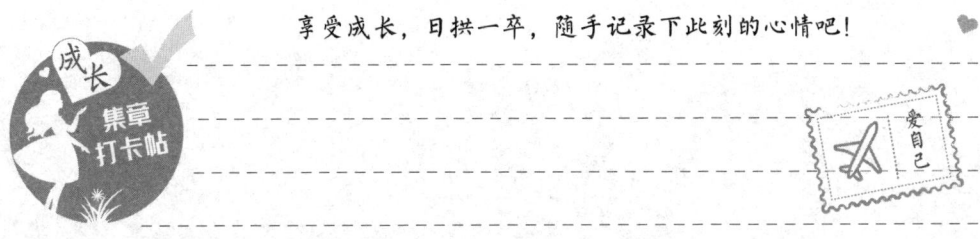

# 当三名大学生赴一名小学生的约

□张岳怡

小孩爽约了。深秋的北京,三名大学生答应了一名小学生周六再次一起踢球。三个成年人刻意留出了时间,生怕不小心辜负了小男孩。小男孩却没有来。

博主视频画面里空空荡荡的足球场,让很多人想起了小时候的自己。网友猜测小孩没有来的原因。没写完作业？要去上兴趣班？偏偏在那个时间点家里来了客人？或者是父母的一句:"她们不会来的,人家几个大人干吗要陪你玩？"一个小孩想要履行承诺会面临的不可抗力,可能并不亚于一个成年人。

我不由得想起上小学时的自己,几乎每一年暑假都被困在房间里练琴准备考级。窗外的小伙伴们奔跑笑闹的声音像蜘蛛网一样缠在我的身上,怎么也拨不开。我又抓又挠试图挣脱,心里却越来越痒。但小孩比我幸运得多。一周后,小孩和爸爸妈妈早早地等在那里。小孩妈妈说,他上周发烧到40摄氏度,嘴里却一直念叨着:"我答应她们踢球了。"那天是雾霾天,阴沉沉的天空下,球场上小男孩的笑脸却亮晶晶的。没有阻拦他赴约的家长、没有爽约的大朋友、没有扫兴的声音,每一个人都相信他会来。

许多教育方式的革新,源于家长被亏欠的童年。有人从小被教育不要让别人为难,成为家长后告知自己的孩子如果不想就要勇敢拒绝;有人在扫兴的家庭里长大,拥有儿女后不再吝啬自己的赞美,大声夸赞孩子的每一个奇思妙想……原来,曾经怀抱着遗憾的那一代人成为家长,正小心翼翼地守护着小小的承诺。

当小孩出现在操场上,网友们感叹:"好像某一部分的我自己也完整了一点儿。"这一次,我们被允许带着小时候的那份天真和质朴去赴成人世界的约,而不必害怕再次失望。

享受成长,日拱一卒,随手记录下此刻的心情吧!

# 没人炫耀自己的泪水

□鲍尔吉·原野

人们越来越爱惜自己的身体,往脸上抹神秘的化妆品,抹手霜,给眼睛外边架一副玻璃镜片,按摩四肢,吃对肠道有益的粗粮……说起来这一类名堂成百上千,主题是爱惜身体,让它美,让它年轻,让它放缓变老的速度。我觉得还应该加上一条:爱惜我们的眼泪。

最纯真的人,如儿童,眼睛里有最多的水。随着年纪增加——实际是随着心灵的麻木——泪水越来越少。

一位朋友对我说:"真羡慕你啊,你还流泪,我好多年没泪水了。"除了干眼症患者,我认为一个人不会缺失眼泪,缺少的只是感动。

假如把眼泪比作榨汁机榨出的汁的话,榨的是人的心,眼里流出了泪。榨汁机的马达是悲悯,是感同身受,是藏在心里像星星那么密集的爱。

泪水实在是人最珍贵的分泌物之一,它在身体里积蓄,流出来却无法遮掩。除了演员,没人表演流泪。人们炫耀车、炫耀表,没人炫耀自己的泪水。事实上,人流泪的时候,都抱有羞惭之心,人心阻挡自己珍贵的泪水流出来。这是来自古老的基因暗示——不可流露自己的软弱。

流泪的人软弱吗?我见过许多流泪的成年人性格刚强。

我们在感动或悲伤的时候,会觉得流动的血液停了下来,观念中有关矜持的旗帜都被拔掉,泪水如一股洪流从心底涌向头部,冲破万千束缚从眼里挣脱出来。有时候,我们还会觉得眼泪来自一个遥远的地方,一个我们从未去过的地方,来自我们不熟悉的一些事和不认识的一些人。故此,眼泪特别值得珍惜。

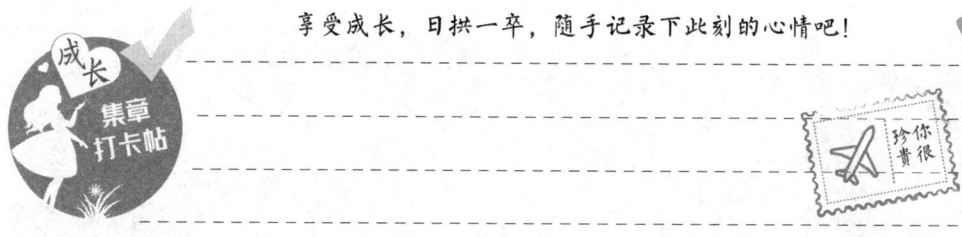

# 第三辑

## 前路漫漫亦灿灿，
## 不惧岁月不惧风

奔走在自己的热爱里

　　生命历程如同四季变换，既有丰收喜悦的时光，也有艰难苦涩的时刻，无论哪一种，都是成长必须经历的过程。勇敢不是不流泪，而是即使含着泪水，也依然要向前奔跑。生活总会有无数的困难和挫折，在追寻梦想的道路上，可能会付出很多才能实现自己的目标，但是要学会咬牙坚持，不轻易放弃。既然选择了远方，就只顾风雨兼程。不要频频回望，无须纠结太多，努力了便无憾。

　　请相信，当下的糟糕也只是黎明前的短暂黑暗而已，所有经历过的苦难，都会是未来惊喜的伏笔。一路坚持、一路收获，一切都会有最好的结果。

　　又是新的一天，愿你活成自己想要的样子，勇往直前，闪闪发光。

## 35岁前，我也曾迷惘

□陈 敏

钟南山差点儿成为体育明星。虽然他出身于医学世家，父亲钟世藩是中国著名的儿科专家，母亲廖月琴则是广东省肿瘤医院的创始人之一，但他具有非凡的体育天赋：1959年，22岁的钟南山参加第一届全运会，打破了当时400米栏全国纪录。

两年后，钟南山从北京医学院（现北京大学医学部）毕业，并留校任职。1963年，"四清运动"开始，钟南山也投身于这场城乡社教活动。1965年，他在山东乳山与农民同吃同住同劳动，同年光荣入党。1968年，这位大学毕业生当了锅炉工，日日担煤运煤，不喊苦不喊累。1971年，他成为广州第四人民医院急诊科一名医生。

回广州后不久，父亲突然问他："南山，你今年多大了？"他回答："35岁了。"父亲淡淡地说："哦，35岁了，真可怕。"

多年后，当钟南山院士接受采访时回忆起此刻，神情不复平静。可怕的是什么？钟南山说："我父亲是1932年从协和毕业的，他毕业时已经是一位比较优秀的年轻大夫了……我和他比差得太远了。这对我当然是一种刺激，这种刺激，重新唤起了我对工作更强烈的追求，我要把失去的时间赶回来。"钟南山比任何人都要努力。在医院一线，他通常实践到深夜，回家又见缝插针地研读医学专著和专业英语。仅仅8个月，他记录了四大本医疗工作笔记，瘦了12公斤，从临床的"小白"医生，变成了令人信赖的钟大夫。

35岁，已近中年的钟南山，方进入人生拐点，事业从此突飞猛进。1979年起，钟南山先后担任广州呼吸疾病研究所副所长、所长。同年，43岁的钟南山赴英国爱丁堡大学医学院及伦敦大学呼吸系进修。于是，我们逐渐看见了人生"开挂"的钟南山。2002年11月，国内出现了第一例"非典"病患。他直面凶险，临危请命："把所有的重症病人都送到我这里来……医院是战场，作为战士，我们不冲上去谁上去？"

2020年，新型冠状病毒感染暴发，钟南山再次出征。2020年8月11日，习近平总书记签署主席令,授予钟南山"共和国勋章"。院士之专业、战士之勇猛、国士之担当——正是从人生艰难中磨砺而出的"钟南山精神"。

　　网友们盛赞:"钟南山院士身上真的有让人安心的力量,事了拂衣去,深藏身与名。"《钟南山传》中有一则细节:钟南山的父亲在75岁高龄、眼疾非常严重的情况下,捂着一只眼睛完成了40万字的著作《儿科疾病鉴别诊断》。钟南山曾心疼地劝父亲别写了,父亲却说:"不写让我干什么?让我等死吗?"钟南山希望自己的子孙永远记住家风第一条:要永远有自己的追求。那位22岁的追风青年,一直活在85岁的钟南山心里。

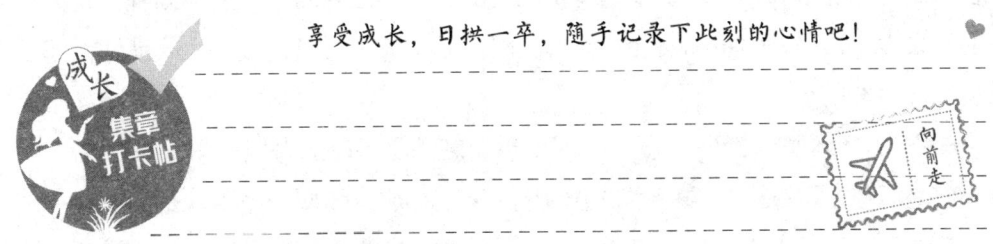

享受成长,日拱一卒,随手记录下此刻的心情吧!

# 金庸给我们所有人写了一个好结局

□王雪琴

小时候看金庸的作品，总是不可避免地代入主角，掉落山谷练成九阳神功，捡到一张美人画练成凌波微步，小混混出身也能当上一等鹿鼎公。对主角来说，逢凶化吉是常态，通关不过弹指间。但等长大了，才发现这完全是一厢情愿的美丽谎言。身处江湖，我不是大侠，不是主角，若非要在江湖上找个位置，充其量也只能是巨鲸帮的不入流弟子，少室山之战的热心围观路人，衡阳回雁楼新招的前台收银员，绿柳山庄两百元一天的临时清洁工……所以，代入大侠就好，何必关心普通人呢？

对啊！他们真"惨"，仅仅为了活着，就用尽了全部力气——

他们努力赚钱。主角们的钱仿佛是大风刮来的，随便一出手就是二两银子，一锭金子。普通人不一样，普通人的钱是一文一文挣出来的。比如《笑傲江湖》里的何三七，一个以卖馄饨为生的武林中人，馄饨明码标价，一碗十文钱："小本生意，现银交易，至亲好友，赊欠免问。"

他们努力练武。比如《天龙八部》里的司马林，学了一辈子的"青字九打"和"城字十八破"，一出手就被王语嫣说是下乘武功。

他们兢兢业业，小心翼翼，却抵不过主角们的打打杀杀。比如西湖断桥边好端端一家小酒家，碰上打架的郭靖，说砸就被砸了："郭靖使出降龙十八掌手段，奋力几下推震，打断了店中大柱，屋顶塌将下来，一座酒家霎时化为断木残垣，不成模样。"比如龙门镖局，接了"送俞岱岩上武当"的"快递"后，就被灭门了："东一个、西一个，里里外外，一共死了数十人，当真是尸横遍地。"

江湖坏的地方是，对所有人来说，都一视同仁的险恶；江湖好的地方是，你不是只有"当大侠"和"当大侠的陪衬"这两种选择。在江湖上，普通人可以有自己的主线剧情。

你可以有自己的爱好，喝酒，养狗；你可以挡在气焰嚣张的韦小宝身前，保护一朵芍药花的去留；你可以有自己的事业，做名医，做当铺掌柜，做任何一种你喜欢的工作；你可以有自己的伙伴，并选择坚定地和伙伴站在一起；你可以有自己的小梦想,哪怕仅仅是"有架可打":"(带着伤的)风波恶叫道:'有架不打,枉自为人!'"甚至你也可以只看看热闹,拥有一轮又一轮的谈资,留待以后和孙子孙女讲:"你奶奶我当年围观过少室山之战!"

我承认,长大后读金庸的作品容易幻灭,因为我们最终也没能成为大侠。但长大后读金庸小说,也很容易被安慰,因为你是可以以普通人的身份,在这个江湖里好好活下去的。这也正是江湖最有意思的地方。

不是华山论剑,不是英雄大会,也不是围攻光明顶。总要有人给洪七公烤鸡,有人陪令狐冲喝酒,要有人在风陵渡口,把杨过的事迹讲给郭襄听。

最后,我想再跟你分享一个《倚天屠龙记》中的小人物,叫寿南山。

他出场很晚,只有寥寥数笔,是张无忌和赵敏前往少林寺参加屠狮大会时遇到的杀手之一。他没什么天赋,人品也一般:"圆真嫌他根骨太差,人品畏葸。"他相当怕死,外号也由此而来:"外号叫作'万寿无疆',却是江湖上朋友取笑他临阵畏缩、一辈子不会给人打死之意。"他当然打不过神功盖世的张无忌,被抓住了主动申请当苦力、当厨师:"此人武功不成,烹调手段倒算得是第三流好手,做几碗菜肴,张无忌和赵敏吃来大加赞赏。"

这样的一个小人物,最后却拥有了全书中近乎最好的结局。

——他被放了,平平安安活了下来,活得比整本书一大半人都长。

"这一生长居岭南,小心保养,不敢伤风,直至明朝永乐年间方死,虽非当真'万寿无疆',却也是得享遐龄。"

一个普通人能在江湖里活成什么样子?

我想我们都会有各自的答案。

享受成长,日拱一卒,随手记录下此刻的心情吧!

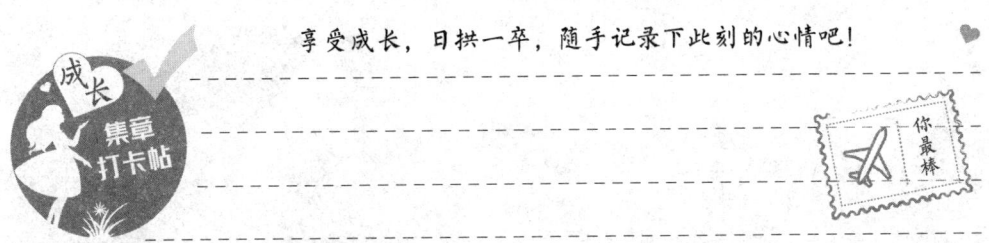

# 你所以为的"极限",不过是你的"极点"

□采 铜

以前上学时跑1000米,大概跑到半程时会感到特别挣扎,胸口闷,心像被什么东西塞住了一样,脑子里有个声音一个劲儿地说:"我不行了,我不行了……""我要停下来"。

这个时候真想停下来得了,但是停下来的话及格就难了,只能硬撑着,拖着两条腿艰难地往前迈,好像每一秒都在遭受酷刑。而班上跑步快的同学会说,这是极点,扛过去就轻松了,然后你甚至会越跑越快。

好玩的是,少年时代的我,竟以为只有长跑中才会有"极点"。

那个时候刚开始读研究生,做研究起步自然是读英文论文——陌生的单词,以及同时嵌上好几个从句的长难句……我的视线常常就像胶水一样粘在某个句子上,无法动弹。读懂一篇论文要耗费一到两个星期,而且读到结尾时常常已经忘记了开篇。

硬着头皮往下读的时候,脑子里有个声音一个劲儿地说:"我不行了,我不行了……"但就这样艰难地挨过三个月后,突然有一天,论文里的句子我一眼扫过去就能看懂了,就好像坐着一艘小船穿过了狭窄的水道,忽然轻舟已过万

重山。

那一天的感觉就像是,我迈过了一个重要的"极点"。

2015年,我下定决心写书,但是真的写书时才能体会到写书有多难,简直就是"上了贼船"。

在每一个章节,你都必须把一个知识点或者一个论点写得清楚、透彻,并且有足够的说服力才行。你没法儿把内容写短,你必须写长,并且这个长是不包含水分、不包含废话的。

在这个过程中,我经历了数不清的艰难时刻。在这些时刻里,脑子里有个声音一个劲儿地说"我不行了,我不行了……""我要停下来"。

记得最难的一次,我从家里逃了出来,钻进一家网吧,我想用游戏来冲走写作的煎熬——我连玩了整整三天,玩到老眼昏花,天旋地转。

三天后我对自己说:"到此为止。"

于是我回到了书桌前,继续写还没完成的书稿。

我经历了一次短暂的像孩子一样的逃离,但是我又迅速让这次逃离无疾而终,因为我从来没有想过放弃写作。

在写书的过程中,我越来越能驾驭用3000字以上的篇幅来讨论清楚一个话题,我意识到自己完成了一次重要的能力跃迁,或者说,跨过了又一个"极点"。

所以,那些让我感到艰难的东西不过是错觉,只是欺骗我意志的障眼法。原来,头脑里那个"你不行"的声音是假的,不管它看上去多么像真的。我只需扛过、滚过、熬过"极点",就会变得更快、更强、更有韧性。

而那些以为自己迈不过去的"极限",那些无论如何也做不到的东西,不过是一个又一个"极点"罢了。

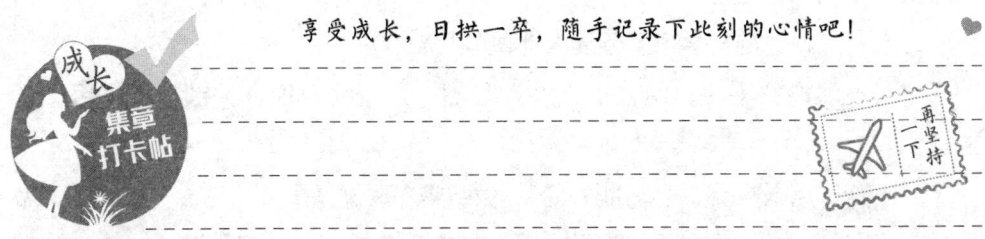

# 科学家爸爸做科普上瘾

□张 茜

王元卓太忙了,每天至少要做50件事。

他是中国科学院计算技术研究所研究员、博士生导师,主持多项重要科研项目,就算在办公楼里,有时一天也要走1万多步。作为中国早期专注于大数据研究的科研人员,他获得过国家科技进步二等奖,并且在郑州成立了中国科学院计算技术研究所大数据研究院,经常在北京和郑州之间奔波。

工作之外,王元卓还是两个女儿的爸爸。王元卓利用各种碎片时间摸索出一种不焦虑的"育女心经",他说,"培养女儿是我的日常职责",也是他做科普的起点。

2019年,王元卓因为随手为女儿画的几幅《流浪地球》科普手绘登上热搜。"我研究大数据的一篇论文,用了7年的时间,被下载7万多次,而这在科学界已经是非常难得的了。但那几幅手绘,短短几天就获得了1亿多的阅读量。"这件事对他触动很大:"我深切地感受到大家对科学家做科普的认可。"2019年,他因此获得了"典赞·2019科普中国"十大科学传播人物的荣誉。

王元卓喜欢创造,并且是以各种形式。他认为创造力对于一个人至关重要。而创造力与具体做什么无关,可以是做手工,写文章,画画,搞科研,等等。

科普也是一种创造。最初,王元卓的科普主要面向女儿和女儿的同学们,目的是丰富亲子活动。

几年前,他和女儿一起制作了三代家庭机器人,以电影《机器人总动员》中的瓦力为原型。他们的瓦力不但酷似电影角色,还能背唐诗,能交流,家人出行时甚至可以在家里巡逻。

有人要说,他是科学家,普通人能做到吗?

"我只能说我不傻,但也不比别人聪明。"王元卓说,关键在于是否愿意去做。

"还有一点很重要,学习能力。"各种球类运动、画画、书法、做风筝、做蛋糕、剪窗花……什么东西他都学,而且学着学着就开始自己创造,"别人都那么画,我这么画行不行呢"。正因如此,才有了他的第一本科幻电影科普绘本。

拥有了创造力和学习能力,王元卓变成一个"难以复制"的"硬核科学家奶爸"。他想尝试一种独特的科普方式。

当下已经有不少科普内容,他为什么还要做?"因为符合孩子的需求。"王元卓的科普思路基本可以概括为:从孩子中来,到孩子中去。他相信培养儿童的思维能力,能使孩子受益终身,而科普正好是一个合适的教育载体。

有人觉得搞科研的人花时间做科普是"不务正业",王元卓到底图啥?

他回答:"我做科普的动力是有更多孩子需要。做科普的回报,就是更多人知道。"

享受成长,日拱一卒,随手记录下此刻的心情吧!

## 奔向月亮，即使迷失，也落于星河之间

□游骑兵

很多事我们都无法控制，比如迟迟不来的机遇、不可预知的人生转折，等等。外部因素充满变数，我们唯一可以控制的，就是自己能做的部分。有句古话说：尽人事，听天命。竭尽全力去争取，也坦然面对有瑕疵甚至失意的结果，这是一种大智慧。

我有个初中同学叫阿昌，他对烹饪非常感兴趣。从技校毕业后，他在几家大小饭店都打过工，什么活儿都抢着干，就是为了熟悉情况，积攒经验和资源。打了几年工，他便自己开起了饭店。饭店菜式口味很好，可惜经营不到半年就倒闭了。阿昌总结失败的原因：他的特长是厨艺，也能带好后厨队伍，但是对店面的选址和经营毫不在行。多年的梦想破灭，阿昌很受打击，甚至想过转行。吃了那么多年的苦就是为了创业，没想到还是竹篮打水一场空。

但是，没过多久，就有大酒店慕名而来，邀请他去做行政主厨。他突然想通了：人生没有白走的路，虽然几年前是厨子，几年后也是厨子，但既然不擅长经营，又何苦为难自己呢？现在能带着一个小团队专心做自己喜欢的事情，有什么不好呢？

人生很多事，哪怕竭尽全力，也未必能遂人心愿。不必拿到100分才圆满，能有80分已经够好。只要认真努力过，就不用苛求自己，放开胸怀享受自己酿造的果实，就已是一种完美。万事如意之所以会成为一个美好的愿景，那是因为它在真实生活中并不常见。

有句话说得好，当我们把目标瞄准月亮，即使迷失也是落在星河之间。愿我们心中常存山川河流、星辰大海，也能坦然身蹈红尘烟火、酸甜苦辣。不求尽如人意，但求无愧我心。

享受成长,日拱一卒,随手记录下此刻的心情吧!

## 正确的开始,微小的长进

□ 连 岳

我办小学,第一节课就会让孩子们在运动场上跑一圈,等气喘吁吁的他们站定后,我要求他们一年后必须跑25圈,10000米。

孩子们非常吃惊,跑一圈就这么累,跑25圈,怎么可能?

方法很简单,这次跑一圈,下次增加10%,多喘10口气。我就是这么做到的。

你跑几百米就得吐,这个起点很棒,意味着你容易看到意志力的增强。

弱势出发,并不是坏事,因为开始时成效惊人,持续增长的时间段也长。

每天持续的正反馈,只要一点点就行,累加至一定程度,突变那刻就会到来。不仅仅是10000米的练习过程如此,只是它特别典型。

能跑10000米,再加上掌握自我塑造技术,延伸至半马、全马及更长的极限跑,需要用意志力不停拉伸自己的跑距。你知道自己只要开始,慢慢积累,就有可能实现那个遥不可及的目标。正确的开始,微小的长进,然后持续。可能没有什么事是你做不成的。

享受成长,日拱一卒,随手记录下此刻的心情吧!

# 从放牛娃到北大博士：
# 纵有疾风起，人生不言弃

□肖清和

那年秋天，同龄人都在新学校上学，过着让人兴奋、让我充满想象和向往的中学生活；可我，只能在家里放牛。牛是一种很有灵性的动物，我和它逐渐成为好朋友，慢慢地，我可以把它放在山上，而不去管它。因为，这样我可以看书。那个秋天，我背完了整整一本宋词。直到现在，我所能记住的宋词都是那时背诵的。每当黄昏来临之时，我就和牛儿一起回家。和我家共养这头牛的大爷，总是毫不留情地批评我放牛不认真，牛儿没吃饱。满腹委屈的我，也不做争辩，只是在想，也许我不适合放牛吧。

也就是我考上初中那年，父亲还养了一头猪。我也没有求他卖掉猪凑学费给我上学。因为我知道，即使这一次凑到了学费，还有下一次。很幸运的是，通过母亲的努力，以及母亲改嫁后的叔叔，也就是那位叔叔的朋友的支持，我终于重返学校。母亲的丈夫——我的继父，对我上学非常尽心、非常努力，尽管他有时也忍不住会受到别人的挑唆，对我母亲大打出手。母亲不止一次和我说过，她不能死，她要忍，她要坚持，因为她要让我上学，她要让她的两个孩子好好活着。

在那段艰难困苦的日子里，我最担心的不是我的成绩，而是每个学期开始。因为，学费问题让我常常一筹莫展。常常是开学之初，我在马路边等母亲来。常常是望眼欲穿，欲哭无泪。饿了，啃一口父亲给我做的干粮；渴了，就只得忍着。马路上尘土飞扬，我那时是多么恨汽车！我恨它们耀武扬威地从我面前驶过，而留下令人讨厌的漫天灰尘！

高中期间，老师、同学对我的帮助更多。新校长常常给我一百块，班主任、英语老师等常常让我去他们家吃饭。同学也常常帮助我。周末，同学们也不嫌弃我家破旧，一起到我家玩。邻居还很好奇地问他们："他家这么穷，你们来干什么？"

1999年高考,我估了分数要比重点线高七八十分。校长就给我填了北京大学。他说如果考不上就免费让我复读。班主任则比较谨慎。因为我在提前录取志愿填了外交学院。我还记得班主任带我去了合肥,见了招生老师。结果老师说我太矮。班主任哀求道:"他还是小孩,还会长的。"最终还是不行。班主任担心我考不上北大。

不过,上天眷顾可怜人。我竟然被北大录取了。

来到北大后,先前的担心变得没必要了。我们县里有一家人开始无私地资助我。同时,班主任了解到我的情况,常常帮助我。因为学校里有各种资助,还有各种奖学金,我的经济状况开始好转。大一开始,根据成绩以及家庭状况,我获得了奔驰奖学金,连续四年。(也是在大一寒假,我家才通了电,尽管我们村很早就通了电;以前,我一直在油灯下看书。)大四时,我一方面申请了贷款,另一方面非常荣幸地获得了国家一等奖学金。2003年,我获得免试上本系研究生的机会。非常感谢我的导师孙尚扬教授的帮助。2005年,我又由硕士研究生转为博士研究生。2006年,在孙教授无私的帮助以及香港中文大学教授卢龙光的支持下,我获得北大与香港中文大学联合培养博士生的资格。从2006年到2008年,我在香港生活、学习。

直到今天,除去在香港的两年,我在北大整整生活了八年。其间,欢乐多于泪水,幸福多于痛苦。但是,一想到家里的情况,忍不住还很痛苦。尤其是想到自己还没有能力让母亲安享晚年,心中甚是愧疚。

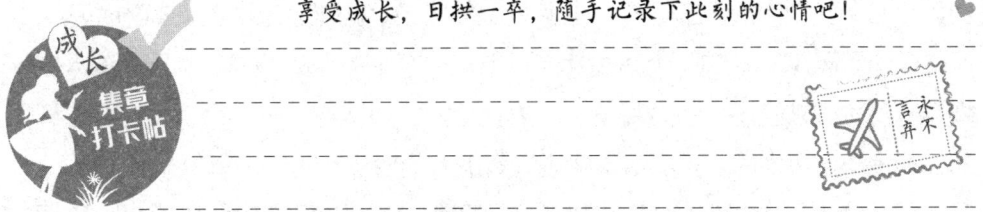

享受成长,日拱一卒,随手记录下此刻的心情吧!

## 不惧怕，人生的"寒冬"里带着必然的希望

□张桂梅

孩子们：

你们好，我是张桂梅。能在2021年年末以这样的方式和你们交流，是一件特别温暖的事。虽然我们没有见过面，但读着你们的留言，我仿佛看到了提问背后一张张或困惑、或迷茫，或正在认真思考自我和未来的年轻的脸。

这一年里，或许你们各有各的不容易：既要面对自己升学、工作、情感等方面的压力，又要直面外部环境的变化带来的内心的焦虑与挣扎。每个人都希望人生可以不断前进，但我们也不得不去面对人生中脚步慢下来甚至是停下来的那些时刻。你们当中的许多人都问了我一个问题："我觉得我的人生可能就这样了，我很辛苦，我是不是应该认命了？"

我相信，人生在必经的"寒冬"里，也带着必然的希望。没有人愿意经历严寒，但它经常不请自来，不经选择；也很少人敢确信未来一帆风顺，但如果你经历过和见过，你就会相信，并且愿意把它强烈地送给别人，让身边人都感受到。

我人生中的大部分时候，都过得不那么"舒服"，可以说是很"痛"的。在我很小的时候，我就失去了母亲。在青年时期，父亲又离我而去。本以为来到大理后，有一份稳定的教书工作，遇到爱我的丈夫，就能过上平淡安稳的生活了，能从一个天真少女变成一个幸福女人。但突如其来的变故彻底打乱了我的人生计划，我的丈夫被查出癌症，尽管全力筹钱治疗，但坚持了一年后，他还是离开了我。和他一同离去的，还有我人生中短暂拥有的快乐和美好。

那是我人生中最黑暗的一段时光。那时在我的眼里，大理的山也不美了，水也不绿了……幸福的感觉离我很远很远。后来，我要求调岗到了偏远的丽江华坪。说是"调岗"，其实就是想找一个没有人认识我，不会让我记起生命中任何美好的地方，把自己"流放"了。那时候你跟我说希望，说未来，我也不想听。

也许你们的人生中也经历过这样的时刻：感觉全世界都在跟你作对，所有的

厄运都降临到了你的头上。

走出痛苦的过程，有时候比痛苦本身还要难受。那时的我也只是一个普普通通的年轻人，在挫折面前也没那么坚强。我只是努力让自己再多挣扎一下，心里还是抱着一线希望。在走出痛苦的过程中，身边的人向我伸出了手，让我感受到了人世间的温暖。也就是那一点儿挣扎，那一点儿温暖，让我一次次坚持下来。

不论何时，我们都需要彼此的爱。如果你觉得痛苦、迷茫，去看看其他人，你会发现自己的命运既有独特性，也有共同性。共同性会让你不因为孤单而害怕，在必要时伸出给彼此的手；而独特性则可以帮助你走上你乐于走上的路。

我现在仍然过得很"苦"，积了一身病。经常这个问题缓解了一点儿，那个问题又严重了。越来越糟的时候，我心里也很难受。但现在的"苦"，是一种我愿意付出的苦。因为我有一个清晰的目标，我要把孩子们带出大山，我要去实现它。有目标就有干劲儿，就不觉得那么苦了。

孩子们，你们需要一个人生大目标，去帮助你走过那些痛苦的、坚持不下去的时刻。但大目标就像一座高山，需要长久攀登。你们还需要找到一条上山的"路"，在每天的日常里完成一个个具体的小目标，一步步扎实地往上爬。爬着爬着，或许就走过了那段黑暗的路，拨云见日。给你们写下这封信，希望从我讲述的经历中让你们感受到一点点温暖，一点点力量。这是我今天正在完成的小目标。我今天还有好多个小目标要完成，比如等会儿我就要去看看孩子们测验的情况。督促她们上好每一节课，抓住每一分，也是我现在每天的小目标。

你也许和我一样，正在完成每天的小目标。也许，正在寻找你的那个"大目标"。但只要你开始思考、开始行动，你就已经走上了一条必然不易，但也充满希望的路途。放弃和认命是没有尽头的"下坡路"。请记住，在任何一个你没有察觉的时刻，包括现在，通过行动去改变命运的机会，一直存在。

享受成长，日拱一卒，随手记录下此刻的心情吧！

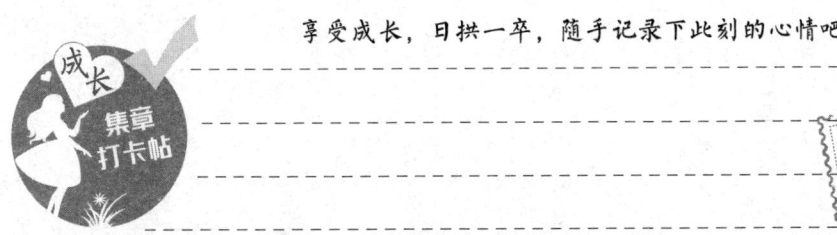

## 古诗背错了，也有价值

□黄晓丹

当你背串古诗时，大概率你的爸妈或老师会来一句"你背错了，给我重背"，却没有认识到这种错误蕴含的巨大价值。

你看，"仰天大笑出门去，无人知是荔枝来""朝辞白帝彩云间，夕贬潮州路八千"，这些虽然搭配错了，但念起来很和谐，错得也很有水平。以"朝辞白帝彩云间，夕贬潮州路八千"为例，上下两句，平仄相对，押韵。而且"朝辞"和"夕贬"之间，也有一种对应的关系。能这样犯错误，说明对音韵、平仄和诗意都有相当的理解。甚至可以说，这样犯错可能比背对了还要见水平。

事实上，古代有一种诗歌形式，就是故意使用这样的错误，叫作"集句"。作者在别人写的诗歌中，选取韵脚相同、平仄相对、文意相符的，重新组合，进行再创造，变成一首新的诗。

比如，大家都知道的汤显祖名剧《牡丹亭》，每一出的结尾都有一首七言绝句，如"魂归冥漠魄归泉，使汝悠悠十八年。一叫一回肠一断，如今重说恨绵绵。"作者分别是朱褒、曹唐、李白、张籍。这首七言绝句就是收集四个人的四句诗拼出来的，错得毫无痕迹，浑然天成。

享受成长，日拱一卒，随手记录下此刻的心情吧！

# 力量显现在约束下

□ 安 频

很长时间以来,我是瞧不起沙粒的。起风时,风把沙粒吹到我的眼里,烦;吃饭时,饭里的沙粒硌牙齿,烦;从外面回到家里,鞋底有沙粒粘着,很讨厌。

一次,我跟一位作家聊起沙粒,表现出嗤之以鼻的态度。这位作家呵呵笑了,他说:"你别看风一吹,沙粒就各自分散,飘落四方。但只要它们集聚在一起,就有生命力。譬如黄土高原,就是亿万年来,风不停地运送沙粒而形成的。"

作家继续说:"你走到河滩上,是不是看到很多散沙?可是只要把散沙装到袋子里,沙粒就有了力量。把一个个沙袋码到堤面,就能抵御洪水,效果非常好。"

的确如此,散沙没有被约束时,没有力量;一经约束,巨大的力量就显现了。

享受成长,日拱一卒,随手记录下此刻的心情吧!

## 追火箭的人：它想走出地球，而我想走出大山

□编辑部汇编

你们是否曾感叹过"太贫穷了，支撑不起'烧钱'的爱好"？那么一个"追火箭"的人，月薪需要有多少呢？

追火箭，指的是一批航天爱好者带着自己"长枪短炮"的摄影器材，跑去全国各地看火箭发射。如同追星人跟着明星巡演的行程跑，追火箭的人则是跟着发射信息跑。

由于普通人可以抵达的火箭观测场地往往距发射场几公里，因此要想拍得清晰完整，甚至是拍下火箭点火升空时的绚丽光芒，就需要质量上乘的大长焦镜头，而这可能要花去很多人数月乃至一年的工资。

或许不少人会猜月薪至少两万元，又或者家里本就有钱，才能支撑起这样的爱好。然而追火箭团体中的成员杨昊坦言，自己的收入"好的话三四千元，差的时候可能一两千元"。

长征五号遥六运载火箭发射期间，杨昊算了一笔账：去程机票用过往里程兑换，可以省下一大笔钱；发射基地所在的龙楼镇上，八九元的抱罗粉、清补凉、拌面、炒面，足以满足餐饮需要；住处则是月租500元的农村自建房，虽然简陋而局促，但窗子正对着数公里外的火箭发射架，中间毫无遮挡。两三天的追火箭行程，成本还真就控制在了千元以内。

我们常听人说"考上研、考上公了才可以享受""月薪××，不配追××潮流"……这些说辞默认享受有门槛。因此，当看到一项理想主义爱好时，我们会本能地好奇：月薪多少才配追它？随后默默叹气：我这么穷，肯定与之无缘了。而杨昊与他的同伴们则告诉大家：月薪多少，都配追它，无非是各有各的追法。

有实力买大长焦镜头，就能拍到火箭起飞时尾焰画面的特写；镜头焦段差一些，也可以拍到更全面的升空画面。而这些画面剪辑在一起，就是一个完整版的火箭升空大片，每个人都有贡献。

至于爱上追火箭的理由,"火箭摄影师"杨昊认为,某种意义上自己和火箭很像,都是想要"走出去"。

2008年,神七问天时,年仅九岁的杨昊在电视上看到了航天员出舱以后兴奋不已;第二天又买回报纸,一遍遍地看当时的新闻图。不过,直到需要面对他乡求学发展时杨昊才懂,自己那时为何会对遥不可及的"太空"与"航天器"兴趣非凡:"你说它这么费劲要飞去月球是为了什么?我这么费劲想要从山里出去是为了什么?"

杨昊把自己的家乡贵阳想象成一座被群山环绕的城市:"(我和火箭)是有共鸣的,都是为了冲出去探索全新的世界。"火箭要冲出地球,而杨昊则想冲出大山。

如果你在现场观看过火箭发射,便会感到那的确是一场视觉与生理上的震撼。火箭升空、穿越云层,黑夜瞬间变成白昼,巨大的声浪盖过一切,耳朵里除了火箭升空的呼啸,就只剩被放大的紧张心跳声和血液在身体内奔腾的声音。对杨昊与同伴们来说,这是一种"活着"的声音。

经历了数次拍摄后,杨昊感叹道:"当我朝着这个目标努力的时候,那些从未遇到过的风景和人都在朝我走来,我喜欢这种感觉。我想让大家知道,有梦想就一定要去努力,万一真的实现了呢?"

或许每个人心中,都有过能让我们抽离现实、忘掉压力,只为极致的理想与浪漫震动的时刻。它可能是童年时见过的一次烟火,学生时代听过的一首歌、看过的一场球赛或演唱会……它们在内心留下一颗名为理想的种子,胚芽中贮藏着某一瞬的光彩与感触。不论是否发芽开花,都象征着这片心田曾孕育了一份希望与力量。

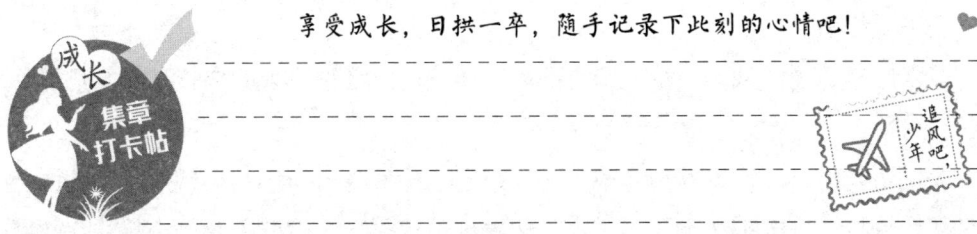

# 不是每一个大难不死的男孩，都叫哈利·波特

□居 里

2009年1月，《哈利·波特与死亡圣器》拍摄现场。随着伏地魔一声魔咒，"哈利·波特"被炸上半空，意外就在此时发生——因威亚拉力过大，他狠狠撞向墙壁，脖子瞬间折断，上半身几乎对折，胸部以下立即失去知觉。他被紧急送往医院，但因伤及脊柱，胸部以下终生瘫痪。

他不是演员丹尼尔，而是丹尼尔的替身大卫·霍尔姆斯，那年他只有20岁。

数十年来，《哈利·波特》光芒万丈，但大卫的故事无人知晓。2022年，丹尼尔出资拍摄了一部关于大卫的纪录片——《大难不死的男孩》。而这个名字正是小说《哈利·波特与魔法石》的第一章。

大卫生于1979年，从小就展现出了惊人的天赋，当他表演体操时，整个人腾空如雨燕，翻滚如游龙，年仅13岁就参加了全国比赛。除了体操以外，跳水、拳击，他样样精通。

但出色的能力难掩体型矮小的事实，他到了15岁，身高只有1.5米。因此，他在学校惨遭霸凌，大个子们把他塞入柜子，让他缩成一个小小的蛹。被霸凌的经历没有打倒大卫，体型矮小给他的生活开了一扇不一样的窗。

著名特技大师鲍威尔相中了大卫，让他在《迷失太空》中初试特技替身，自此他一鸣惊人。爆炸场面，他在硝烟中闪展腾挪，在火星中起舞；高处跳摔，他于疾风中轻盈落地，宛如蜻蜓戏水。自那天开始，特技替身成了大卫遭受霸凌日子里的英雄梦。

2001年，《哈利·波特》惊世而来。镜头前，大难不死的男孩被观众热捧，但镜头后，大卫才是小演员们的"神"。

因身材瘦小，19岁的大卫成为10岁丹尼尔的替身。当年的小丹尼尔，别说上天了，连抡个球棒都东倒西歪，大卫望着他那双碧瞳，内心只有一个想法："以后，就让我保护你吧。"

第三辑 前路漫漫亦灿灿，不惧岁月不惧风

当哈利·波特骑上扫把，大卫在撞城堡、摔沙地，厚重的垫子是他唯一的奖杯；当哈利·波特参加三强争霸，大卫潜深海、斗恶龙，炸起的瓦砾才是他头顶的冠冕。采访中，大卫翻出自己的《哈利·波特》原著，里面贴满了发黄的便利贴。"我熟记里面的每一个动作场面，全世界没有人能做到。""只有我。"他昂起脸，目光如炬，脸上洋溢着自豪的笑容。

生活中，大卫和丹尼尔亲如兄弟。他教丹尼尔体操动作，在蹦床上疯玩，一起扮可爱的鬼脸。

他像大哥哥一样爱炫耀，但晒的是身上的伤疤——这道淤青，是在魁地奇最后一幕摔的；这条疤痕，是杀蛇怪的时候磕破的。大卫身上的每道伤痕都成了额头的闪电，而他是自己的哈利·波特。

2023年，大卫已经43岁了。因为瘫痪，他体型萎缩，后遗症多，身体每况愈下。现在，只剩下左手能动了。医生曾断言他只能活到65岁，说话和吞咽能力也会慢慢丧失。"梦中我会听到脊椎嘎吱作响的声音，像罗恩那只叫斑斑的老鼠爬过的声音。"

命运这个大魔头，用念一句咒语的时间改变了他的一生。对于时间和无关者来说，任何事故都仅仅是故事。但遭逢意外以后，他没有自怨自艾，而是创立播客，采访动作专家和特技演员，只因希望更多人看到这些光芒背后的英雄。

虽然全身瘫痪，但他没有放弃梦想，大卫筹设了一所特技学校，请最好的老师来培训。"我想让那些被霸凌的孩子有一技之长,也想让那些替身少年得到专业指导。"明明只有几个指头能动,他却成为英国最大骨科医院的呼吁大使,为其筹得接近1500万英镑的善款。

被风雨撕碎的少年,拼尽残躯也要为其他人撑伞。

医生说自己时日无多,大卫就和友人到处旅行。他在南非见过猛虎狂奔,在北欧扔下轮椅畅游,在山巅伸出手触摸天空。那一刻,让人不由得想起史铁生那句"命运把我推到悬崖边,我就在这里坐下来,唱支歌给你听"。

长大后我们知道,生活没有起死回生的魔法石,也没有完好如初的修复咒。有的只是一地鸡毛和迎头痛击,飞来横祸与生老病死。你我无法寄希望于魔法与英雄,唯有和大卫一样,拯救自己于这人间水火千千万万次。

或许有朝一日,折翼少年会被时间吞噬。但在13年前,有一位大难不死的男孩早已成为自己的救世主。

享受成长,日拱一卒,随手记录下此刻的心情吧!

第三辑 前路漫漫亦灿灿，不惧岁月不惧风

# 我人生中的低谷期，是怎么熬过去的

□莫　言

最近我在后台看到有位年轻的朋友问了这样一个问题："你人生中的低谷期，是怎么熬过去的？"我觉得我在20岁之前一直处在低谷期。

那个时候感觉到有希望，但实现希望的路径很窄，希望很渺茫，然而希望从来没有破灭：那就是要千方百计地走出去，到外面去看更加广阔的世界，了解更多的信息。希望能够在广阔的世界里学习知识，使自己具备一些新的才能，干出一些自己喜欢干的事情来。我在开始创作之后，也面临过几次低谷。

我印象最深刻的是在1990年，我突然感觉到我不会写作了。那个时候我已经写完了《红高粱》《透明的红萝卜》这一系列小说，也写出了《天堂蒜薹之歌》《酒国》这些长篇，但我突然感觉到我不会写了，我不愿意重复自己，然而我又找不到新的写作突破点。

我记得那是一个暑假，我在高密的一个院落里，在一片葵花地里不断地转来转去。

后来我终于寻找到了一个重新获得写作自信的方法：我写了一系列精短的童年记忆中的故事，有奇闻逸事，有亲身经历，也有老人讲的各种各样的神魔鬼怪的故事。通过这样一种对童年旧事、民间故事的写作，我恢复了写作的信心和勇气。

然后我又开始了之后几十年的探索。

当然在后来的写作中，我也遇到过短暂的徘徊，最终，还是通过类似的方式，获得了新的突破点。

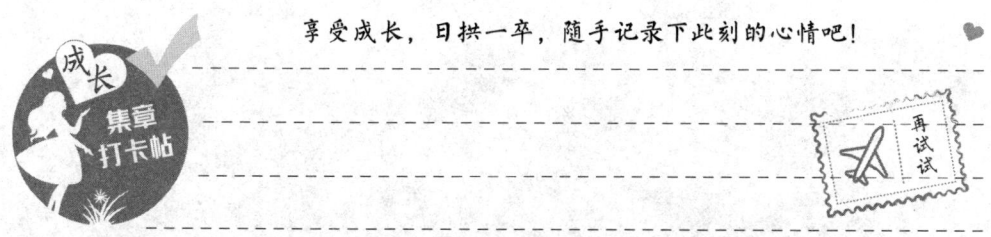

# 独腿妈妈的倔强

□高云红

在我上小学三年级的春天,母亲遭遇了车祸,保住了命,却失去了一条腿,她左腿膝盖以上截去了三分之二。母亲说出事的时候,她是清醒的,被汽车撞击、拖碾后,她爬起坐在地上,为了防止出更多的血,她把受伤的腿拧成麻花样。母亲讲自己的经历的时候,不曾流泪,把天塌地陷说得云淡风轻。

在医院躺了三个月,半年后母亲戴上了假肢。为了保持身体平衡,假肢有十几斤重,而且行走的时候都是伸直的,只有坐下的时候,扳动膝盖处的卡环才得以弯曲。

母亲开始不习惯,戴上假肢也要拄着双拐,慢慢地,母亲试着扔掉双拐,虽然走路很慢,但半个月后她逐渐适应,并不停地忙碌,好像要弥补曾失去的光阴。

每天放学回家,桌子上的饭菜正冒着热气等着我们。夜晚我们写作业,母亲陪在一边织毛衣,或纳鞋底,只有睡觉的时候,母亲才摘下十几斤重的假肢。假肢把母亲的腿磨出很多血泡,她用做活儿的针,在蜡烛的火焰上烧一下,挑破血

泡。母亲说，等磨出茧子就不疼了。

一夜时间终究无法让破损的皮肉愈合，第二天母亲照旧戴上假肢。一茬接一茬的血泡历练着刚强的母亲。我们心疼母亲，劝她等皮肤痊愈了再戴假肢。母亲却说，这个过程必须经历，如果闯不过去就只能拄拐或坐轮椅。

母亲想出各种方法，用软布把残肢缠住，软布不能打褶还要紧实，因为她经常活动，软布很快就松懈了，试了几天，母亲觉得浪费时间而且麻烦。放弃了软布，母亲又在假肢腔体边缘涂一些爽身粉，母亲活动量大，汗水又很快让爽身粉失去功效。

最后，母亲放弃一切，用皮肉对抗着身体的另一半，接受着假肢带给她的一次次磨炼。她没有服输，终于腿上生出了老茧。

母亲的右脚踝总是肿的，像半个馒头大小，从清晨睁开眼，她就开始了一天的忙碌。她从未把自己当成残缺的人，相反，她比健全的人更出色。母亲不仅照顾着一家人的一日三餐，还养猪、喂鸡，侍弄菜园子。

临近春节，母亲用一只脚蹬着缝纫机，一忙就是半夜，我们兄妹每人一身新衣服，年三十都穿在了身上。时间在母亲的忙碌中流进我们的身体，我们脚上的鞋逐渐加大、加宽，母亲脸上的皱纹也加长、加深……

母亲75岁那年，觉得走不动了，说自己真的老了。但她每天仍坚持拖着十几斤重的假肢下楼去走一走，和邻居打牌聊天。

如今母亲78岁了，躺在床上，她再也不用负重前行了。可是假肢，已然成了她生命的一部分，即使不再戴了，也放在自己身边。它和母亲一样，都累了，都想歇歇了。可是我们知道，母亲不再奔走，母爱却停不下来。她换了一种方式，比如不厌其烦地叮咛，不管你在哪儿，都会穿越程程山水破空而来，在你耳边萦绕盘旋。

享受成长，日拱一卒，随手记录下此刻的心情吧！

## 鹅毛压得父亲喘

□夏生荷

每到冬季,父亲都要去收鹅毛,此时,乡下的养鹅人都会把鹅毛拔下来卖钱。父亲便拿着麻袋和扁担,走村串屯地上门去收,早出晚归。天一黑,我就跟姐姐站在村口的冷风中,等待父亲归来。

有一年,父亲身体特别弱,"鹅毛担子"一上肩,就又喘又咳,姐姐便会飞快地跑过去,接过他的担子,父亲便如释重负。年幼的我很是不懂,那鹅毛担子分明很轻盈,我曾挑过几次,看似鼓囊囊的两麻袋,其实一点儿都不重,可为何在父亲的肩上,却是那般沉重,压得他直喘呢?

晚饭后,父亲点亮带玻璃罩的油灯,借着灯光,将收来的鹅毛全部摊放在屋内,然后打开家里的所有门,让萧萧北风穿屋而过——他要一边拨弄,一边利用那又冷又硬的北风,将鹅毛中最轻、最软,也是最值钱、最有用处的鹅绒吹得分离开来,另作他用,吹不起来的则卖给毛厂。

如若吹进来的风不够大,父亲就拿扇子去扇,被他扇起的鹅绒,恰似屋外飘扬的雪花,片片雪白,凌空飞舞。父亲一边扇,一边剧烈地喘着、咳着,被一片"雪白"若隐若现地裹挟着、碰触着、吞没着……父亲为何气喘和咳嗽得那么严重,我从不知其因。我更不明白,为何村里别的成年男子都去集体的队里上工,可他却让柔弱的母亲去?

更糟的是,我家的泥墙草屋也在那年的一场暴雪中坍塌了,一家人只能住进一间四面都漏风的草棚里。晚上归来,母亲仍要在草棚里做鞋,父亲分过鹅绒后,还得去垒房子——取来半干半湿的田泥,赤脚将它们一脚脚地踩熟,踩得有黏性和劲道,之后再用它们去垒墙。垒一层,晾干后,接着垒第二层,如此反复……因为太冷,母亲的双手很快被冻伤,又痛又痒。父亲也喘得、嗽得更严重了,但他们继续坚持着。

几个月后,泥屋终于垒起来了,春天也到了,父亲的咳喘渐渐有了缓解;母亲的双手也好了些。他们卖鹅毛和羽绒鞋所得的利润,得以凑齐我和姐姐的学杂费,一家人总算熬过来了。

可后来我才知道,父亲当年患有较重的慢性支气管炎,因为怕花钱,只能硬扛着,医生告诫他不要干重体力活,要休息,否则极易发展成肺气肿。可父亲哪肯休息,他坚决要去收鹅毛,因为这活相对轻松些,还能帮母亲。

多年后,父亲和母亲相继去世。有一次,我回到老家,在老屋的角落里,惊讶地发现了一小窝鹅绒,它们轻轻地拢在一起,像落入人间经年不散的流云,泊在母亲留下的鞋样子旁。鹅绒是那么轻盈,有风掠过,便会飘散。但奇怪的是,它们竟始终在那里,一如当年彼时。

我终于懂了,当年,压在父亲肩上的担子看似轻如鸿毛,但对于贫病交困的他来说,是千钧之担,于母亲同样如此。可面对薄待他们的那些寒冬,父亲和母亲并未屈服、抱怨,而是用尽所有力气,彼此配合,只为他们的孩子——年幼的我和姐姐,打开一扇阳光明媚的窗。在当时那个农村普遍穷困的年代,我和姐姐是方圆几十里仅有的都读过书、上了大学的姐弟俩,谁也没因贫困而辍学。

而由这一片片很轻、很轻的鹅毛诞生的爱,我却再也没有机会弥补。

享受成长,日拱一卒,随手记录下此刻的心情吧!

# 把自己当作一只蚂蚁、一头狮子

□林特特

去年我因为身体原因，居家数月。

我一直以"工作狂"自居，甚至一度认为，和奋斗无关的事，我都不应该关心。但当我不能出门后，我突然觉得无趣，往昔我以为浪费时间的那些事，成为我最想做的事：

我想长跑，我想为每一颗沾着露珠的新鲜草莓或葡萄喝彩；想拿出一半的时间旅游，在海边，任浪花拍打脚面，用一下午挖一枚完美的贝壳；想对比两块石头的异同，鉴别名目不一的酱油，效果是否不一；想学一门手艺，在一面供随意涂鸦的背景墙上画一抹艳丽……

前段时间，我和一位同学聊天，聊起人是复杂的，兼具社会性和生物性。我们前半生所做的努力，大多放在职场上。我们忙着提高、满足社会性，忽视了生物性。而人毕竟是动物，最终都要服从于自身的生物性。

是的，我把执着于社会性的精力腾挪一部分，去捡拾生物性的快乐。

脚步慢一点儿，状态松弛一点儿，把自己当作一只蚂蚁、一头狮子，在卵石下，在荒原上，随心，随性。

我调整了工作和休息的比例。我扔掉许多东西，拒绝力所不逮的合作，用最擅长和轻松的事谋生，只与能让我笑的人来往。我爱上去菜市场买菜，为每一颗沾着露珠的草莓和葡萄喝彩。我爱上夏夜的露台，我打算去海边找贝壳。

知进取，知进退。

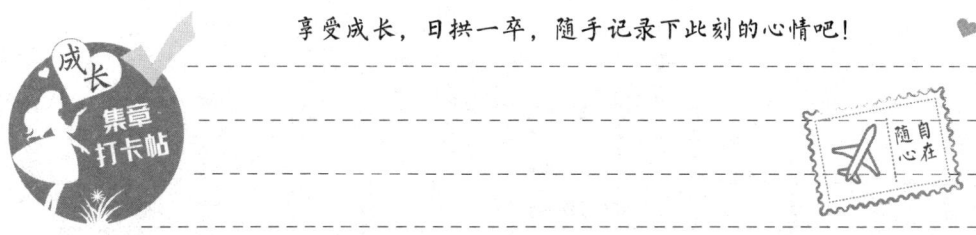

享受成长，日拱一卒，随手记录下此刻的心情吧！

第四辑

# 每个女孩都是公主，
# 无论在破阁楼还是城堡里

奔走在自己的热爱里

在节目《朗读者》中有这样一段话："女性的眼睛既可以温柔地注视痛苦，也可以锐利地俯瞰繁华。女性的双手既可以烹饪出流转的美味，也可以指挥行进中的航船。女性，可以在艺术中浸润出一份修养，也可以在科学中历练出一种风度。既宜室宜家，也为国为民。"

女孩，你不应该被定义，不需要被别人认可，只需要做自己世界里的女主角就好。女孩，你要知道，人生没有"最好的年纪"，你岁岁都可以活成自己喜欢的模样，你不是笼中鸟，而是展翅翱翔的鹰。

祝每个女孩都越来越好，活在自己的热爱里，自由又热烈。

## 因为声音"嗲",我不敢举手发言

□ 橘 炽

小时候,我特别害怕老师在上课的时候点我的名字,让我回答问题或朗读课文。每当老师叫到我的名字,我都会心里咯噔一下。

这并不是因为我不会,而是因为我的声音有点儿小,明明自以为很大声地回答问题了,但是老师和同学们就是听不清。为了听清,老师们有时会特意走到我的座位旁。但这不是最可怕的,最可怕的是朗读课文,这意味着我要被当众处刑很长时间。

我知道这是我自己的问题,是我说话的声音太小了,但每次想要声音再大点儿的时候,我的喉咙就像被什么堵住了,音量再也上不去。

其实,在上小学二年级之前,也就是从农村转到市区上学前,我并没有察觉到我的声音有问题。问题的出现,是我转到新学校后。

那时候我的普通话不标准,总带着点儿家乡的口音。新同学都是讲标准普通话,没见过我这样说话的,就总是好奇围观。我说什么,他们都会笑着说我有趣。我想和他们交朋友,于是也笑,还按他们的要求说一些家乡话给他们听,每次都能把他们逗笑。渐渐地,他们愿意带我去他们的家里玩。我为自己交到了新朋友感到开心。

但是,这份开心没有持续多久。我很快就发现他们开始疏远我,聚会的时候也只把我一人撇出去。我问了,理由很荒谬,居然是家长不让。原来,他们模仿我说话的样子被家长看到后训斥了,家长说我不学好,说话的声音很嗲,让他们和我这个外地孩子少来往。

"嗲"是什么?那时的我不知道。父母只是一味告诉我别那样,但到底是别哪样呢?

我于是学老师说话,学同学说话,想要通过模仿他们来变正常,可惜全部以失败告终。连父母、老师也提醒我,让我好好说话,别作怪。

第四辑 每个女孩都是公主，无论在破阁楼还是城堡里

之后很长一段时间里，我都感到恐惧，能不开口就不开口，就算不得不说话也尽量小声，似乎声音小了，人们就不会发现我的声音有多嗲了。等到后来老师们反复指责我声音太小时，我发现自己已经不能在大庭广众下大声交流了。

后来上了高中，学习占据了首位，过去的阴影似乎已经很遥远了，再没有人说我的声音嗲，虽然还是会有同学吐槽我的乡土普通话，但对比过去的遭遇，我更能以平常心将这些视为"小事"。对上高中的我来说，心无旁骛地学习，考上一所好大学才是首要的。

时过境迁，如今我已经考了普通话的二甲证书，发音不再有浓重的乡土味，虽然当众发言时我的声音仍会不由自主地发颤，但我明白，这只是过往给我带来的后遗症。

而对那个孩童时代被贴过的代表了撒娇、做作名为"嗲"的标签，我早已释怀。这是大人带有偏见的误语，是一群孩子不懂事的狂欢，从来就不属于那个还是孩童的我。我不需要为此感到害怕和抱歉。

如果再来一次，我还是希望能有人站出来，明确地告诉年幼的我"嗲"的意思，不要放任我在恐惧里茫然无措地挣扎。有时候，仅仅是不回避，就足够把一个幼小的灵魂从窒息的水里捞起。

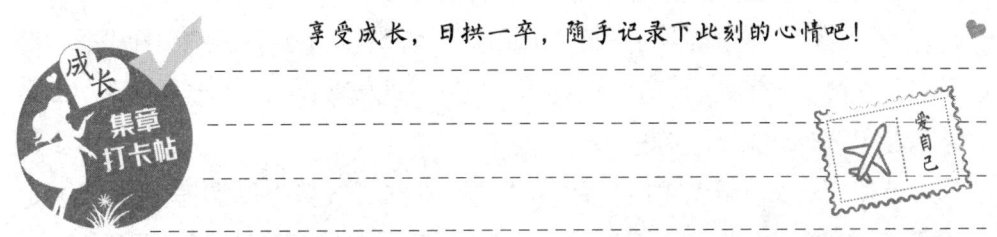

享受成长，日拱一卒，随手记录下此刻的心情吧！

# 在哥哥的陪伴下长大

□檠 宁

大部分女孩子都梦想过有一个哥哥吧?那种很宠溺的、会守护、能背黑锅的哥哥,但好像大多数哥哥更像电影《快把我哥带走》里的角色,他们喜欢捉弄自己的妹妹,惹得妹妹烦不胜烦避之不及。

我始终觉得,前者像伞,能遮风挡雨;后者有趣,能为生活增添色彩。可只有我哥,一点儿用处也没有。

真的,我哥从来不捉弄我,他从小就是乖孩子,但我也不爱惹事,我们就这样相安无事地度过了十几年。直到15岁时,少女心萌动的我,终于下意识地第一次探寻起他的作用。

那是高一研学时,我俩班级的队伍离得很近,有一个行程是去文化产业园旁边的公园活动,好奇心强烈的我一眼就相中了不远处的鬼屋,便把算盘打到了我哥头上。

幸好同桌的女生也非常想去鬼屋,当我们三人雄赳赳气昂昂地推开那扇小破门,踏进伸手不见五指的黑屋子时,一切就都失控了。

因为只能靠鬼屋里的彩光照明,我和同桌便手挽手一路跌跌撞撞地走着,而我哥从第一位退到了最后一位,还吓得手忙脚乱地嗷嗷直叫,在看到安全出口时仿佛看到了希望,非要拉我出去。

"我还什么都没看到呢!"我拒绝了他。那天,我坚持和同桌一起茫然地走完了那间什么都没有的鬼屋,唯一的收获,大概是用这件事嘲笑了我哥好多年。

保护路线不行,就试试实用路线吧。思来想去,我哥就只剩下最后一点儿作用了——他成绩还不错。

到了高三,我终于在浓厚的学习氛围下想拼一把,但就算学的是文科,还是难逃数学这只"怪物"的伤害。我拿着试卷去找我哥,指着上面几道题,他立刻放下手中的书,非常耐心地为我讲解起来。

我哥作为理科生,思维实在优秀,抑或青春小说总是美化现实,让我忘了还有一种学霸,他只会自己解题,并不太会讲解。

## 第四辑 每个女孩都是公主,无论在破阁楼还是城堡里

自此,我开始在大家聊起羡慕有哥哥的人时,保持沉默。直到有次好友问我一个与网络相关的问题,完全不懂的我顺手转发给了我哥,他很快就把好友需要的东西发了过来,好友赞叹:"你哥好厉害,真羡慕你呀。"

"是吗?"我迟疑道,但就像往日里司空见惯的花,在某个清晨,我突然发现它绽放得非常美妙。我翻了一遍我和我哥的聊天记录,又搜寻了一遍回忆,发现我哥在大事上可能真的没什么用,但他始终在那里。

这种存在更像是我生活中的一种底气、一种养分,所以去鬼屋时我会下意识地找他,有什么事会去问他。我还想起来,5岁时是他带我玩的纸牌,10岁时是他带我买炸鸡吃,13岁时是他给我推荐好听的歌……的确,他是陪伴了我漫长成长路途的人。

如果没有他,我的生活似乎也不会有什么翻天覆地的变化。但他好像是长久不熄的橘灯,我不能因为他的微光被强烈的日光掩盖,就否定他的呵护和温暖啊。

享受成长,日拱一卒,随手记录下此刻的心情吧!

# 所有女生，进来挨夸

□李心怡

在北京胡同里的一家小店，每周都会有很多女孩聚在这里聊天，互相赞美、夸奖——这是线下"夸夸会"活动，已持续近一年。

出于好奇，我决定去实地探访。

现场有二十多人，塞满了小房间，暖黄色的灯光下，每个女孩的脸上都闪着精致的光泽——我匆匆扫了一眼，她们风格各异，看起来非常漂亮，化着妆，发型得当。那一刻，没化妆、穿着朴素、刘海儿都打绺的我，突然无措得手脚都不知道该如何摆放。

"夸夸会"的规则很简单，三分钟一轮，现场的女孩两两相谈，可以从外表进行夸奖，也可以发现内在优点。最重要的一条规则是，所有人一定要接受赞美，不要推辞。

锣声响起，第一轮开始。

我站在原地，在四散的人群中和一个女孩对上眼，我们向彼此微笑，她朝我走来，然后开始讲述对我的初印象。她温柔而坚定地主导我们的整场谈话，在每一个我感到哑口无言的时刻，都能自然地接起话头。我夸她长得像超模，她立即说从没有人夸得如此具体，我的话让她很开心。

三分钟转瞬即逝。第二轮，我遇到了一位穿着大红色披肩上衣的女孩。当我赞美这件衣服很漂亮时，她的第一反应是谦虚地推辞，随后想起游戏规则——接受赞美："好吧，我接受，这件衣服就是很漂亮。"

我还意外地碰到一位稍上岁数的阿姨。活动刚开始时，她也有点儿不适应，因为生活中从来没有如此密集地接受夸奖，搞不好还会很生硬。"今晚让你夸奖别人，你会觉得困难吗？"我问阿姨。阿姨摆摆手，说："不会啊，大家的优点都显而易见，看到了就自然地说出来了呀！"

这个夜晚的一切，似乎都让我倍感亲切。女孩们是如此懂事体贴，她们自然地开启话题，开朗地笑，在对话陷入冷场前及时挽救气氛，既善于赞美别人，也能在听到赞美后给出热烈的反馈。

第四辑 每个女孩都是公主,无论在破阁楼还是城堡里

活动结束后,带着一股和人热烈交谈后的疲惫,我头晕目眩地走进黑夜中,想起了一部电视剧中的一幕——一晚,全职家庭妇女爱丽丝误入了属于女性主义者的活动阵地。在这之前,她只是反对,并不了解这一群体和她们的理念。深夜,疲惫不堪的爱丽丝回到了房间门口,她和自己的同伴因为一些误会吵了起来,正在互相指责。这时,大名鼎鼎的女性主义者格洛丽亚·斯泰纳姆从走廊一头走过来。

她像一位走红毯的巨星,目不斜视地走到房间门口。爱丽丝屏住呼吸,不知道这位"女战士"会如何对待自己。斯泰纳姆只是很温柔地对她笑了,说:"衣服的颜色很衬你。"

在这个疲惫的夜晚,我觉得自己的感受和那一刻的爱丽丝有些相似。

即便存在一些值得思考的部分,"夸夸会"依然给女性提供了没有冒犯的安全感。在这里,有人交到新朋友,有人勇敢地穿上平时不敢尝试的衣服,有人在赞美中获得自信和快乐。

但最让我难忘的,是女性之间的友好、温柔和善意,如同这句"衣服的颜色很衬你"。

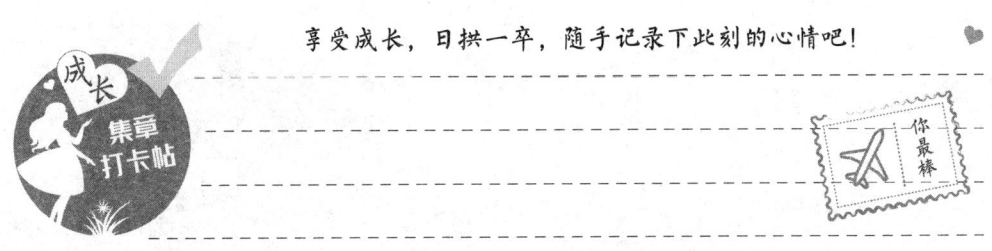

# 你是否也曾如我一样，仰望书香门第的女孩

□许冬林

但凡一个汉字，一旦被收进书名号里，便如登圣坛，让人不由得对那汉字生了敬重之心。同样，一个人再朴素的名字，一旦追溯出书香门第，也就倏然散发出一层光芒。

还记得，当年读小学，小学校长的家便被我们尊为神圣的书香之家。小学校长有个女儿，在我们眼里，她自然算生长于书香门第。

书香门第多好啊！即使我们家和校长家一样，菜园里都有西红柿和丝瓜，过端午都会吃粽子，过年都会杀掉大黑猪，但我们家到底不是书香之家。每念及此，就觉得一颗心就要低到尘埃里，但是开不出花来。于是，看校长家的女儿，和我们几乎同龄的那个女孩，那个出身书香门第的女孩，就有了隔岸的味道。

## 第四辑 每个女孩都是公主，无论在破阁楼还是城堡里

隔岸地关注她，她夏天不穿漂亮的白裙子，而是穿长衣长裤，在我们眼里，仿佛那是她使命在身，必要中性打扮，才担得起那使命。她上中学了，会打听她成绩好不好；她中学毕业了，会追问她考到哪里去了，后来又嫁了什么人，做着什么样的工作，还漂亮不漂亮，幸福不幸福。

这样的关注，与其说是仰望一个女孩，不如说是在仰望书香，仰望文化。成年以后，偶尔想起童年时的那些小心思，咀嚼起来，依然有一种妙处和生动。也自此，总喜与书亲近，与所有有文化、有内涵的事物亲近。

一次，与朋友聊天，朋友跟我描述他的书房种种，我在心里暗暗向往。后来，去朋友所在的城市，抽空登门拜访，只为了看他的书房。果然是个大书房，靠墙一面，是巍巍耸立的几大排褐色木书橱，书橱里自然填满了书。书橱正对面，一张辽阔的大书桌，上面笔墨纸砚贞静芬芳得好似大观园里的闺秀们。

我没有朋友那么大的书房，但是，在我的家里，床头是书，沙发上是书，茶几和饭桌上也是书，就连地板上也是书籍横卧……赤脚慵懒地走在地板上，心里有坐拥天下"粮仓"的自得和美意。一低头，一拈页，我的世界浩渺无疆。不仰望他人，也不追问先祖，我做自己书香门第里开疆拓土的君王。

当我在电脑上敲出一个书名号时，我忽然觉得它很像篱笆，旧时乡下人家用瘦竹交错插栽围起来的篱笆。篱笆里面，是端庄的一户人家。阅读不是装潢，是给自己安插一栏篱笆，隔开外在的混沌与喧嚣，一个人也就自成国度了。

这样有书卷气的日子，就像一个汉字住进了书名号里，这样的日子值得珍惜和敬重。

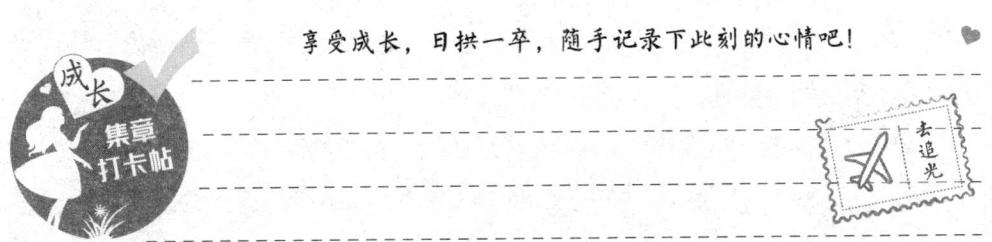

享受成长，日拱一卒，随手记录下此刻的心情吧！

# 谢谢你，推我去向更好的生活轨道

□耶雅亿

我读高二的时候，暑假，村里在外面打工的姐妹回来了："反正你这样也考不上好大学，要不要跟我们出去看看？"看着她们光鲜亮丽的衣着和妆容，我动摇了。

就这样，我跟着她们来到了杭州，住在"城中村"里。屋内是水泥地，浴室的墙角长着青苔，厨房的水管和水龙头像青筋一样暴露在外面。水龙头上必须有过滤网，不然流出来的都是铁锈。

我们住的是传说中的"握手楼"。隔着窗户，我认识了大伟。他与六个男生挤在一间房里。

大伟是快递员，月薪在六千元左右。我每月在美发店里实习的工资只有他的一半。但对面这几个送快递的男孩，让我意识到快递物流行业是多么辛苦。他们的T恤常年有汗渍。

大伟每个月只能休息一天。那天，他基本上都是坐在窗前读英语。听着他蹩脚的发音，我很想笑。他很认真地跟我说："'城中村'是年轻人闯荡大城市的起点，搬离它的速度取决于你学英语的速度。"

我对他的学习精神嗤之以鼻，他却告诉我："英语好的快递员可以换岗位，是那种不用出那么多汗却能得到高薪资的岗位。我还要学电脑、学编程。就是工作太累，回来倒头就睡，很有负罪感。"

我因为做事不太熟练被顾客嫌弃，被骂哭是常有的事。

大伟安慰我说："也许现在的生活是你在这个城市所能遇到的最差的生活，但只要你有耐心，积极向上，努力奋斗，日子会一天天明朗起来的。"

那天，我发现大伟拿着一本法律书。他说："我在外打工的大妹，遇到劳资纠纷。一群小姑娘被拖欠工资，不知道该怎么办。我请不下假，只能帮她们看看法律书……"

大伟顿了一下,看着我说:"我觉得女孩子还是要多读书。我大妹已经出来三年了,我就想着多赚钱,让我小妹可以读到大学。"大伟说这些话的时候很真诚,仿佛我就是他的亲妹妹一样。

大伟的话说到了我的心里。

那天,我们一起去吃麻辣烫,偶遇大伟的中学同学。同住一个"城中村",那个同学因为读了大专,所以一个人租了一间房。他一边吃,一边跟我们聊他所在的电子商务行业的事情,我们几乎搭不上话。

同学走后,大伟跟我说:"你知道我跟这个同学最大的区别是什么吗?"我摇摇头。

大伟说:"那些念过更多书的人,哪怕肉体吃再多的苦,精神也是明亮的。因为圈子够大,所以有那种踮一踮脚就能够得到的希望感。我们却经常忙得昏天黑地,找不到上升的门路。"

那次深聊之后,我也开始跟着大伟往村子外跑,去看那繁华的CBD,幻想有一天也可以穿着通勤的衣服刷卡走进写字楼。

试用期满的时候,我辞职了。

离开杭州的前一天,我去了西湖,在广场上坐了很久。我下定决心回去好好读书,以另一种身份来拥抱杭州。

谢谢你,推我去向更好的人生轨道。

享受成长,日拱一卒,随手记录下此刻的心情吧!

# 我丑过十年

□盒 子

我属于小时候好看,初中开始戴牙套、戴眼镜、剪蘑菇头,外貌急转直下的类型。

按理说这是一件很悲催的事,我也的确躲在被窝里哭过:我模模糊糊地感到一些偏爱在远离自己,取而代之的是小孩子不自觉的恶意和大人偶尔的不耐烦。

上初中的时候,我和朋友去外面学英语,几个人在房间里玩,我去洗澡。洗澡的时候我听见她们在玩我的相机,那里面有一张我摘下眼镜的自拍。大概以为我听不见,她们开始讨论:"她的眼睛没有这么大吧?""她应该是修图了,然后发给网友。"

我听到这些,赶紧把花洒的水开到最大,然后仰起头来大声唱歌。但即便水声那样大,我还是能听到外面的笑声。

一次,因为发表了一些文章,我成了校刊的封面人物。校刊发下来,人手一本。下课的时候,一本杂志朝我丢过来,我一看,封面上的我被画成了一只大怪兽。

混乱中,有人非要给我看,又有人扑过来非要把杂志抢走,教室里顿时乱成一团,充斥着争抢和哄笑的声音。我记得当时的我,也是没心没肺地去抢,于是

大家一起大笑。

现在想起来,我才发现,我附和着那些对我怀着恶意的哄笑而笑,一度模糊了自嘲与自轻的边界。

初三时我眼睛出现飞蚊症和短暂的视野缺陷,随即被当地的医生误诊为"视网膜随时会脱落"。知道真正的病因,是很久之后的事了,其实没有大碍,只是当时,我选择把恐惧埋在心里,不敢跟大人、同学诉说。

不久,我又患了严重的失眠。当然,我也感到很难开口提醒活泼漂亮的舍友们安静一些。那几年,成了我青春期最黑暗的时光。

在灰暗的底色上,我也成了一个害怕别人受到伤害的人。没什么同学的时候,我带着老爷爷参观图书馆、保护流浪狗、认识地下通道里的流浪歌手、与校门口凉皮店老板的调皮儿子建立了深厚友谊……

现在回头看,尽管那段日子全然不明丽,但我也在长长的隧道里且歌且行,逐渐向隧道口的光亮靠近。

只是有时候我会想,如果不是那灰暗的几年,我是否会有一段完全不一样的青春。从刚上初中时戴上眼镜,到半年前摘下眼镜,中间这十年,刚好也是我变丑的十年。没有了眼镜,我也没有了隐藏目光的借口,只得重新开始直视他人的眼睛。令我惊讶的是,当我抬起头来,我只要抬起头,甚至不需要多漂亮,人们就会欣赏我。

吸引人的终究是自信的灵魂。漂亮的人天然被善待,于是很容易自信;不漂亮的人则容易在一开始被轻视。但生活终归要教会你的是:不漂亮的人,也可以在数以千计的孤单日子里被打磨得独立、强大,在一桩桩敏感的心事里学会共情,在他人别有用心的观察里对人性有自己的见解,从而拥有一种独特的气场。

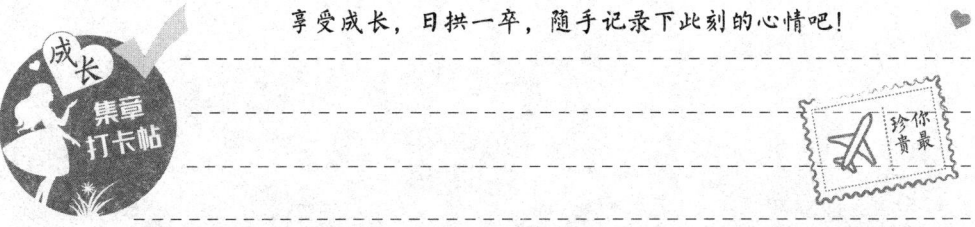

# 答案都在你坚持跑下去的路上

□秦珍子

在我小时候,"锻炼身体"的下半句是"保卫祖国"。无论男同学还是女同学,都穿着白色镶蓝边儿的运动服,绕着操场边跑边喊。那时候我从来没有怀疑过,自己能否成为一名合格的战士。我更没有想过,有一天,锻炼身体,竟然还能是为了别的——如果不是为了祖国和人民。

我是个认真的人,每天写完黄冈密卷、海淀真题,都会穿上球鞋,跑出家门,一口气跑到城墙下。结果,我低估了跑道的实力,在被它虐了3000米后,我不仅成了最后一名,还在终点线吐了。好朋友昧着良心鼓励我:"老秦,不错,坚持就是胜利。"

几年后,跑步已经成为我生活中不得不做的事情。我读的大学,几乎每一扇校门外都充满"罪恶":南门的烧烤、北门的包子、西门的盐帮菜……这里是南方姑娘的场子。

她们能令人震惊地吃掉上百支串串香,喝掉一升装的甜豆奶,睡个懒觉,然

后一斤肉都不长。而我哪怕吃个她们的零头,都能当场把板凳"坐碎"。当时,我爱打篮球,但跑步的减肥效果最为卓越。刷五圈,获得一个蛋糕奖励;刷十圈,肥肠粉允许加个节子。

在那月光下的操场上,让我奔跑不息的从来不是青春的生命力,而是再来一碗的权利。

回想起来,我在那个年纪懂得了"爱美",却也从那时开始陷入了"审美"的困局:一方面照着别人的模样改造自己,一方面期待着别人的肯定。过不了多久我就会遇见一个锻炼身体的新目标。走进另一所学校,我记住了那句深情表白:"为祖国健康工作五十年。"

那几年有个话题特别火,叫"腰围上的中国",经济发展了,餐桌摆满了,大家都套上"游泳圈"了。肥胖制约着国民身体素质和寿命长度,为了给社会多作贡献,还得七分饱、经常跑。幸亏我有运动夯实的身体底子,否则要辜负对祖国的承诺了。

以上就是我锻炼身体史上最后的被动岁月。我曾经为了祖国、好看、健康而跑,而现在,我终于自由了。

自由来的那个夜晚,我还是跑步,甚至越跑越多,但只是因为,跑步真的能让我快乐。

享受成长,日拱一卒,随手记录下此刻的心情吧!

# 一个背影的"点赞"

□张军霞

同事小李的儿子很调皮，刚上小学二年级的他，时常会在课堂上搞点儿小动作。老师多次向小李"告状"。小李却从不着急，说起儿子的调皮时，他还总是乐呵呵的。

有一天上课，儿子给后排男生写字条，被老师抓个正着。小李接儿子放学时拿到了那张字条。

回到家他拿着字条给爱人看："你瞧，咱儿子写字大有进步了！"

我想，有这样一位幽默开明的爸爸，小李的儿子无疑是幸运的。这种另类的"点赞"，是孩子成长路上最珍贵的阳光和雨露。

我的父亲不爱说话，在我的印象中，他就是个沉默寡言的人。而且他长期在外地工作，回到家也总是忙着干活，父亲于我而言仿佛是一个陌生人。

那年，我上小学四年级，我的作文被老师当成范文贴到校门口的报栏里。

放学后，我飞跑着回家，把这个好消息告诉母亲。母亲高兴地说："闺女厉害呀，我给你蒸两个糖包吃！"当时，父亲正扫院子，什么也没说。

第二天是周末，在去打猪草的路上，我又悄悄拐到学校门口，想再看一眼贴在那里的作文。没想到，有一个人比我去得更早，他手里拿着糨糊，低着头，把报栏里我那篇作文认真地一点点粘得更牢。糨糊抹上去，他还用手指小心按平，每一个角都没漏掉，每一处都抹得平整妥帖。

这时，有人在报栏前停下脚步，那人就对路人说："这篇作文是我闺女写的。字写得挺漂亮吧？看她多会用词！老师也总夸她文笔好！"路人说了什么，我已经记不清了。

我只知道这是记忆中第一次听到父亲夸我，而且是用这样一种背对着我的方式。我那天割猪草时格外有力气，心里有一种莫名的甜蜜。

多年后的今天，我看到有位网友讲自己的故事，说她十年前有一次跟父亲说，同学们的QQ资料卡片获得的赞都很多，她很羡慕，就让父亲也给自己的资料卡点赞。

第四辑 每个女孩都是公主，无论在破阁楼还是城堡里

说过之后，她就忘了这件事。那天偶然登录进去，才发现父亲几乎每天都在给她的资料卡点赞。

十年累积下来，这位父亲给女儿点了三万七千多个赞。而这件事，他从来没跟女儿提起过。我忍不住想起自己的父亲，想起当年他只留给我一个背影的"点赞"。

享受成长，日拱一卒，随手记录下此刻的心情吧！

# 将人生体验卡用到极致

□李银河

我偶然听到了"人生就是一张体验卡"的说法，立即产生共鸣：既然人生从宏观看没有意义，只能靠微观自赋意义，那么人生就是一张包含三万天的体验卡。人的一生就是一天一天的累积，所以每一天的生活质量很重要。每餐饭、每件事都要追求做到极致。

每件事，无论是为谋生不得不做的事，还是为兴趣欣然去做的事，都应当做到极致。写小说就要写到引人入胜，画画就要画得让人浮想联翩，唱歌就要唱得让人悦耳心动，拧螺丝也要拧到严丝合缝。

在做每件事时，都把它当成一种人生体验，争取做到不仅期待结果，而且享受过程；不仅要让自己的努力付出派上用场，而且要细细体验做事过程中的各种生命感觉。如此这般，万一事情没有成功，没有得到预期的结果和报酬，也还不能算完全的失败、完全的耗费，因为失败也是一种人生体验。

每一天，都不能轻飘飘地虚掷，不能让自己的时间（生命）像一捧细沙那样从指缝间不知不觉地流失。要像梭罗在瓦尔登湖畔某天日记中所写的那样：今天我开始过×年×月×日这一天。（这天的日记就这么一句话，我记得很清楚。）要的就是他这股认真劲儿，就是他这种兴致勃勃、一丝不苟的态度。

如果以前因种种原因忽略了自己的人生，那么从现在开始，就这样对待生命中的每一天，把这张珍贵的人生体验卡用到极致。

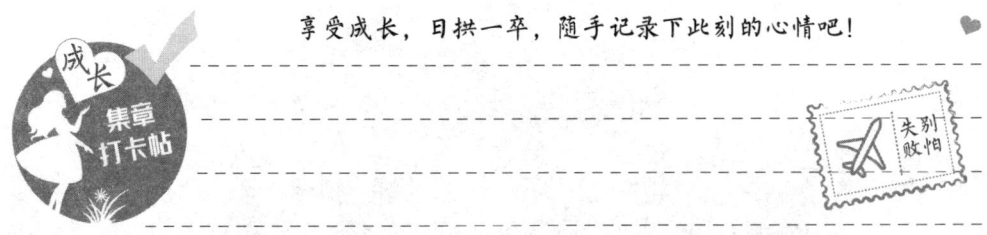

# 第五辑

# 只有心灵同频的人，才能肩并肩走得更远

♡ 奔走在自己的热爱里

  人生路上，难免遇到难熬的时刻，而交心的好友总能在你最需要时给予恰当的陪伴与温暖。有句话说："同声相应，同气相求。"同样的声音才能产生共鸣，同样的气味才能相互融合，同频的人才能久处不厌。

  人与人之间的相处，最可贵的就是相互理解和懂得。好的友情，不一定事事打扰，但总会时时想念；不一定时刻相伴，但一定会相守心间。友情是我们人生中不可或缺的一部分，朋友的鼓励和陪伴，带给我们温暖的力量。真正的友情，是灵魂的相遇，心灵的共鸣。

  人生路上知己难求，遇上了，请记得好好珍惜。往后时光，愿你有三两知己，能一起碎碎念，也能陪伴岁岁年年。

# 反"拖堂"作战

□梁凤仪

上中学四年级时,教我们物理的是一位校内出了名的好好先生。他讲课其实相当有条理和动听,可当时我们是女校,整班女生都"怕"物理,上课时总是敷衍塞责,老师看在眼里,却始终忍气吞声,由着我们打瞌睡、传字条、瞻天望地游白云!

对物理老师的忍让,大半同学非但不晓得领情,反而自以为是地变本加厉。

有一天,老师才走进课室,全班女孩开始唉声叹气。

更有甚者,坐在我背后的瑞芬,不知为何如此气愤,竟把物理课本重重掷在桌上,大喊一句:"讨厌!"

老师瞪着眼向我们那排座位望过来,问:"谁这样子发脾气?"没有人出声。

老师的脸色变得沉重:"我再问一句,谁在发脾气?请那位同学站起来,好让我向你解释。世界上没有尽如你意的生活与工作,不会每一堂的学科都是你心爱的,学习吸收与自己相近的学识与尽量容纳你不喜欢的学科,对你将来做人做事同样重要。"

男老师从未如此严肃地向一班女生训话。我们在错愕之余,把原先窸窸窣窣的噪声收住了,教室内鸦雀无声。

仍然无人站起来承认。老师说:"有勇气在老师面前发脾气,为什么没有勇气站起来承担责任?我现在不上课了,在教研室等那位同学进来向我解释,没有同学肯认错,我就陪着你们全班留堂。"老师说完就走。他的这番举止把我们震慑得惶恐不安,不知如何是好。最初三分钟,全班同学你眼望我眼,个个都像是欲哭无泪。

终于一位同学站起来,厉声喝道:"究竟是谁把书摔到书桌上,请站出来,别连累我们!"这么一句"揭竿起义"的话之后,全场立即交头接耳,课堂乱成一片。坐在我旁边的同学小琦撞我的手肘,拿嘴向后一抿,分明示意"元凶"就在背后。我拉开抽屉,拿了本闲书出来看。小琦忍不住问我:"怎么办?"

"看书吧！你就做算术题，做完借我抄！"

"我们分明知道是瑞芬，一人做事一人当……"

这次轮到我摔下书，对小琦咬牙切齿地骂道："你要怨黄瑞芬，你尽管告诉老师。要告密就自己出头，才是'大丈夫'行为！"

小琦被我训得垂头不语，良久才说："为什么瑞芬要连累我们？她应当站出来！"

我低声说："瑞芬成绩差，上学期品行又是丙等，这次还闹这种事，期末要升级就渺茫了。我们乖乖做功课，跟老师磨下去，他总要放人的！"

可是我的估计错了，那天全班留到晚上八点还没下课。一大班女孩心烦气闷兼饥肠辘辘，竟还有些同学急得哭起来。

很多时候，一件小事无端弄成僵局，只是源于当初一念之差。追源究始，就是做错事的学生一时畏缩，不敢直陈过失。我肯定如果事发时瑞芬鼓起勇气，站起来说声对不起，必定化干戈为玉帛。

如今僵持时间越长，站出来所引发的尴尬越重，瑞芬更不知如何是好。当然，老师从不发脾气，突然忍不住发怒一次，要他得不到解释和道歉，自动鸣金

收兵，无论如何面子上过不去。

我决定采取行动打开闷局。我很实际地分析情势，瑞芬和老师两个人无论如何都不会让步，出卖瑞芬自然不义，就算有人把她供出来，瑞芬来个不认账，"三司会审"更耗时间。我想倒不如由我去顶罪，一则我坐在瑞芬前面，最易令老师相信；二则我功课好，未必会被逐出校门。一想清楚眼前形势，我立即霍然而起，跑到教研室去了。

我对物理老师说："是我干的，对不起！"老师跟班主任交换眼色，点点头，说："你跟我们来！"

于是师生三人走回课室去。班主任对全班同学说："梁凤仪说刚才是她的错，在我放你们回家前，再多问一句，有哪个同学认为不是梁凤仪的错，给你最后一个机会站起来，否则，除了她，你们都可以放学了！"

教室里静到连根针掉在地上也听得见，于是瑞芬站了起来……班主任跟物理老师安慰地相视而笑："都下课吧！很晚了！"

自此以后，我明白了做人原来不单要给人家"让路"，还要适时给人家"开路"，那么自然到处都是坦途。

享受成长，日拱一卒，随手记录下此刻的心情吧！

第五辑 只有心灵同频的人，才能肩并肩走得更远

# 怎么会孤独呢

□黄晓丹

在海边的小村庄里，有人想去爬珠穆朗玛峰，可是谁都知道那不是仅靠一个人的力量就可以做成的。他等啊等，等了一辈子，都没有等到愿意和他同行的人经过他的窗前。

他的孙子也想去爬珠穆朗玛峰，也一样找不到旅伴，但有一只鸭子愿意陪他去镇上，镇上有两匹马愿意陪他去县城，县城里有三个皮匠正好想去省会，省会中有一群商人要去日喀则。到了日喀则，他下车一看，满街都是背着行李准备攀登珠穆朗玛峰的人。

怎么会孤独呢？你必须先出发，然后才能遇见旅伴。

那些来源于理想、来源于观念的孤独之感，只能在你想象世界时存在，并将在投入世界时消散。

但你依然会感到孤独——并非理念之孤独，而是存在之孤独。

当你午夜梦回，想起那并未一起度过的少年时代；当春雨弥江，你却不能转述在烟波深处看到的一切；当五月香樟花开时，那种香味有人闻得到，有人闻不到；当我们谈起人生的尾端，无法预知会是谁将谁送入黑夜——这样的孤独，是伴随着我们对生命的觉知而来的，除了死亡，无以消除。

我八十岁的奶奶在楼上俯瞰城市的烟火，想起同辈的逝去，有时彻夜难眠。也许她也曾经担心我会成为"曲高和寡"的人，但我知道，我将与她承受同样的孤独，却不是来自知识的苦痛，而是来自人生的本然。

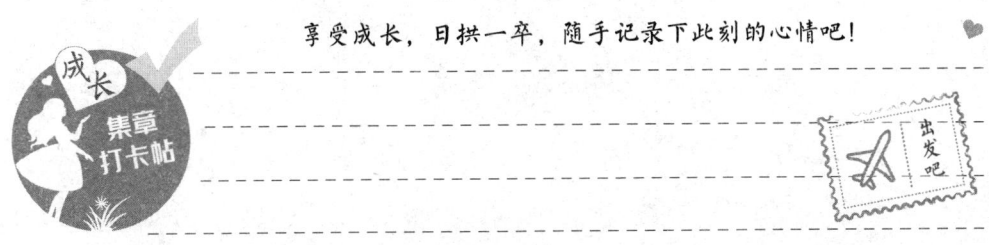

享受成长，日拱一卒，随手记录下此刻的心情吧！

# 舍友有"公主病"

□仇进才

舍友是外校考研进来的,古铜色的皮肤,人高马大,因为经常打篮球和健身,体格很是健硕。但在我眼里,他就像一个娇滴滴的小公主。

舍友对睡觉的要求非常高。

首先,晚上十一点要熄灯。不管你在做什么,他准时把灯灭掉,然后上床。十一点对研究生而言,并不是很晚的时间,整个楼层,我们宿舍永远是熄灯最早的。

其次,他睡觉必须在无光的环境下,即使是充电器的灯亮都不行。我特地买了一顶带有双层遮光布的蚊帐,但他还是要求我把手机屏幕亮度调到5%以下,如果再亮一点,他就会用脚蹬我的蚊帐。

最后,他听不得一点儿声音,窗外空调低沉的嗡鸣声都会让他辗转难眠。有一次我得了重感冒,肚子咕咕地叫,咳嗽到呕吐。这无疑扰了他的睡眠,所以那天夜里我被他蹬醒了三次,即便他知道我因为生病精神萎靡。

这段友情立刻冒出了大片的荆棘。毕竟我在他的各种要求前不断让步,但换来的是感冒时无法得到静养,花钱买的蚊帐还被踢到折弯,无法竖直。多少次,一声招呼也不打直接关灯,或是直接把我蹬醒……这都让我无法理解。

但是，在白天，他对人还是很友善的：会帮我取洗衣机里洗完的衣服，帮我拿快递和收被子。为什么一到晚上，所有的客气就消失不见？仿佛电影中的狼人在月下变身，浑身上下挂满了粗鲁与蛮横。

前些日子，辅导员把我叫了过去。原来我和他的争吵被他家长听见了，思来想去，他们说出了原因。

舍友自小在农村长大，跟着爷爷奶奶生活，所以在起居上贴近老年人的作息，睡得很早。后来他随父母到城里生活，一日，他在床上睡得正熟，突然听到窗户发出了咯吱的声音，睁开眼睛，竟看到一个陌生的人影握着手电筒蹑手蹑脚地走动。

进贼了！他一边叫着爸妈，一边开灯。这显然是鲁莽的，在扭打的过程中，舍友的头撞到了桌角，血流不止。他的家人说，后来他睡觉时，有一点点光影的晃动都不行，如果再有声音，他在床上怎么都睡不着，脾气也会变得异常狂躁。这可能是创伤后应激障碍。

想来，每个人的脚印都来自不同的远方，或许是踩在湿漉漉的星光里，或许是走在清香缭绕的草地上，或许是穿行在令人窒息的泥浆中。

在我们眼中寻常的一件事，在另一个人的眼中，可能就有非比寻常的意义。所以，我决定不把手机带到床上，取而代之的是一个止鼾喷雾，睡前喷一喷，闭上眼后，无光也无声。

我想，维系友情的必需品无非是包容和妥协，若有情理之中的理由，退一步并不是意料之外的事。在沉静的黑暗中，我突然想到了纪伯伦的一句话："你的朋友是对你需求的满足。"笑一笑，睡觉。

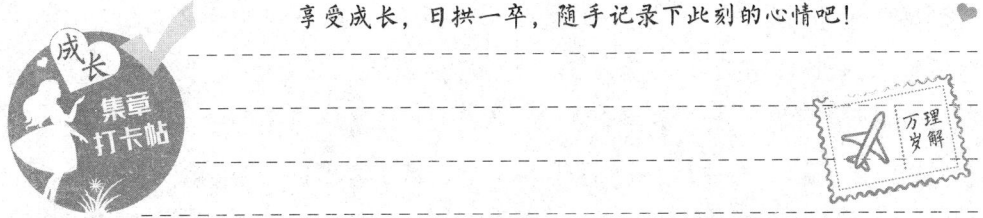

## 假装很熟,其实孤独！你陷入"气球式"社交了吗

□余冰玥

"00后"姑娘刘彬上周末参加了一场校友群的"狼人杀"聚会,和旁边一个陌生女孩倾盖如故,玩游戏的间隙聊兴趣、聊学习,临走前还依依不舍地相互加了微信。可等回到宿舍,那个不久前还叫着"宝贝"的微信名便不再点开,两人如同平行线,再无交集。"00后"徐嘉灵因为追星加入了一个粉丝群,大家在群里聊爱豆聊得火热,分享每天的生活,亲如姐妹。可热闹了一周,微信群便沉寂了,只有偶尔的英语打卡和外卖分享。

这关系,颇像气球,容易吹起,也容易泄气,戳一下就破裂,美丽却不长久。但刘彬和徐嘉灵对此不以为意,对她们而言,这类事稀松平常,与每天吃饭睡觉没有什么差别,破裂的那份关系,似乎一点儿也不可惜。

这种情形,在当下年轻人的社交中颇为常见。现代人的社交关系很简单,你我在一场活动中相识,两人都是独自前往,没有伙伴有点儿尴尬,在活动上迅速加了好友聊得投机,见面没多久就一口一个"宝宝""亲爱的",告别后便再无联系。

越来越多的年轻人越来越习惯于"气球式"社交,迅速熟络又迅速冷淡,交流时不用太走心,不需花心思对这段关系进行维护,一不小心关系破裂也没关系,毕竟若太过认真,你就输了。

参加工作半年的江皓任职于北京一家互联网公司,作为商业分析师,他每天要对着一大堆报表分析数据,一周贡献给公司50个小时。他没什么朋友,周末便常常加入同事邀请的各种聚会。"我参加各种聚餐、打球和唱歌,希望能结交新的朋友。刚开始很开心,觉得周围每个人都对你很热情,但最后发现这种热情并不是你想象中的真热情。"江皓有些无奈,"你以为聚会上与你聊天是希望和你成为朋友,实际上只是因为陌生的你暂时引起了他们的好奇,也只能给他们有限的信息。聚会结束,关系也戛然而止。"

随着生活节奏的加快,经营一段亲密关系意味着越来越高的经济及时间成本。

## 第五辑 只有心灵同频的人，才能肩并肩走得更远

微信朋友圈里的自我营销、交友软件中的速食感情、陌生人聚会的不走心式狂欢……密集化的社会将每个人的生活更密切地联系在一起，带来了众多人际资源，也带来了更为随意的亲密关系观念。

现代生活方式意味着对社交关系的压缩，《社交尴尬症》一书的作者、纽约心理学家泰·田代认为："社交的好处是它能提醒我们对归属感的需求，让我们知道自己需要成为群体的一员、获得群体的支持。"

而"气球式"社交似乎并不是一种长久的方式。

正在读研一的李罡曾在银行短期实习，起初，和比他大不了几岁的银行大堂经理十分投缘。经理教给他工作经验，他给经理分享大学趣事。不过实习期一结束，经理就变成了微信列表中一个沉默的名字。"大概我这个学经济的只看重对个体的效用，所以我认为工作中的这种交往都是出于个体利益。工作中和新同事搞好关系，有助于职场合作，而一旦脱离了这种利益网，比如实习结束、同事辞职，就不想再维持这段关系了，因为这毫无意义。"由作家木心的诗改编的歌曲《从前慢》里唱道："从前的日色变得慢，车、马、邮件都慢。"人们愿意花数周等一封跨越山水的信，只为和远方的朋友分享生活、心意相通。

当今社会联系更为便捷，却难以有缓慢而深入的交往。浅表式的交流，已经将现代人的交际内容彻底改变。

有网友评论自己的社交状态："我们很少讨论自己生活以外的话题，不再习惯气氛比较沉重的思想交流。寻找一个志趣相投的谈话对象是如此之难，以至于一旦你发现对方和你没有精神交流的可能，就会迅速转向下一个目标。"

研究幸福感的科研人员发现，最具幸福感的人的共同之处在于始终保持着积极长久且具有支持性的社会交往。或许，与其拥有"气球式"的快速社交关系，不如放慢关系膨胀的速度，长久而美好的联系好过"一戳就破"。

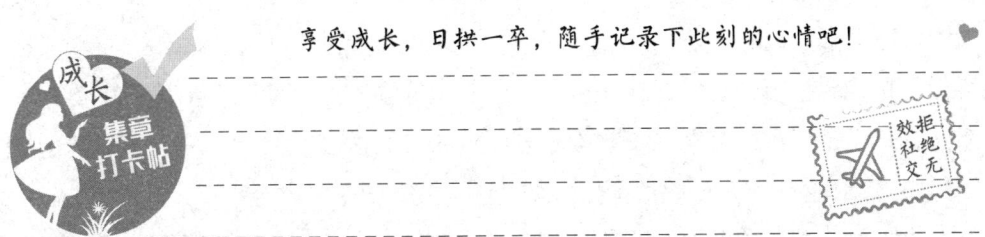

享受成长，日拱一卒，随手记录下此刻的心情吧！

# 社交"小号"里藏着五花八门的自己

□管璇悦

同一个社交平台,有几个不同的账号。大号一本正经、不苟言笑,小号却反差巨大,活跃得像个假号……看到这样的描述,屏幕前的你是不是会心一笑?

开小号就是在一个主要使用的账号之外,注册其他账号。最早,玩家喜欢在网络游戏里开小号。随着社交媒体的兴起,越来越多的人,尤其是年轻人,开始在微信、微博、抖音等平台上开小号。

这里的大小之分,指的并不是账号粉丝数量的多少,而在于是不是为熟人所知。一般来说,大号基于现实生活中的人际关系,用来和家人、朋友、同事等打交道,而小号通常会披上新马甲,换个昵称和头像,只有自己知道。

不可否认,有人开小号,是为了更好地进行"形象管理"。

社会学家戈夫曼曾经提出拟剧理论,从戏剧学角度剖析社会互动。他把人们的活动比作剧院里的演出,社会中的人是舞台上的演员,利用各种符号展示自己的形象,并且会区分前台和后台。

从这个角度来说,大号更像是"表演"的前台。"我有那么多面,但只想让你看到这一面",通过自我筛选和精心包装,塑造理想人设以获取他人的关注和认可。而小号更像"放飞自我"的后台。尤其当人们认为社交网络上的自我"不真实"时,留下一片自留地,用"素面朝天"的真实形象嬉笑怒骂、直抒胸臆。

如今,网络社交深度介入生活,好友列表越来越长,交往圈子越来越大,却越来越难"快意江湖"。屏幕一刷,每个人的生活状态都近在眼前。在观看与被看中,社交平台上的一言一行、一图一视频,都成为别人审视的对象。

于是,渴望敞开心扉,却又担心表达当下的烦恼忧愁让家人牵挂;想要分享生活,却又觉得人群芜杂,不想被不熟悉的人打量揣度。如此一来,不如把这些交给小号,既能避免压力和尴尬,又能存放喜怒哀乐。

这样的小号更像网络时代的树洞和日记本,也与设置分组可见、给朋友圈

"上锁"等异曲同工：为在互联网上"裸奔"的人们留下一些私密空间。

如果说不吐不快是开小号的内心独白，那么另外一些小号的诞生则完全出于现实考虑。比如，为了追求兴趣爱好、为了坚持学习打卡、为了当追星女孩，甚至为了转发抽奖……五花八门的小号里，藏着许多年轻人五花八门的"另一面"，甚至一些不想为人所知的"小九九"。

开小号的习惯，也在一定程度上折射出年轻人在社会交往中的心态和困惑——该如何与他人相处，又如何与自己相处；哪些生活值得与人分享，哪些碎片只能"敝帚自珍"。

每个人都是多面体，拥有着不止一个社会角色，并不矛盾。不管是在大号"立人设"，还是在小号"做自己"，都是其中一个切面，只不过是在不同场景中呈现而已。

大小号的"反差萌"背后，是努力追求更加理想化的自己，也是在摸索社会交往的边界和距离，调试适合与舒服的相处方式。

有意思的是，年轻人总能在风格截然不同的大小号间切换自如，游刃有余。而不追问小号，也被很多网友笑称为网络时代的"社交礼仪"。

其实，无论出于什么目的，无论是否开了小号，都不必深陷其中，过度投射期待和意义。网络社交之外，还有更广阔的真实天地，等待你探寻更多样的自己。

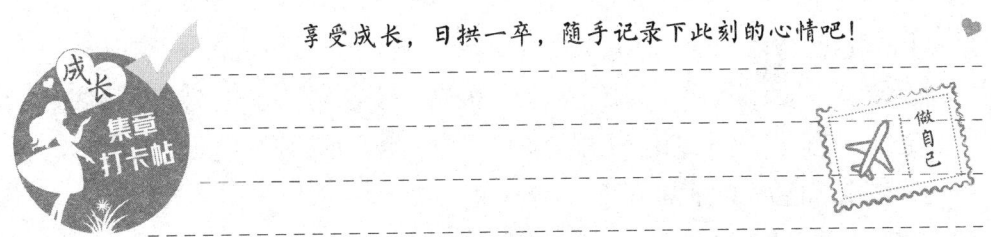

享受成长，日拱一卒，随手记录下此刻的心情吧！

# 我们为什么会嫉妒好朋友

□牛裴麟

前不久收到一段读者留言,她写道:当她听闻她的闺蜜进了一家她之前应聘但没被录取的律所时,她嘴上说着"太好了,真为你开心",但是她心里清楚,自己并不高兴,甚至十分失落——她感到了一丝嫉妒。她被自己"邪恶"的想法吓到了:明明她们是最好的朋友,为什么自己还会嫉妒她?

很多人说,我不能接受自己嫉妒自己的好朋友,好朋友之间不应该是纯粹的、互相祝福的吗?而事实是,我们并不会嫉妒和我们不处于同一个圈子的人,比如明星,我们顶多觉得羡慕。我们往往嫉妒的是在我们身边,那些和我们有真实接触的人。

有研究发现,人们更容易嫉妒的对象是他们的同性朋友、兄弟姐妹、同学和其他家庭成员。

下面我们从两个方面来解释:相似性和资源竞争。相似性是指被嫉妒者和自己越相似,我们体验到的嫉妒越强烈。这里的"相似"可能有家庭背景、外形条件、教育背景等。

一起长大的发小发达了,你感受到了嫉妒。因为你觉得你们明明就是从同一起跑线出发,来自差不多的家庭,接受的也是差不多层次的教育,凭什么他就能混得比自己好?当他每一次跟你分享自己的进步时,你心里只觉得"凭什么他可以,我不行"。而资源竞争是当你们拥有相似的兴趣爱好、职业规划或择偶标准时,你们可能面临在同一个盘子里抢蛋糕,你就会觉得如果对方有,那么他的资源就增多了,而留给你的却少了。

阿德勒在《走出孤独》一书中提到一个故事:一个6岁的女孩在妹妹出生之后,出于嫉妒伤害了妹妹,后来嫉妒发展为忌恨,还转移到了其他小女孩身上。对她来说,父母的爱和关心就是她要抢夺的资源。

但是,存在嫉妒的友情一定会破裂吗?不一定。嫉妒有善和恶两面——恶的一面就是让其滋生出人性的黑暗面:攻击报复行为;而善的一面能激发我们向被嫉妒者接近或达到的潜能和动力。"友敌"通常用来形容这种彼此嫉妒又互相欣赏的友情，我嫉妒你拥有的，但我会将这种嫉妒转化为动力而不是对你的不满、诋毁或伤害。

在《那不勒斯四部曲》中，就有这样亦敌亦友的友情。两位女主人公莉拉和莱农从小就建立了友谊，她们嫉妒彼此，经常互相较劲，你追我赶，但是这不妨碍她们一直在人生的道路上相互扶持，成为彼此最重要的指引者。因为她们同为出生在底层贫苦家庭的女性，有着逃离底层的共同目标。她们觉得，哪怕她们之中只有一个人能拥有走出底层庶民的命运，这就是两个人的胜利，有种惺惺相惜之感。

最好的友谊，并不是一定不能存在嫉妒，而是心智成熟的我们可以管理好这种情绪。正因为我们有共同的命运，才使得相互映照和扶持成为可能。

无论你是嫉妒者还是被嫉妒者，嫉妒对你而言都是一种兼具建设性与毁灭性的力量，发挥它建设性的一面，你可以通过它更好地认识自己或朋友，让你们的友情更加坚固。

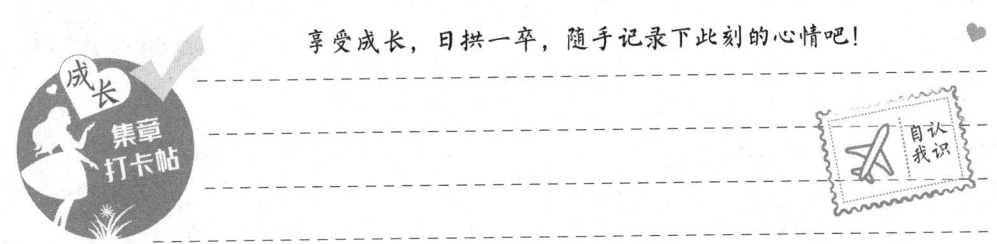

# 给老师送礼物？
# 你可知老师怎么想

□丹 萍

上次遛狗，我遇到一位邻居，她说："你们家狗狗的毛真好。"其实我不知道别人夸我家狗狗的时候我该怎么回答，如果说"谢谢"或者"哪里哪里"，不是太妥当，夸的又不是我，我客气得有点儿怪；如果说"是吗"，又像在质疑别人的观察能力。

我分析，和"好漂亮的狗狗"这个含义相比，邻居的这句话还包含"你是一个优秀的宠物主人"的赞美。我找到了一种合适的说法，就是："嗯嗯，也总是掉毛呢。"我分析自己的回答，包含"谢谢""哪里哪里"以及"你说得对，我不但听了，而且用自己的想法积极回应你"等几层含义。

以前我从没思考过"如何回复对方的寒暄"，这根本不是事啊。但现在不行了，经常"卡壳儿"。

我给小学生上课外课，不知是什么原因，上课前孩子们总爱送我一些小礼物，让我压力很大。

我觉得不是因为我课上得好，是因为课外课安排在学校的正课之外，孩子们比较放松，开始吃课间餐和倒腾书包里的东西，便有了送礼物的情绪。

礼物中有辣条和手账贴纸，我朋友说这是小学生社交中的"硬通货"，证明了孩子们对我的喜爱。这类礼物，我都拍照片发朋友圈了。有一次，一个女孩子送我一颗很小的塑料"宝石"，因为马上就要上课了，我就把小"宝石"放在手机屏幕上，手机搁在桌子上。

下课后，送我"宝石"的孩子跑过来问我："宝石你放好了没有？要带回家噢。"我骄傲地把平躺在桌子上的手机保持水平拿给她看，"宝石在这里呢！"孩子很开心。

这么小的礼物，拿回家我也没有弄丢，和其他礼物一起装在一个袋子里。因为我在课堂上处理过这样的事情，就是小学生之间也互赠礼物，但有时候送出去的东西，他们还会要回去。所以，我也把这些小礼物都收好了。万一哪天孩子们不喜欢我的课了，或者其他原因，想把"宝石"之类的要回去，我要保证自己拿得出来。而且，这几天我一直在想如何回礼呢！

因为太爱热闹，我说自己"社恐"，朋友们都不认同。比如前几天去深圳出差，朋友说他开车去，让我们一起，我为了逃避，提前一天出发了，因为我觉得一路上跟好几个人聊天太累了。

工作结束，晚上回来很晚，我只好和他们一起搭车回去。一路上欢歌笑语，我也很开心。社交意愿忽上忽下，我自己也把握不好了。也许所有人都是这样吧，有时站在人群中间，有时躲在没人的角落。他是什么样，他的反面也就是什么样。

让我们都去接受那个不停翻面、时好时坏的自己吧！

享受成长，日拱一卒，随手记录下此刻的心情吧！

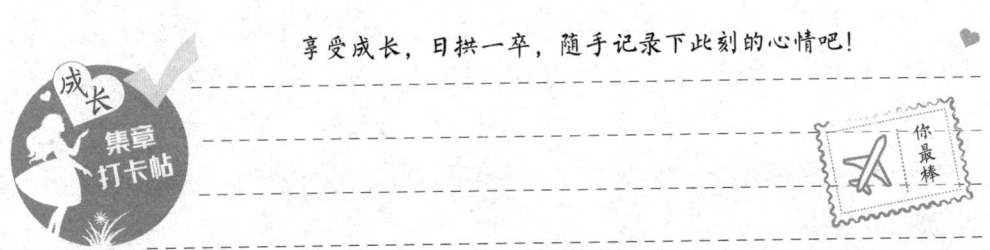

# 你被气得发抖过吗

□残 雪

我刚刚上一年级的那几天，老师叫我们排路队回家。我记得我们这一队有六七个同学，我们都是住在山坡上的，但我以前并不认识他们。

那是冷天，我戴着毛线帽，我们走在山间小路上。

我像往常一样默默地走路，因为同他们不熟，我不好意思说话。忽然有个男同学嘲笑起我来，我不记得是什么方面的话题了，反正大家都开始来笑我，扯我的衣服。

我是很倔强的，于是回嘴。这一下他们更起劲了。当时有五六个人围上来打我，将我的毛线帽上的毛球都扯掉了，布书包也被他们扔到地上踩了几脚。

我一走他们又围上来追着我打。后来他们到家了才散去。我的家最远，一路上我都在哭，不是因为被打痛了，而是因为屈辱和愤怒，我气得全身发抖。终于到家了，外婆问我是怎么回事，我便号啕大哭起来。哭过之后并没有什么办法，就不了了之了。幸亏后来也没再排路队了。

"气得全身发抖"是我在遭到侮辱时的生理反应。不论我的理智在后来漫长的年头里是如何发展的，也不论我的自制力多么惊人，这种生理反应始终如旧。

由此又想到我三岁时发生的一件事。

那时比我大三岁的姐姐被邻家大男孩欺负了，好像是打了她。我听了这个消息也是气得要命，牢牢记在心里。

终于有一天，那调皮的男孩来我家附近玩游戏，我一看见他就发抖。我慢慢挨近他，趁他弯下腰去躲藏时，猛地往他背上打了两拳，发疯似的跑回家。奇怪的是那男孩根本就没来追我。

而我，回到家后那个激动啊，那个心跳啊，那个害怕啊。后来当然平安无事。现在回想起来就清楚了：一个三岁的小女孩，打在一个大男孩背上的两拳算什么呢？也许他根本就没有觉察到，当时他在玩"躲摸子"的游戏呢。可是我当时的预谋，我的紧张，我鼓起勇气时的那种感觉，以及实施报复的情景，直到今天仍然历历在目。

1985年，儿子上小学了，学校离家不远。但是我还是不太放心，因为他才六岁，长得也矮小。

十一点多钟我就去接他。刚走出家门便看见儿子狂奔而来，大书包打在屁股上啪嗒啪嗒地响。他跑得满脸通红，头上冒汗。

一问，原来是被同学追打，是那些同学"欺生"。我舒出一口气，分明看见历史在重演。不过那次，我并不那么愤怒，我知道这种经历对儿子的成长是很宝贵的。

愤怒是一种直觉，它既可以催生艺术，也能毁掉一个人，就看这个人的理性是如何发展的，看他有没有反省的能力。如果能在始终保持自己这种直觉的同时，不断提高理性方面的修养，如果他又长期受到压抑（保持直觉就必然受到压抑），那他的潜意识的储藏一定是非常丰富的。

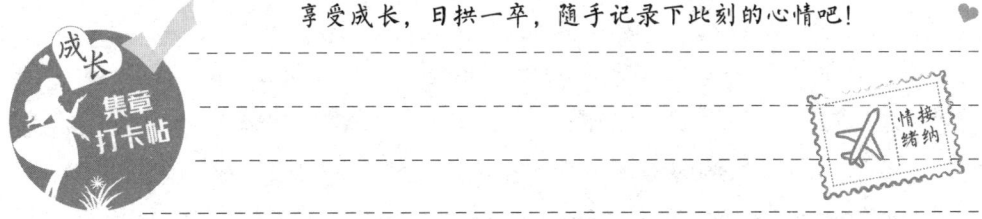

# 有种人，还没收到礼物就想着回礼

□李清浅

人生最大的痛苦是什么？是还没收到礼物，就开始想着怎么回礼。

前段时间，朋友送了我妈一件衣服，款式略显夸张，还是大红色，属于一生只穿一次系列。她知道我妈在合唱团，偶尔会穿特别鲜艳的衣服参加演出。看到衣服之前，我计划随便买点儿东西回赠朋友，表示感谢，收到衣服后发现竟是真丝面料，价格不菲，我突然有点儿惴惴不安了。随便买点儿啥好像行不通了，到底买什么才能显得不是很刻意，又配得上朋友送来的衣服呢？思来想去，我竟然失眠了。

乍一听像是我不正常，但我的确是收礼必回、有人请吃饭必回请的人，否则总觉得亏欠对方，仿佛处在跷跷板较高的那一端，无法回归平衡。

一直以为只有我是这样，后来才发现"病友"一大堆。我们共同的病状是"收到礼物会不安""不回礼会难受，觉得欠人情"，只有回了礼，才能回归内心的平静。

心理学上有个词叫"清白感"，对我们来说，不回礼便无法拥有"清白感"，不但有压力，甚至会焦虑。

我儿时，老家有个邻居，就是不回礼会难受的典型。晚辈过年过节去看望她，会带伴手礼，她一定要回礼，如果对方不要，那就热闹了，她能和人拉扯半条街，最夸张的一次拉扯了一里路，直到对方收下为止。那位邻居当时都七十多岁了，个子不高，身体瘦弱，真不知道哪里来的力气和人拉扯那么久。多年后发现，我虽然不会和人拉扯半条街，内心深处却有着与之相同的信念：来而不往非礼也，不能只接受不付出。

有人曾在网上发帖求助，说宿舍有同学很慷慨，喜欢和大家分享零食，他收了几次不好意思，便也买零食和同学分享，结果他得到了更多的零食。然而事实是，他不爱吃零食，而且手头不是很宽裕……他问大家该怎么办。有人回复，直接说自己不吃零食就好；还有人回复，当无法回馈物质时，可以付诸行动，比如帮对方带个饭、打个水。的确，示好的方式很多，不见得是他花五块请你吃根雪糕，你再花七块给他买包薯片。

很多时候我们付出，其实是不图回报的。比如送朋友一束花，是希望她收到花开心，并没有设想自己会收到什么样的回礼。而朋友对我们好，也是觉得我们值得。

所以，学会接纳别人的善意，大方说"谢谢"就好。更何况，一些来自陌生人的善意很难有机会"还回去"。比如多年前我忘了带零钱和公交卡，就有人随手帮我刷了一下公交卡。

德国心理学家海灵格曾经说，人们在必须接受那些自己无法回报的东西时，表达诚恳的感激之情，是平衡付出和接受的另一种方法。

还有一种方法是把它传递出去。遇到没带公交卡的人，你可以帮他刷一下；收到朋友馈赠的衣服不安时，可以把自己小孩儿穿小的衣服赠送给有需要的人；孩子不再看的绘本，也可以捐赠。将爱传递出去，方是对馈赠者最好的回报。

享受成长，日拱一卒，随手记录下此刻的心情吧！

# 让草代表草,再组成草原

□何 文

在草原,如果要召开大会,要怎么才能选出草的代表?

什么样的草能代表草?

长得青?长得高?长得茂盛?长得茁壮?叶嫩?茎老?叶多?汁甜?根深?

哪条标准是可以评判草的?

羊喜欢吃的?马喜欢啃的?牛再三反刍的?是由羊来选择还是由牛来决定?

能开花的?只长叶的?踩不死的?烧不尽的?旱不干的?涝不绝的?

还是让大自然来决定吧。

用冬天将大地初始化,用春风重启,能绿过来的,都叫草。

让草代表自己,再组成草原。

享受成长,日拱一卒,随手记录下此刻的心情吧!

## 第六辑

# 阅读与学习，<br>带我们去向更好的远方

奔走在自己的热爱里

怎样才能做到一个内心有一片海的人呢？阅读和学习就是最佳的方式。我们读过的每一页书都会点滴汇聚成一条叫自我的河流，最后成就波澜壮阔、独一无二的人生。

脚步丈量不到的地方，书可以；眼睛到不了的地方，书可以。读书的人总会比不读书的人多出一个额外的精神世界，这个精神世界由你在书中读过的故事、认识的人物、理解的道理共同构成。只要你有这样一个丰富又强大的精神世界，那些挫折和困难就永远无法击垮你。

让我们珍惜人间好时光，莫负琅琅读书时。

# 去寻找可以给你力量的人

□ 麦 家

我在大部分"工作时间"像只病猫一样蜷在床上，或沙发上，不是读书就是发呆。其中小部分时间是在胡乱翻看，什么书刊都翻，只要身边有的；然后大部分时间是在读少数的几位作家的作品，卡夫卡、加缪、海明威、福克纳、博尔赫斯、纳博科夫、黑塞等。

他们是在我乱翻中一见钟情，结下盟约，至今不弃不离的。由于反复读，加上有些作品短悍易记，也许还要加上我受过一定特别训练的记忆力，这些作家总有几篇作品我可以背下来。

二十年前，我甚至可以连续背诵五十首博尔赫斯的诗——现在想来，那真是我荣光的记忆。不管你记忆力好坏，作为写作者（首先是阅读者），随着年岁的递增，你的脑海里会列出一排长长的书目，那些经典名著是很容易上榜的，即使只是偶尔翻过，甚至没看过。

这就是名著的魅力，正如那些名川大山，那些凸现在史海里的著名人、事，你无须去亲历，他们会自动钻入你的记忆库，排队等着你去光顾、领受。

有一段时间，我的时间都消耗在拜读浩繁的经典名著上，就像一个胸怀天下的武林新手，浪迹天涯，为的是结识各路英雄好汉。想着还有那么多山头没有拜过，我不敢轻易出手——不用说，我是胆小的。换句话说，我因为胆小而有幸认识了不少英雄——仿佛我认识他们就是为了壮胆。

但是，有趣的事出现了，也许是因为我的胆量被我结识的英雄们壮大了，也许是我品行上有过河拆桥的陋德，慢慢地，我开始连续地抛弃我曾经膜拜的英雄们，巴尔扎克、左拉、纪德、托马斯·曼、略萨、罗布-格里耶（几乎包括所有的新小说）、乔伊斯（几乎包括所有的意识流）、约瑟夫·海勒（几乎包括所有的黑色幽默），等等。

他们中有一部分（或人，或书），我犹豫又大胆地认为，其实并不了得，不过是浪得虚名，不过是"小人得志"——人类由于自身的局限，经常犯下鱼目混珠的错误。

忘记了是谁——也许是圣·奥古斯丁——曾这样说过：经典作品并不是一部必须具备某种优点的作品，而是世世代代的人出于不同的理由，以先期的热情和神秘的忠诚阅读并传存的"幸运者"。因为幸运名扬天下，流芳百世，对后人来说或许就是不幸。这是一部分。

还有一部分，我一方面相信他们是了不起的，他们写出了他们的伟大；另一方面我总觉得他们跟我无关，形同陌路，温暖不了我，无法给我输氧传力，无法让我燃烧起来。

与此同时，另有一些作家，如卡夫卡、加缪等（如前所述），他们的作品如同楚楚动人的女子一样吸引着我，诱惑着我，让我神魂颠倒、神经衰弱，同样的脑筋在他们面前似乎也变得灵光起来，智慧起来，风生水起，见风如雨，过目不忘，念念不忘。

我就这样并不费尽心机地记牢了他们笔下的人物、故事、句式、语录，包括他们本人的生平、长相、趣闻等。我对他们的兴趣和敏感，正如兄弟一般，亲人一样，道法自然，无须苛求。

二十多年前，我家里养了一条看家狗，鼻头尖尖，暗示着它嗅觉灵敏，兽性凶猛。那段时间任何外人走进我家，它都会灵敏地发出警告，忠诚地狂吠不已。有一天我突然回家，穿着一身绿色军装，我母亲都没有一下认出我来，然而这条忠诚的狗却对我欢喜地摇尾摆首，发出呜呜的亲昵声，没有厉叫一声。

它以一种近乎神奇的方式认出了我——或许是我身上的气味，即使在外漂泊多年仍然与母亲相似吧。

我想这够神奇的，而我对某些作家、某些作品的亲近和联通的方式，似乎并不亚于我家的这条狗之于我。文学固然有神秘的一面。这也使我想到了，浩繁的经典名著不是像太阳光一样，可以照耀每一个写作者。

巴尔扎克们对我也许是毒药，纳博科夫对你也许是陷阱，汗牛充栋的大部分经典对我们来说都可能是毒药或者陷阱，能够照耀我们、温暖我们的也许只有少数几个人、几本书，他们是我们在文学家族里的亲人。

当我这样想时，我不再被那么多的经典名著困惑，不再到处拜山头。我告诉自己：停留在你的"亲人"身边吧，反复聆听他们，就会听到吉祥而美妙的天籁。

人头攒动，市声喧哗，世相是如此热闹繁华，然而人依旧孤独。因为热爱文学，我们变得更加孤独。

文学是一项孤独的事业。文学以宣扬人道、活泼灵魂为己任，但对创作者提出了非人道、反人性的要求：只有走窄门，只有沉浸在黑暗和孤独中，才能到达彼岸。文学的大树只生长在孤独的心底。

这份孤独，父母、兄弟、姐妹、好友，所有爱你的人都无力驱散。这是一份属于灵魂的孤独，根子扎在更大的孤独上。哦，你是如此孤独，所以你更要用心去找到你的"亲人"做伴相随，让他们用与你相似的孤独来温暖你，活泼你，照耀你，点燃你。

正如你总有父母亲人一样，任何作家都有自己的"亲人"，不同的是，他们不像你的父母亲人一样与你同生俱来，他们淹没在"茫茫人海"中，需要我们用心、用孤独、用时间、用运气去寻找。

运气属于灵敏和执着的人。因为孤独，文学其实就是一份最需要灵敏和执着的事业。

享受成长，日拱一卒，随手记录下此刻的心情吧！

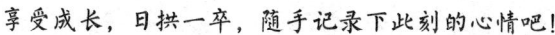

# 世间无"必读之书"

□林语堂

世上并无一个人所必须读的书,因为我们的智力兴趣是如同树木一般地生长,如同河水一般地向前流去的,只要有汁液,树木必会生长;只要泉源不涸,河水必会长。

当流水碰到石壁时,它自会转弯;当它流到一片可爱的低谷时,它必会暂时停留一下;当它流到一个深的山池时,它必会觉得满足,而停留在那里;当它流过急湍时,它必会迅速前行。如此,它无须用力,也无须预定目标,自能必然有一天流到海中。

世上并没有人人必读的书,只有在某时某地,某种环境,和生命中的某个时期必读的书。

享受成长,日拱一卒,随手记录下此刻的心情吧!

# 人类永远需要童话

□莫 言

在我的童年生活中，给我留下深刻印象的，除了饥饿和孤独外，那就是恐惧了。

我出生在一个闭塞落后的乡村，在那里一直长到二十一岁才离开。那个地方直到二十世纪八十年代才通电，在通电之前，只能用油灯和蜡烛照明。蜡烛是奢侈品，只有在春节这样的重大节日才点燃。

在很长一段时间里，煤油要凭票供应，而且价格昂贵，因此油灯也不是随便可以点燃的。我曾经在吃饭时要求点灯，我的祖母生气地说："不点灯，难道你能把饭吃到鼻子里去吗？"是的，即使不点灯，我们依然能把饭准确地塞进嘴巴，而不是塞进鼻孔。

在那些岁月里，每到夜晚，村子里便一片漆黑，黑得伸手不见五指。为了度过漫漫长夜，老人们便给孩子们讲述妖精和鬼怪的故事。

在这些故事中，似乎所有的植物和动物，都有变化成人或者具有控制人的意志的能力。

老人们说得煞有介事，我们也就信以为真。这些故事既让我们感到恐惧，又让我们感到兴奋。越听越怕，越怕越想听。

在我祖父母讲述的故事里，狐狸经常变成美女与穷汉结婚，大树可以变成老人在街上漫步，河中的老鳖可以变成壮汉到集市上喝酒吃肉，公鸡可以变成英俊的青年与主人家的女儿恋爱。

这个公鸡变成青年的故事，是我祖母讲述的故事中最美丽也最令人恐惧的。我祖母说一户人家有一个独生女儿，生得非常美丽。到了婚嫁的年龄，父母托人为她找婆家，不管是多么有钱的人家，也不管是多么优秀的青年，她一概拒绝。母亲心中疑惑，暗暗留心。果然，夜深人静时，听到从女儿的房间里传出男人的声音。母亲拷问女儿，女儿无奈招供。女儿说每天夜晚，万籁俱寂之后，就有一个英俊青年来与她幽会。女儿说那青年身穿一件极不寻常的衣服，闪烁着华丽的光彩，比丝绸还要光滑。母亲密授女儿计策。等那英俊男子夜里再来时，女儿就将他那件衣服藏在柜子里。天将黎明时，男子起身要走，寻衣不见，苦苦哀求，女儿不予。男子无奈，怅恨而去。是夜大雪飘飘，北风呼啸。凌晨，打开鸡舍，一只赤裸裸的公鸡跳了出来。母亲让女儿打开衣柜，看到满箱都是鸡毛。

现在想起来，这个故事其实很是美好，完全可以改编成一部青年男女争取婚姻自由的戏剧。但小时候，听完这个故事，对鸡窝里的公鸡产生恐惧。在大街上碰到英俊青年，也总是怀疑他是公鸡变的。

我的祖母还说，有一种能模仿人说话的小动物，模样很像黄鼠狼，经常在月光皎洁之夜，身穿小红袄，在墙头上一边奔跑一边歌唱。这就使我在月夜里从来不敢抬头往墙头上观看。

我祖父说在我们村后的小石桥上，有一个嘿嘿鬼，你如果夜晚一个人过桥，会感到有人在背后拍你的肩膀，并发出嘿嘿的冷笑声。你急忙转身回头，他又在你的背后拍你的肩膀并发出嘿嘿的冷笑声。这个鬼的具体样貌，谁也没有见过，却是让我感到最为可怕的一个鬼。

二十世纪七十年代，我在一家棉花加工厂里做工，下了夜班回家，必须从这座小石桥上经过。如果有月亮还好，倘若是没有月亮的夜晚，我每次都是在接近桥头时就放声歌唱，然后飞奔过桥。

回到家后总是气喘吁吁，冷汗浸透衣服。那小石桥距我家二里多路。我母亲说你还没进村我就听到你的声音了。那时候我正在变声期，嗓音又哑又破，我的歌唱，跟鬼哭狼嚎没有什么区别。

我母亲说："你深更半夜回家，为什么要号叫呢？"

我说我怕。我母亲问我怕什么，我说怕那个嘿嘿鬼。

母亲说:"世界上,最可怕的是人。"

尽管我承认母亲讲得有道理,但每次路过那座小石桥,还是不由自主地要奔跑、要吼叫。

我如此地怕鬼,怕怪,但从来没遇到过鬼怪,也没有任何鬼怪对我造成过伤害。青少年时期对鬼怪的恐惧里,其实还暗含着几分期待。

譬如我曾经不止一次地希望遇到一个狐狸变成的美女,也希望在月夜的墙头上看到几只会唱歌的小动物。

几十年来,真正对我造成伤害的还是人,真正让我感到恐惧的也是人。当然,作为一个人,我也肯定伤害过别人,让别人感到过恐惧。

我原来以为我母亲是说世界上的野兽和鬼怪都怕人。现在我才明白,世界上,所有的猛兽或者鬼怪,都不如那些丧失了理智和良知的人可怕。世界上确实有被虎狼伤害的人,也确实有关于鬼怪伤人的传说,但造成成千上万人死于非命的是人,使成千上万人受到虐待的也是人。

回顾往昔,我确实是一个在饥饿、孤独和恐惧中长大的孩子。我经历和忍受了许多苦难,但最终我没有疯狂也没有堕落,反而成为一个被人尊敬的作家。到底是什么支撑着我度过了那么漫长的艰难岁月?那就是希望。

在恐惧中,希望就像黑暗中的火光,照耀着我们前进的道路,并使我们产生战胜恐惧的勇气。

我希望在未来的时代里,由恶人造成的恐惧越来越少,但由鬼怪故事和童话造成的恐惧不要根绝。因为,鬼怪故事和童话,饱含人对未知世界的敬畏和对美好生活的向往,也包含文学和艺术的种子。

享受成长,日拱一卒,随手记录下此刻的心情吧!

# 职高没前途？我一路考进心仪大学

□小 小

## 1

中考出分那天，我整个人都不好了，成绩很丢人，所以很长时间都不想出去见人。

父亲倒没说什么，好几天都在埋头查资料，给亲戚朋友打电话，了解政策和学校情况。邻居家哥哥以前在珠海市第一中等职业学校学烹饪，后来在我们当地一家三星级酒店做大厨，收入很不错。父亲就重点关注了这所学校，了解到它在广东省综合实力排前三名。于是父亲跟我商量，我的分数只能勉强上普通高中，将来考上理想的本科院校非常难，不如上一所不错的职校，毕业后，既可以读大专，也有个技术在身。我当时有些犹豫，父亲提议说选烹饪专业吧。我一下子开心了。我从小就对做饭感兴趣，很小就学会了做包子、饺子、蛋挞等。学烹饪，我还是愿意的。于是，2015年9月，我奔赴珠海市第一中等职业学校报到，学习烹饪工艺与营养专业。就这样，我踏上了自己的职高之旅，心中有些忐忑，也充满期待。

## 2

珠海是12年义务教育，职高学费每年只要几百元。

学校管得很严，每次课前都要收走手机。我们学的文化课比普通高中简单一些，更侧重实用。可能因为学习内容没那么艰深，我对学习更有信心，也更喜欢了，这是我以前上学时没有过的感受。专业方面，我主攻中式面点，主要学习制作点心、糕点，这些都是我们今后的手艺，大家都铆着劲儿学。每天的生活，基本是白天上课，下午放学后去实训室练基本功、参加社团活动和去教室做习题复习文化课或者准备考证。我们可以考中式烹调师、西式烹调师、中式面点师、西式面点师等技能证书，要拿到至少一个才可以升学。

学校注重学习过程大于结论，老师采用的都是启发式、探究式的教学方法，这让我们在职高的学习非常愉快。最让我惊讶的，还是学校的社团。

学校里有100多个社团，分为技能、体育、艺术、传统文化、益智五大类，光艺术类的舞蹈社团就有啦啦操、街舞、瑜伽等；乐器类有吉他、尤克里里、古筝等，还有非常好的管乐团和弦乐团。每一个社团，学校都会聘请专业老师带队。

我所在的烹饪社团的同学来自各个专业，如旅游商务英语、工业机器人、动漫设计等，老师会先讲解、示范当天的活动内容，再教大家操作。这些社团用各种方式在实践中鼓励我们寻找、发现自己喜欢的东西。经过一年左右，大部分人了解了自己所学专业的发展方向，慢慢找到了自己的目标和职业规划。

在学校，我们有很多机会参加各种级别的职业大赛，每个学生都可以报名，经过几轮校内选拔，优秀者进入校队参加集训，代表学校比赛。

2016年，经过选拔，我代表学校参加了珠海市面点大赛，获得了一等奖。一年后，我参加了全省职业技能大赛，获得了面点工艺（中职组）一等奖。在职业学校里，找到自己擅长和热爱的事情就很容易干出成绩。

## 3

2018年，因为成绩优秀、专业技术过硬，我被免试保送到广州工程技术职业学校读大专。到了广州工程技术职业学校，又为我打开了一方新天地。在学校，我学到了消费心理学、餐饮管理、厨房管理等知识，很想利用业余时间实践一下。于是我鼓起勇气，开始了自己小小的"创业"实验。

很快，我留意到了一家饮品店。这家店开在学校旁边的美食街，主要客户是学生，虽然装修得很漂亮，但每天都空荡荡的，一直在亏损。

通过学习到的管理知识，我分析了一下：第一，小店卖饮品，但是来校外消费的学生大部分是谈恋爱、找浪漫的，有甜点会更有吸引力，而做甜点，我的技术是过硬的；第二，学校同学有办生日聚会的需求，二层可以做成包间；第三，小店的公众号没有热度，而我自学过摄影，可以打理公众号，进行线上营销。

于是，我带着项目建议书，去跟老板谈合作。老板听后很认可，邀请我技术入股，并根据我的建议装修了后厨，增加了做蛋糕用的空调房，买了烘焙机器和工具，店里的活动策划及公众号推广也交给我打理。

小店二次开业后，我策划了集赞送蛋糕、充值和满减等开业活动，每次活动的公众号文章都可以达到八九千的阅读量。很快，店里每天顾客爆满，包间要提前几天才能预订到。不到两个月，小店就收回了装修成本，我平均每个月也有6000~8000元的收入。没想到，大专教给我的知识，应用到实战上竟有这么强大的力量。而在这家饮品店，发生了一件不起眼的事，影响了我后来的人生选择。有一次，我教一个小女孩DIY蛋糕，不但感觉不到累，反而非常开心，时间过得特别快。那一刻，我心中萌发了一个曾经不敢想的愿望——考本科，当老师。

## 4

读职业学校，我和同学也有"吃不饱"的时候，我们就去外面报班。我上的都是专业方面的培训班，一般一次集训7~10天，花费5000元左右，这些都是我打工挣来的钱。要去参加比赛，费用更高，培训费、材料费等加起来要好几万元，还好这些费用都由学校全额资助。学校为了培养学生不惜成本，看见好苗子就重金培养。不过，比赛获奖都是顺带的，支撑我去努力的原因，是我找到了自己的热爱和职业目标。

2021年9月初，我走进了岭南师范学院的大门。走在校园里，我有一种做梦般的不真实感，不敢相信自己竟然可以读重点本科。家里亲戚朋友的孩子，以前比我成绩好的也才考到B类本科。我并不比他们聪明，但我在职高和大专的学习生活，让我看到了自己的所长，找到了心中的热爱，发现了愿意为之付出努力的领域。

我并不是职校里唯一的幸运者，我在职高的同学大多数发展得不错。全班40多人中，有20人左右或直接考上大学，或工作几年后重返校园，其余的人有技术入股蛋糕店的，也有直接开店当老板的。

而我最大的心愿，是毕业后回到我的母校珠海一职，做一名烹饪专业的老师，把我的专业技能带给更多学生，帮助他们过上更好的生活。

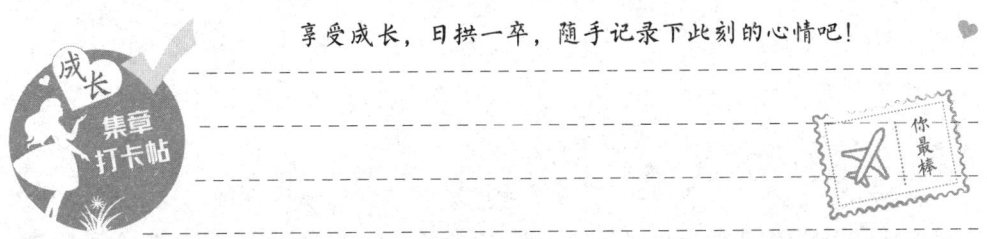

## 爱，是朗读到最后一刻

□包　子

2024年3月初的某个清晨，我带着一大帮学生刚查完房，路过20床的时候停了一下，里面有人大声朗读着当天的新闻，那声音实在太大，想着别影响其他病人休息，于是进去提醒，谁知推开门的一刹那，声音就戛然而止。

20床的家属，一位约莫80岁的老爷爷正满脸错愕地看着我，手里还拿着当天的《环球时报》。"她喜欢听我读报纸，我从40年前在大学当老师开始，就每天给她读报纸。我是不是影响到其他人了？我老伴耳朵不好。我读小声了她总抱怨听不清。"老爷爷尴尬地起身向我解释着。

2月底把他老伴收入院的时候，肿瘤就已经是腹腔大范围转移，肝脏、腹膜、胃、胰腺……原发部位不明的恶性肿瘤，查不出明确的来源。

老爷爷当时对病情知道个大概，但还是冷静地问我："我老伴，还能活下来吗？"他说话的语调铿锵有力，音色非常迷人。我当时很坦诚地和老爷爷讲，这种原发部位不明的恶性肿瘤治疗是世界难题，没有手术机会，甚至没有好的化疗方案，我们只能尝试性地延长病人的生命。

几天后的一个傍晚，我下了手术，溜达着去医院附近的小饭馆吃饭，春风趁着夜色吹在身上还有丝丝凉意，老爷爷骑辆哈啰单车远远地向我蹬过来，还有七八米的时候他停下车，手里拿了一大堆点心，我以为又是要送礼，刚准备拒绝。

"包大夫，我正想去问您，我老伴突然说想吃老北京牛舌饼，我买了很多种，您看看她能吃哪种？"

很多病人临终前都会如此，想吃这个想吃那个，其实他们只是想想而已。他老伴消化道里长满了肿瘤，根本吃不下去，但我还是安慰他说，都可以吃，别吃太多就好。

待我吃完饭回到病房，老爷爷笔直地坐在老伴床旁，正低声讲着故事，旁边放着很大一包点心，他们的手始终拉在一起。

那天没过多久，医院就下了一次病危通知书，待老太太醒过来，老爷爷在她旁边朗读牛舌饼的配料表，一边读一边吃，"这个配料里有盐、糖、淀粉和果仁，吃起来是甜里带一点点咸味和果味"，他的语调时而温柔，时而浑厚，声音里从来都没有悲伤。

今天早上，随着报警声响起，我们飞快地跑到20床。没有过度的悲伤，也没有其他亲属，只有老爷爷一手拉着老伴，一手拿着《环球时报》，高声朗读着。心电图缓缓变成一条直线，他们的手始终拉在一起。

朗读声并没有停止。

"一年一度的莱瓦天文节在哥伦比亚莱瓦市开幕，中国首次应邀担任莱瓦天文节主宾国。在开幕致辞中，莱瓦市市长维克托欢迎远道而来的深空探测实验室、北京天文馆和……"他拿着《环球时报》，大声朗读着，声音圆润浑厚，直到手上再也承受不住这张报纸的重量。

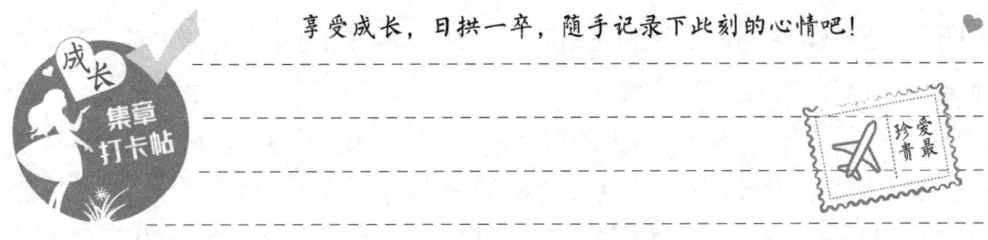

享受成长，日拱一卒，随手记录下此刻的心情吧！

# 人生最重要的从来都不是考试

□陈 谌

不知不觉，我高考已经过去了十个年头。像是一个遥远的梦境，那个懵懂的少年转眼就快到而立之年。我已经很少会想起那段岁月，然而家里的一本高考前写一整年的日记，却将我带回了那段恍若隔世的过去。

虽然我上的是重点高中，但我不能算是一个真正的好学生，我的成绩一直都徘徊在中上水平，归根结底还是不怎么努力。

还记得高一时，化学是我最怕的一门学科，文理分科前，我对自己说，如果最后一次化学考试及格，我就去学理科。然而满分150分我考了89分，拿到试卷时我仰天长叹，果然这是命运的安排！于是我不顾家里还有老师的反对，去了文科班。

高三的时候，我有了一点儿危机感，所以那一年还算努力。可我依旧喜欢偷懒，我觉得文科没必要大量刷题，就索性不做题了。我还有一个爱好，就是特别喜欢打羽毛球，有一次竟然逃了数学课和另一个男生一起跑到羽毛球馆，结果那天打完球回来发现数学老师一直站在门口等我俩，我们被骂得狗血淋头。现在想来，倒不是我真的不想努力，而是因为压力很大，很多这样的小放纵让我觉得尤其快乐。

高考前省质检，我出人意料地考了全市第八名，但没有一个老师表扬我，而是轮番把我叫到办公室泼冷水。他们都觉得我这个人不能夸，有点儿成绩一捧就飘得忘乎所以，这样高考会摔得很惨。不过我这个人心态一直都蛮好，倒没有把这些话放在心上。

转眼到了高考的日子，考完最后一门，我走出考场后一点儿也没有兴奋或是喜悦的感觉，走过一棵棵树，心中莫名空落落的。像是期待已久的一件事情就这样落幕了，没有想象中那么庄严隆重，只有匆忙与喧嚣，像极了人生中每一场不告而别。

高考结束后的日子并没有想象中那么快乐，除了上网玩游戏、和同学们吃饭，更多的时间其实都被未知的恐惧与焦虑充斥。好不容易熬到出成绩的日子，我没有做过多的心理建设，迫不及待地打开网站输入了自己的信息，然后盯着看了好长时间。

如果没记错的话，语文115分，数学139分，英语129分，文综249分，总分632分，全省排名350。我看完后出来跟我爸说："你看我估分还挺准的，只差了两分还是少估的。"这个成绩后来被证实是全班第一，全校第几我没有印象，总之考得还算不错。

成绩出来后，我着实开心了很长一段时间，家里人也觉得挺有面子的，随之而来的是烦琐的报志愿。现在想来那时候确实太年轻，盲目跟风选了很多经济学、会计学之类听起来很赚钱的专业，这也为后来的很多事情埋下了伏笔。

我一开始填报的学校分别是浙大、武大、厦大和中大，如果按照最初的志愿，我将成为一名武汉大学的毕业生。然而在填报截止之前我看到一个帖子说武大宿舍没有空调，厦大有。于是我在最后关头把厦大改为第二志愿。

按照分数和排名来说，我在厦大可以选一个很好的专业，但我非常神经质地在第一专业志愿选了会计学。而作为会计专业排名全国第一的厦大会计专业，之后我才知道它的录取分数比浙大会计系录取分数还高，我的第一专业分数没达到，接着就要扣2分录取第二专业，而我第二专业填的是国际经济与贸易，后来发现录取分数是631。于是命运再次和我开了一个玩笑，我最终被录取到了第六志愿英语专业。我填英语专业完全是凑数，因为文科的专业选择本来就很少，最后实在想不到填啥就闭着眼睛填了英语，没想到一路2分2分往下掉，最后误入桃花源。

我为此抑郁了很长一段时间。毕竟除了空调的原因以外，我选厦大主要是为了学一个更好的专业，不然我大可以去一所排名更靠前的学校学英语嘛。这个结果意味着我白考了20多分。更何况，我对英语一点儿也不感兴趣。

之后的日子，我每天都在网上搜"厦大英语全国排名"之类的词条，然后懊悔得捶胸顿足。我安慰自己，没关系，虽然专业排名不算太好，但是好好学英语，以后去外企工作，也算前途光明。

真正上了大学以后，所有的事情又与我的预期反向发展着：英语专业学习压力不大，空闲时间多，这让我有机会去搞乐队搞社团还有写作，也让我有机会认识那么多人，经历那么多有趣的事。

此外，虽说会计学是学校最强的专业，但我了解这个专业后，发现它并不适合我，我天生就不是做会计的料。这个时候我开始渐渐释然，并接受了命运的安排。我开始喜欢上自己的专业，考过了专四、专八，享受自己的四年大学生活。

毕业后，我也没有像当初设想的那样去外企工作，而是去游戏公司做了一名游戏策划，后来辞职成了一名写作者。我的很多同学也都做了和专业不相关的工作，银行、保险、航空、教育……各行各业都有他们的身影。

回想起十年间的这一切，我感慨不已。高考真的很重要吗？确实如此，但高考也没有想象中那么重要，人生最重要的从来不是考试和结果，而是选择，与如何面对你的选择。

试想一下，假如当初我化学及格去了理科班呢？假如我好好写高考作文多考五六分呢？假如没有在最后时刻改了志愿而去了武大呢？假如我真的去了会计系呢？……或许今天的一切都会变得不同，也许在某些节点，我获得了阶段性的成功，但在某些节点，我也因为自己的盲目、幼稚和草率备感挫折，不到最后，你永远不知道这究竟是不是最好的安排。

命运这个东西，真的让人难以捉摸，许多时候误打误撞，反而收获了最适合你的人生。如果说高考教会了我什么，那就是无论何时，都要抱着一颗平常心去面对你的成败。只要生活在继续，没有什么事是大不了的，你曾获得的或是失去的，都是你的财富。

最后，愿你们最终都能活成自己梦想中的模样，无论你正经历着高考，还是高考早已是你曾经的勋章或是伤疤。

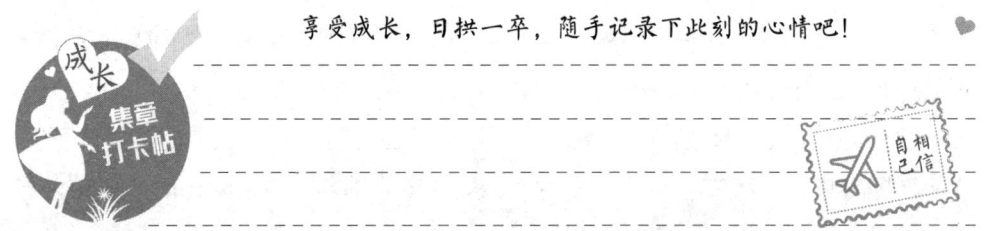

# 你认真读十本经典书籍，一开口就不一样

□ 格 非

## 01

为什么要读书？你要是找一百个学者来回答这个问题，一百个学者中可能有九十个回答是一样的：为了获取知识、获得技能、了解世界，而我的理解可能有一些不同。

生活中有很多人其实不读书，比如说我母亲，她不识字，因此没法读书，可是我母亲是我非常崇拜的一个人。

她不读书，并不意味着她对社会、对世界没有判断。她有很多很重要的判断，也对我产生了很重要的影响。在我看来她特别有智慧，也有非常广阔的生活阅历，无论哪个方面都可以做我的老师。所以我觉得很多人不读书也没有很大的问题，但是为什么我们要读书呢？我觉得最重要的一点是，它能帮助我们摆脱知识的"奴役"。

假如你从不读书，那么你只好听信别人叫你吃什么、叫你做什么，告诉你什么是有科学依据的，什么是正确的，你就会被动地包裹在大量的信息里，没办法有自己的理解。假如对某件事，你的答案刚好和别人的答案不一样，那你就要读书，你要到书里寻找那些赞同你意见的人，寻找共鸣。所以我觉得阅读有一个非常重要的功能就是建立认同关系，然后让我们在非常深的彼此理解中，更好地发展自己。

## 02

阅读的"前理解"至关重要。很多好的阅读习惯需要你自己建立起来。成为一名优秀的读者，需要一些重要的前提条件，其中一个最重要的前提条件，就是你手边得有一本字典。你得自己学会去查文献。

你不能人家说什么就信什么，这比不阅读还要糟糕。孟子说："尽信书不如

无书"，盲目"信书"的人还不如那些没读过书的人。你要是全部相信书里的内容，你还不如不读书，不读书起码可以保持你的天性，因为你在生活中，生活教会你很多经验。今天，我们想把阅读推向纵深，推向更好的境界，阅读方法的培养非常重要。

今天我讲一个最简单的问题，就是阅读和历史情境。

举个非常简单的例子，杜甫的诗《江南逢李龟年》，四句话："岐王宅里寻常见，崔九堂前几度闻。正是江南好风景，落花时节又逢君。"这四句话小孩子都懂，意思很简单。然而就算你把这首诗读上一百遍，可能你还是理解不了这首诗的思想。想要理解它，你必须知道这首诗的历史背景，也就是你得有"前理解"，你得查阅相关文献。

现在很多人不注重对"原典"的阅读。很多大学生现在写论文都不是去查一手资料。

我记得有一次一名学生做论文答辩，他的题目是关于先锋文学的，他在答辩中举了很多例子，然而我一听那些例子完全没有根据，他的材料不知道哪儿来的。事后我问他，材料是哪儿来的，他说我都是从网上看来的呀！现在好多青年学生都这样，他不去读一手材料，他去读二手材料、三手材料，盲目轻信，错误百出。

## 03

历史是一位任人打扮的新娘，谁都可以打扮她。比如很多学生喜欢胡兰成、

张爱玲，其实这没什么关系，但这造成的情况就是，有一年我在上海，有一半以上的学生的论文研究方向都是张爱玲，这跟整个社会对文学史的描述是有关系的，我们很轻易地就相信了这些描述。

张爱玲当然是很优秀的作家，但是不是整个文学史就只剩下张爱玲、沈从文呢？当然不是！你如果是一个负责任的学者，你应该有更广阔的历史文化视野。所以我说，不管是文学研究还是大众阅读，中间充斥着很多的谬误，有些人毫不负责，传一些小道八卦消息，做一些非常不负责任的写作，然后你把这些小道消息当作历史真实来了解，这不是缘木求鱼吗？

读书时不能盲目把自己交给作者，而是要确定自己的主体地位。必须有自己的判断，读书帮助确立自我，而不是为了迷失。现在很多阅读让我们迷失了自己。培养好的阅读方法太重要了。我们那个年代，很多书你想读却读不到，比如我当时想读陈寅恪先生的《柳如是别传》我根本读不到，你去哀求别人借给你，人家都不借，出版和资讯都没有今天这么发达。其实这也有好处，因为这样，我们过去只能读一些很平常的书，比如《史记》《论语》这些原典，所以我们这代人就很容易在一些方面研究得比较专业、比较深入。

今天读书"博"，反而会成为一个问题，所以我给清华大学的学生提出来，不管你读多少书，你所读的书里必须有原典，肚子里得有些"干货"，否则你的"自我"会被别人带走。

其实这不是一个很高的要求，我希望年轻人在某些领域有自己的判断，去"较真"。你只要下功夫读那么几本书，你就会成为某方面的专家；你认真读十本西方经典书籍，你一开口就不一样。现在很多人读到研究生，都不去读原典，这是当今非常大的一个问题，也是我很担心的问题。

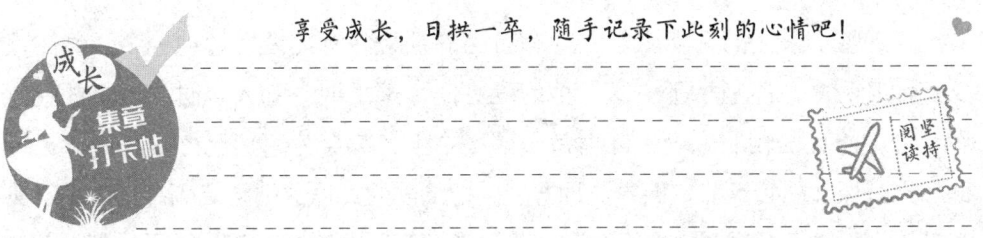

享受成长，日拱一卒，随手记录下此刻的心情吧！

# 我只是个乐观的普通高中生

□编辑部汇编

2021年高考成绩公布，两年前因车祸截肢的安徽省霍邱县的18岁少年周桐取得了684分的佳绩，由于通过了清华大学的自强计划考核，他还获得了40分降分认定，稳稳进入了清华。

周桐克服车祸重创，勇敢重返课堂，满怀自信重上考场的励志事迹刷屏了各大媒体和朋友圈。网友们无不为他自强不息、阳光向上、顽强拼搏的精神感动，纷纷点赞。

时间回到2019年9月22日，午饭后，刚刚升入高二的周桐骑着电瓶车出门，去拍证件照。

不承想，路上与一辆超载的重型渣土车相撞。周桐冷静自救，并报了警。这场意外让他失去了左小腿，也错失了参加中科大少年班考试遴选的机会。

车祸之后，周桐一共经历了4次大手术，4次清创手术。很多人以为他会就此休学，但谁也没想到手术结束才2天，周桐的姑姑就来到学校替他取书——还在重症监护室的他要求看书。10月5日，他就躺在床上开始自学了。

2020年4月，这个离开班级7个月的男孩，拄着拐杖，重返教室，向着高考目标继续发起冲击。

周桐是留守儿童，从小跟爷爷、奶奶一起生活。他自律，学习成绩优异，2018年以全县第五名的成绩被霍邱县第一中学录取。随后的成绩一路"开挂"——高一时，他曾参加全国中学生数理化学科能力展示活动，在数、理、化三个学科斩获省级一等奖。

"这孩子最大的特点就是，他有自己的判断并有韧性，给他一个正确的建议，他判断后，能坚持下去。"他的班主任李家生说。刚入学时，班主任就发现，周桐的英语较弱。班主任对每一届高中生，都会分享自己的实战经验：背诵和默写课文。40年前，他靠这种方法，把倒数的英语成绩提高到高考时全县第一。周桐听进去了这个建议，默默执行这个"笨"办法，半年后效果显现，2021年高考，他的英语考了144分。

2020年4月,周桐跟同学们一起短暂学习几天后,又去进行下一步治疗,直到6月才恢复正常学习。而就在这月月底,全年级进行了一次摸底考试,周桐考了100多名,这是他高中入学以来最差的成绩。在即将进入高三的时刻,取得这样一个成绩,心情难免低落,周桐更加严格要求自己,几乎从早到晚都在埋头看书。

周桐返校后,班上39名同学轮流帮他补习,6位老师专门为他建了一个小群。因为行动受限,有专门的同学扶他上下楼,伴他放学。终于,周桐在比别人少学近7个月的情况下,慢慢将落下的课程一点点补了回来。2021年3月,周桐在江南十校联考中获得全校第二名的好成绩;4月,又在皖南八校联考中,再次斩获全校第二名。

"世界让我遍体鳞伤,但伤口长出的是翅膀。"周桐以不屈的斗志,获得成功,跨越了命运窄门。面对赞誉,他谦虚地说:"我只是个乐观的普通高中生。"未来,乐观的周桐打算从事电子、人工智能或金融相关专业的研究。

享受成长,日拱一卒,随手记录下此刻的心情吧!

# 我的第一篇作文

□柯云路

成为作家以后，常被问到一个问题：你是怎样成为一个作家的？

是啊！一个人从事某种职业绝不是偶然的，除了他的天赋，一定和他的成长环境分不开。

客观地说，我的家庭并没有给我提供成为作家的环境。

我的父亲是知识分子，他的同辈亲戚虽然大多也是知识分子，但他们从事的几乎都是技术性工作，比如高级工程师一类。

我的母亲生长在农村，后来能读书看报全靠新中国成立后的成人扫盲班。这样的家庭背景似乎和我爱好文学并成为作家毫不沾边，我也真的成了整个家族中的另类。

到现在为止，我是家族中唯一以写作为生的人。

我是五岁开始上学的。三年级时，我转入百万庄的建工部子弟小学，直到毕业。

对小学生活的记忆几乎都在这所学校，我也一直把它当成我的母校。在这里，我遇到了一位可以称得上"启蒙者"的小学老师。

到了新的学校后才知道，同年级的同学们已经上了半年作文课，而我，还不知道作文是什么。

一天课后，老师把我单独留下来。老师先问："你学过造句吗？"

我点头："学过。"

老师说："那现在老师要考考你，看你造句造得好不好。"

我有点儿紧张，也有一点儿兴奋，因为我知道自己很会"造句"。

老师说："就造'因为……所以……'吧，老师先造一句。"然后老师说："因为我是人民教师，所以我有责任带好全班的孩子。"

我马上说："因为我是小学生，所以一定要好好学习。"

老师很高兴，说我用词准确，反应快。接下来她又出了一道题：用"虽然……但是……"造句。

我想了一会儿，说："虽然我没有写过作文，但是我有信心学好这门课。"

老师一下子笑了，连夸我"很聪明"，说我一定能写出好作文。

接下来她领着我在校园里走，指着天上的云问我想用什么样的句子形容，我看了一会儿，说云彩很白，像棉花。她说对。又问："云还像什么？"

我说："像堆在天上的雪堆。"

老师接着就讲到作文。老师说："造句是将一个或两个词用在一句话中，用这句话说明一个意思，而作文呢，也并不难，就是将很多有意思的句子组合在一起，来说明一个有中心意思的故事。"

那天老师指着校园里的花草树木跟我说了很多话，我也大着胆子把我看到的东西一一"形容"了一番。老师高兴，我更高兴。

第二天，我上了平生的第一堂作文课，作文题是"一件好事"。又一周的作文课上，老师点到了我的名字，让我在全班同学面前朗读自己的作文。这是我的第一篇作文。它不仅得到了老师的夸奖，还作为范文张挂在学校的走廊里，整整挂了一个学期。

老师的鼓励培养了我对写作的兴趣，也培养了我对写作的自信。自此我喜欢上了作文。而我的作文不仅在小学，后来到中学，也经常成为学校里的范文。现在想来，我后来能成为作家，大概和小学的第一节作文课有关。

多年后，我在长篇小说《蒙昧》中写了一个女教师的故事，其中一些地方多少融会了我对这位小学老师的感念。

享受成长，日拱一卒，随手记录下此刻的心情吧！

# 写散文从做学问开始

□陆春祥

　　你知道自己的身体吗？我确定，你知道，又不知道。你当然知道自己的身体了，身高多少、体重多少，一顿吃多少，哪儿长得好看、哪儿有些不足，哪儿痛、哪儿病，你一清二楚。我也断定，你肯定不知道自己的身体，如果你清楚地知道了，你就不会半夜不睡觉，也不会动不动就发脾气，更不会一天到晚捧着手机。你如果知道，为什么还要去折腾身体呢？

　　你知道你家屋后那座山、你家屋前那片田野吗？我确定，你知道，又不知道。你当然知道了，会跑会跳时你就经常往山里钻，往田野上跑，山脚的路、山上的树、田边的溪、溪中的鱼虾，哪儿有野果，哪儿有鸟窝，哪儿有一个小山洞，哪儿还有一片小竹林，你一清二楚。我也断定，你肯定不知道那些山、那些地，至少没有你爹娘以及村里的那些伯伯叔叔知道得多。他们出门，抬头看天，知道哪天会下雨，哪天可以播种；他们知道什么时候，庄稼地里，这个虫那个虫要来了；他们知道山和地的前世今生，而你根本不关注这些。你从没有问过你的祖宗来自何处，甚至你都不知道米是从哪里来的！你虽然生在农村长在农村，还是不知道农村农业！

　　要是知道了，知道得很细，知道的和别人的不一样，那就是发现，你的文章就会将读者带进被你发现的天地，可以展现你家门前小溪里的一切。

　　比如我们日日照面的昆虫和植物，看人家是怎么发现的。法布尔发现了最美的昆虫，多诺万写出了《中国昆虫志》《不列颠昆虫志》《印度昆虫志》，华莱士发现了马来地区的凤蝶，阿兰·科尔班写出了《青草图书馆》，戴维写出了《看不见的森林》，雅克·达森写出了《植物在想什么》，克里斯汀·金博尔写出了《耕种食物爱情》，艾米·斯图尔特创作了《醉酒的植物学家》，他们都是真正的发现者，作品令我们读得入迷，数代人在读，数年来一直在读。

　　其实，我们的前人早就在各种门类的发现中做出了榜样。

　　宋慈为什么要写《洗冤录》？他说："每当我想到狱情的失实，大多起始于开头调查的失误，检验判定的差错，根本原因都在于检验官员的经验不足，于是广泛采集近世流传的各种有关检验书籍，精选、考证，加进自己的意见，归成一书。"

每一本经典，都为我们打开了一个专业的天地。即便李渔声色娱乐的《闲情偶寄》，袁枚看似吃喝的《随园食单》，也都是他们经年独到的体验和发现。

我说写散文从做学问开始，我的重点所指，乃多一些专业细致的态度和方法。在某一行业，有精深独到的钻研和累积，那么你的文章、你的书就会呈现出别样的扎实和气象。

我喜欢史景迁，我以为，他的中国史系列《前朝梦忆》《利玛窦的记忆宫殿》《大汗之国》《胡若望的疑问》《王氏之死》《中国纵横》《太平天国》等，勾连纵横，深度和广度兼具，文学和史学皆佳，是历史文化散文写作的榜样。

学问也是问学，一个领域、一种现象、一位人物、一种动物、一个地名、一棵树、一朵花、一件事，甚至一个字，唯穷追不舍，深挖猛挖，什么边角料也不放过，才能从草蛇灰线中寻出粗壮的印迹，从而演绎成一段段的完美。

写散文从做学问开始，尽可能少一些空谈，少一些浅薄，少露几点马脚。

享受成长，日拱一卒，随手记录下此刻的心情吧！

# 安徒生，你是懂童话的

□小西 cicero

在街边的公园，看到一个孩子拉着妈妈的手，指着一个塑像问："妈妈，为什么他只有一条腿？"

那位母亲可能也不太清楚，笑着哄女儿："是啊，为什么呢？"

我很想告诉她，这个塑像出自安徒生童话——《坚定的锡兵》。

我还想跟她说，这真的是一个值得您读给女儿听的童话故事。

小时候，我不喜欢《安徒生童话》，因为和喜欢讲王子与公主完美结局故事的《格林童话》相比，《安徒生童话》里的故事总是跟悲剧有关，《坚定的锡兵》更是从开头一直悲到了结尾——

它讲述了某人用锡勺做了一些锡兵玩具，但做到最后一个的时候，刚好锡不够了，于是就留下了这个只有一条腿的锡兵。安徒生说："但他顽强地站着。"

后来，锡兵爱上了同一个玩具柜里的纸片舞蹈姑娘，可高傲的舞蹈姑娘根本

看不上这个独腿的锡兵;锡兵不仅身世悲惨,还因此更孤独了。后来,锡兵遭遇了一番意外与漂泊,最终与舞蹈姑娘相会在了熔炉里,舞蹈姑娘被烧得只剩下她那颗宝石吊坠,而锡兵则熔化成了一颗小小的锡心,两个人终于在一起了——只不过是在烧过后的废墟中。

这都是些无妄之灾!平白无故地,他在被塑造时就缺了那么一块;平白无故地,他就无法得到爱情;平白无故地,他就突然被烧毁,毁于一场火灾。这样不友好的故事,莫不是要把孩子惹哭?

但有些童年听来的故事,像陈酿的酒,时间越久,韵味越悠长。长大后,当你同我一样在某个街角与这样一个塑像偶遇的时候,你会会心一笑——

好比,天赋的缺憾,你所苦苦追求而无法得到的命运的垂青,某场突如其来烧毁你之前一切努力或计划的"大火"……你都无从左右这些灾厄。这时候,你才会发现《坚定的锡兵》是最好的故事,它像一剂预防针一样,在某个时刻会激发你的免疫反应——

你所能做的,唯有如安徒生在童话里所言:坚定的锡兵,即便只有一只脚,他依然稳稳地立定,眼睛笔直地望向前方,有些苦痛必须承受,能承受它的,唯有坚强。

感谢安徒生,他终归是懂童话的。

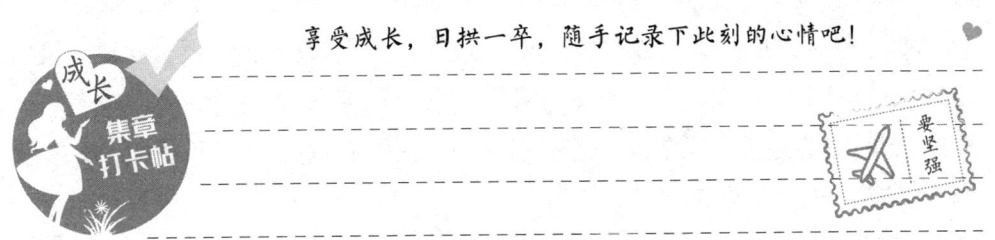

# 少了三页书，多了一个作家

□邓建华

我小的时候，难得有一本课外书读。我的课余阅读，大多是左邻右舍木格格土窗上横七竖八糊的旧报纸。

当年，我最羡慕小伙伴们有一本小人书，谁要是有，我不是死皮赖脸地乞求借阅，就是以帮忙看牛、砍柴、扯草做交换条件，总要把书搞到手。

读小学四年级的那年，哥哥不知道从哪里弄来一本长篇小说《林海雪原》。书有些旧，封面上有些痕迹，不知道是干鸡屎印，还是干红薯汁，但看上去很亲切，我马上就瞄上了。哥哥在看书时，我就在附近溜达。他一有其他事离开，我马上就冲过去，赶紧"啃"几页。我怕哥哥发现，每次看完就偷偷用指甲在某页划个印子，算是留下记号。

这是我第一次认认真真读一部长篇小说。神奇林海、茫茫雪域、诡异匪事、孤胆英雄……书中的一切，带给我全新的视野，让我的想象力在寂静的夜晚有了足够驰骋的疆域。

没过多久，可怕的事发生了。放在哥哥床头的长篇小说《林海雪原》突然不见了。我只差没哭出来，可又不敢多问。

我记得，我的指甲印，刚刚划在"小炉匠"栾平逃跑的那一页。我替孤胆英雄杨子荣担心，栾平要是上了威虎山怎么得了。我的心一直悬着，还没有落地。我偷偷地找，衣柜里、风车顶、灶台上……就是没有。这本《林海雪原》，就像"小炉匠"一样，没了踪影。

过了几个星期，就在我近乎绝望的时候，我的堂兄牵着他家的小牯牛来了，他的腋下夹着一本书。我抢过来一看，天，《林海雪原》！

虽然书上又多了些牛粪的印痕，我也顾不得擦了。我要赶紧补回我的阅读。可是，我找了老半天，也没有找到最后那次留下的印子，只是找到了三张被扯去的书页留下的明晃晃的茬子。

"你扯书干什么？"我朝堂兄吼道。堂兄奇怪地看着我，不紧不慢地说："还能做什么，不就是卷烟叶抽！"

我无可奈何地将这本残缺的书藏了起来。无论如何，我是不会让任何人再找到它了。

留着这本《林海雪原》，我读完了后面的故事。读完了，我忍不住又回头看前面的章节，反反复复读着。差的那三页，让我茶不思饭不想。

某日，我突然灵光一闪。一个想法，让我激动得浑身发抖。我找出一个学校奖的算术本，脑袋里放映着《林海雪原》前前后后的故事情节，我突然知道了，应该怎样接续这个故事。

就这样，少年的我，花了三个晚上，为一本残缺的名著，做了一回实实在在、认认真真的修补。也就是从那回起，我就认定，自己或许能够成为一名作家。我也就开始为圆一个作家梦而打拼了。

从1984年发表处女作，我一直在报刊上发表作品。至今，我虽然没有写出《林海雪原》那样厚重的作品，但可以说，少年时从一本文学经典的三张缺页进入的作家梦，越做越喜欢。

我很感激，那一本给我带来不一样生活的、残缺的《林海雪原》。

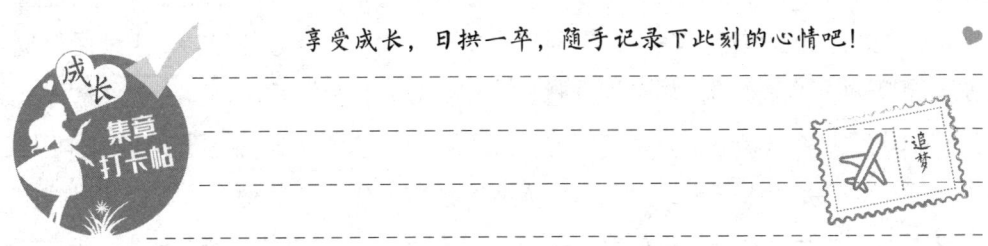

## 当我十六岁，失去了"学霸"坐标

□琦 惠

你问我对于高中生活有着怎样的记忆，那大概就是，季风总会在考试结束后将倾盆大雨带来。可我偏偏有个性，早就知道会发生此事，也不肯事先准备雨具。通俗一点儿讲就是：我明明知道自己是学渣，每次考试后都要轮番接受老师和父母的教育，承受同学异样的眼光，却还是不肯好好学习。

我一直在自暴自弃，放任自己在十六岁狭窄的巷底向外探视，也根本瞧不见所谓的未来之光。尽管我是那么热爱写作，想在长大后，将自己的名字印在杂志上。

可是，又有什么办法？自从课程里多了物理和化学，几乎一夜之间，我"学霸"的坐标便不复存在，而伴随它丢掉的还有我骨子里的开朗、自信和乖巧。特别是当父母想让我借"艺考"的东风考入本科学院，为我办理了转学手续后，我就更加叛逆了。我开始在数学课上睡觉，在历史课上写短篇小说，专业课选择逃学……我还曾经离家出走，害得父母差点儿报警。总之，我就是那些年老师心目中爱捣乱的"齐天大圣"，大家口中人生突然转了弯的"落魄公主"，父母眼里不学无术的"混世魔王"。如果不是有绘画天赋，有一定的文化课基础，我真的不可能考上大学。

真的庆幸命运眷顾了我，让我打开了新世界的大门。我还记得自己在十六岁之后，首次想要脱下"叛逆少女"的外套，重新披上女王的斗篷，是因为大学里那场模拟采访大赛。

本就没多少朋友的我，去了一个陌生的环境，还少了可以敲打的架子鼓，我身体里的躁动分子便炸裂了。于是，我站上了那个舞台，想要在灯光的照射下，释放自己隐藏许久的洪荒之力，以此来获得关注。我甚至一遍遍告诉自己："没有关系，输赢并不重要，只要大家愿意看着你就好。"

你看，我内心深处其实是长着苔藓的，既不想被他人放弃，又不肯自我拯救,很阴暗。

在每次采访中,我会遇到各种有趣的朋友。他们也许热爱轮滑,也许擅长吹萨克斯,他们一样在青春里"躁",只是比我更积极。

比赛那天,我便是在擅长书法的朋友的协助下,写了"惨绿少年"四个字作为才艺展示。后来,自由提问环节,评委老师问我:"'惨绿少年'何意?"我答:"虽无华服荣身,也可气度不凡,这是我最想成为的模样。"我淡定从容地讲着自己的愿景,在伙伴们的一片欢呼声中,拿到了比赛的第二名,还被招入学校的记者团,后来又被分派到了辩论队担任领队和学生会担任副主席,最后还成功策划了毕业生晚会。

我想,这一生都会记得那年初秋,我踏进了那所像杂货铺子的校园。我先是选择了像是跳跳糖一般刺激好玩的设计专业,不再热衷打游戏,反而爱上了头脑风暴。随后,我又找到了如同碳酸饮料一样可以让人心飞扬、欢乐无限的记者团,拥有了归属感和自己的优势。最后,我在每一个朋友、每一场比赛、每一张证书里,寻找到了带着阳光味道的自己。

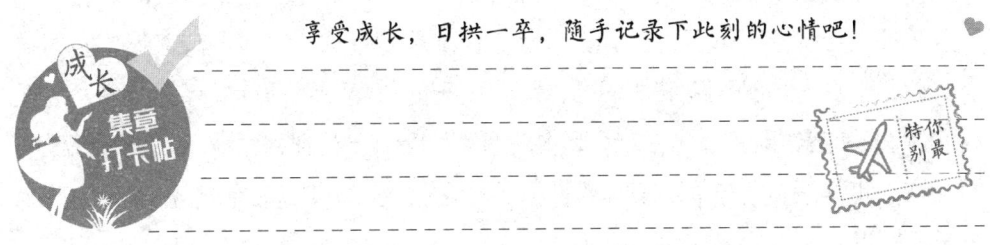

# 一册旧书慰年华

□游宇明

外出旅行前,我总会不自觉地走到书架前取下一两册旧书,装进随身背的一只真皮背包里。

在一般人的理解里,所谓旧书,不是版本非常古老,一般难以看到,就是书页被翻得破破烂烂,缺头少尾,我的旧书还真不是。我对收藏不怎么感兴趣,所购图书只有知识上的价格,而无版本学的意义;我从小爱惜书籍,读书之前,虽然做不到如古人一般沐浴焚香,但手是必洗的,翻页也小心翼翼,一本书读过,除了留下密密麻麻的批注,几乎跟新买的一模一样。我所谓的"旧书",指的是那些获得的时间超过十年,已有很久没去抚摸的书。当然,这是一种典型的"游氏定义",没有跟谁讨论过,更从未奢望被他人沿用。

喜欢这样一种读书环境:秋日下午,远处的河面上蓝天摇曳,一个人坐于一条大理石长凳上,阳光斜斜地从后背照过来,在脚前的地上留下斑驳的树影,黄如金子的银杏叶上下飘飞,鼻孔里塞满桂花湿湿的香味,耳旁流淌着唢呐般的蝉声。此时手拿一册稍稍发黄的旧书,顺着秋天的节奏默默阅读或轻轻朗诵,任凭温润飘逸的诗意在心头一点一滴滑过。此时,我们会看到屈原涉江而来、曹操横槊赋诗,也能遇见土谷祠的阿Q为自己的遭遇苦恼、席慕蓉的画笔在春天的草木上流连忘返……

在所有我读过的旧书中,《曾国藩家书》或许可以拔得头筹。我自认为不是一个坐得住冷板凳的人,身为学生,却没有花太多功夫写论文、做课题,而是选择必须向生活求素材的文学创作,便可看出一种心态。但这套一千三百多页的书,我一字不漏读了三遍,连注释都没有放过,而且每次都会认真地写阅读心得,以红笔、黑笔、蓝笔加以区分。我感兴趣的不是曾国藩做过如何显赫的事、当过多高的官、出过多大的名,而是他的家书渗透的那些生命智慧、家教理念。有人反感心灵鸡汤,认为它空有所谓的"睿智的文字",这实在有些浅薄。《曾国藩家书》其实鸡肉多而水分少,此种鸡汤营养很丰富。今日读曾国藩的家书,我们也未必对他的吃饭、打仗有多大兴趣,真正喜欢的恰恰就是其中的哲理、格言等"心灵鸡汤"。

旧书要读得津津有味,也有讲究。每本书与人的相遇相识相知往往都有特定的因缘,如果它来自你某个不愿再提的隐痛,我建议你还是避开它,不必给自己找不痛快;如果它联系着你某段愉快的人生经历,或者事业上的一次成功,将它揽之于怀,那种最初的幸福便会重回你的脑海,阅读时的美好心情可以再一次得以激发。鄙人这套《曾国藩家书》和家里的一本《曾国藩诗文集》,便是某书社因转载我的文章而赠送给我的礼品。阅读这些书,我自然非常开心。

人活在世上,总得有点儿追求。做基础科学研究的,必须有与众不同的发现;画画的,应当有别具一格的创作。然而,创新往往是在传承的基础上进行的,多读读经过时间淘洗的旧书,努力吸收古今能人、高手、巨匠、大师为人处世的经验、学问、见识,我们便有机会一步步奔向生命的高处。

一册旧书可慰流水般逝去的年华,更可慰懂得回望和自我营造的灵魂!

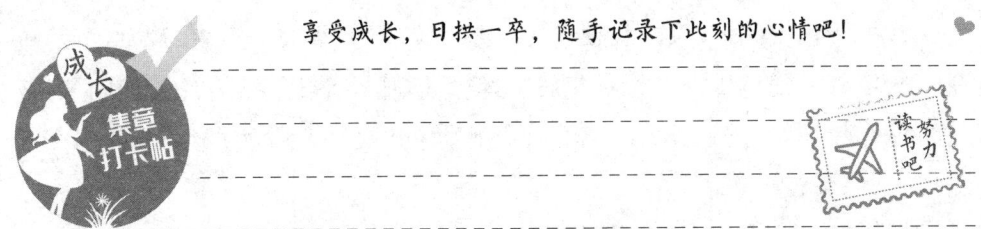

享受成长,日拱一卒,随手记录下此刻的心情吧!

# 我的大学，
# 何尝不是父亲的大学

□郭嫒嫒

父亲没上过大学。

在父亲年幼时奶奶就已经去世，家中贫困，他初中尚未读完，便随亲戚外出打工，学校渐渐变成一个陌生的词。提起大学，父亲满是向往，可也明白，那是"做梦都不敢想的"。

所以那年我收到大学录取通知书，父亲显得比我还要激动。父亲与大学的距离仿佛一下子拉近了。那两天，他走路带风、中气十足，时不时将那张纸捧在手中，翻来覆去地看。

十月，桂花缀满枝头，我领着父亲进入校园，香甜的气味在空气中静静流淌。我与父亲一前一后，沐浴在午后温润的阳光中，漫步于绿荫斑驳的幽径，绕过打盹儿的红楼，坐在操场高高的看台上吹风，最后来到教学楼下。我对父亲说："进去看看吧。"

带父亲找到一间空教室。扭动把手，门应声而开。父亲走到一张课桌旁，轻

轻拂拭桌面喃喃道:"这桌子好新哪!"

我把父亲按在椅子上坐好,笑称让他"再感受一次上学时光"。父亲腼腆地笑了,双手不安地变换位置,一会儿放在桌上,一会儿又搭在腿上,不好意思地说道:"没想到离开学校这么久了,一坐在这里,心里还是怪紧张的。"在我的印象中,父亲一向成熟稳重,此刻竟这般模样。我有些想笑,可嘴角的弧度怎么也扯不上去。

教学楼一楼有间书法室,每张桌上均摆有文房四宝,墙上贴满优秀的书法作品。父亲伏在窗口,努力朝里张望。我哑然失笑,只当他想过把瘾,便推他进屋,让他好好露一手。父亲没有推辞,坐下后端正姿势,铺开一张宣纸,提笔,蘸墨,轻轻落在纸上,一笔一画写下"大学"二字。

父亲看出我的惊异,颇有些自得:"我们那时候,要练大字,我交的大字作业,经常被老师表扬!现在不行喽,手生喽……"

我突然意识到对父亲的过去了解甚少。父亲从来就是父亲吗?在我这个年龄,父亲是意气风发的少年;再往前,父亲也曾是一个贪玩的孩童。我的父亲,是搭乘时光列车,一站一站来到这里,却再也没有归程的旅人。

父亲没上过大学。可是从某种意义上说,我的大学,何尝不是父亲的大学?

失神间,父亲又在下方添上八个字——好好学习,天天向上。写罢搁下笔,端详半晌,不知在想些什么,只在将走时招呼我把它带走扔掉。

我到底没扔,小心翼翼地叠好,夹在书中。闲时展开看看,脑海中随即浮现出父亲写字的场景。那时候,父亲是何种感受?是否有一瞬间,他忽然回到某段时光,彼时彼刻,阳光浮起尘埃,鸟雀在枝头叽喳,粉笔与黑板的每一次摩擦,都会产生一个细微而清脆的声响。窗边坐着一个孩子,那个小小的人儿啊,正埋头奋笔疾书……

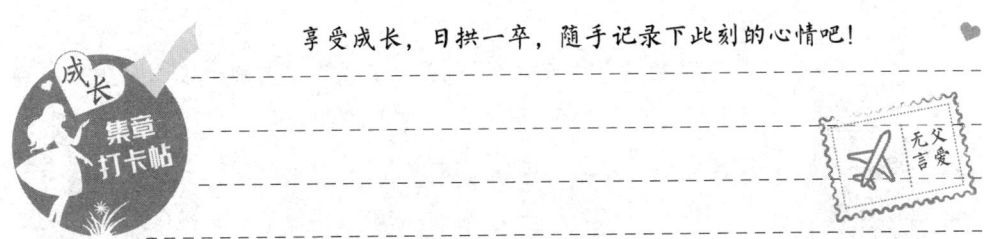

# 阅读成就了我的文学梦

□范雨素

童年时，让我印象深刻的书有《梅腊月》，我记住了澜沧江的地形，记住了过江要溜索；还有《上下五千年》，我记住了作者林汉达先生的名字；那本《格林童话》，我把它翻烂了；记忆深刻的，还有《聊斋志异》。

我的母亲年近40岁才生下我。我在婴幼儿时，她总是抱着我参加各种各样的会议。偶尔母亲不去开会，在家里待着时，一到中午和晚上，家里就坐满了来找母亲调解纠纷的人。我从生下来就浸泡在语言的海洋中。阅读不光是用眼睛，还要用耳朵。

后来，我去小学做了代课教师。教书时，我每天和孩子们一起早读。记得孩子们读课文时，我读的是唐人绝句……当然了，我也对小学课文熟悉得能脱口而出，因为每天都在教孩子们课文，听孩子们读课文。

后来，不安分的我来北京闯荡。那年我20岁，每日都像在泥泞的路上艰难跋涉。我当小学老师时，读过的那些诗句经常如警钟一样在我熬不下去时回响震荡。"活在这珍贵的人间/太阳强烈/水波温柔/……活在这珍贵的人间/人类和植物一样幸福/爱情和雨水一样幸福"，提醒我珍惜自己的生命，承担自己的责任。因为每一个来到世界的生命都属于一个奇迹。

2017年，我因为写了《我是范雨素》一文被很多网友知晓。此后，《我是范雨素》还被翻译成多个国家的文字。我总结了一下原因，原来我的阅读史完全符合几千年来的教学顺序——听说读写。在婴幼儿时，我听过很多词汇，有了理解能力。在童年时，我能看懂小说，因此爱上了阅读。经常大声读书，使词汇变成了我的一种动作记忆。能熟练运用词汇，才能使我写出一篇篇爆款文章。这就是我的阅读史。

享受成长，日拱一卒，随手记录下此刻的心情吧！

## 第七辑

# 生命是一块画板，
# 你要自己一笔一笔着色

奔走在自己的热爱里

  人生这条路很长，未来星辰大海般璀璨，你不必踌躇于过去的半亩方塘。那些所谓的遗憾，可能都是一种成长，那些曾经受过的伤，终会化作光，照亮前方的路。人生最幸福的事，不是活得像别人，而是在努力之后活得更像自己。

  如果上天是编剧，你就要争取，做你人生这部电影最好的演员。如果你想做一件事，马上就开始，别怕错，因为一生那么长，我们有的是时间来纠正。更何况，只要你开始，就会有收获。生命是一块画板，你要自己一笔一笔着色。

# 60米高的树、打雷般的鹅叫……你也有童年比例尺吗

□阿基米花

前段时间,我写过一篇文章,提到了我幼时家门口的一棵大枫树,足有"60米"高。但审稿编辑对树的高度提出了质疑:根据网络资料显示,世界上已知最高的枫树在中国台湾嘉义县,高30米左右。"你是说,有人砍了你家门口的枫树,而且竟然是这个星球上最高的一棵?!"

这下问题大了!

我又想起前几天陪母亲散步时,她指着一栋楼,问我:"这楼和老家以前被砍掉的大枫树差不多高吧?"

我当时的回答是:"哪里能比?大枫树可高多了。"

可在一番认真计算后,那栋楼居然也在30米左右!那个质疑没错,是我把所有的长度、宽度、高度都搞错了,而且是近乎神奇地错在同一个比例上——1∶2!我把它叫作童年比例尺。

意思是,你小时候看到的所有东西,都将是你成年以后看到的实际大小的两倍。

有了这个比例尺,小时候的怪事就都能说通了——外婆家的大灰鹅,"嘎嘎嘎"的叫声极响亮,若一群鹅一起叫,响声就像打雷一样;鹅的脖子,更是有长颈鹿那么长;大翅膀一张开,如同凉席般宽阔,扇出来的风比十台铁匠师傅的风箱吹出来的风还大!

请注意,如果有多个被放大的因素同时存在,如大灰鹅粗犷的叫声、长脖子、硕大的翅膀等,这些害怕翻倍叠加:2×2×2×2,就是16倍的恐惧!

所以每次大灰鹅追我时,我便会飞快地穿过灶台,一脚跨出后门门槛,踉踉跄跄跃过后门外半米宽的塘沿,毫不犹豫地扑通一声跳进池塘里。

还有一年,我跟着舅舅去水库游泳,潜水时,肚皮被水底的"斧头"划了一刀。

第七辑 生命是一块画板,你要自己一笔一笔着色

我把那"斧头"捡到水面一看,是一个巨大的河蚌。我激动得忘了疼,不对,是疼痛被缩小了一半。当我带着河蚌回家时,我是这么向父亲汇报的:"我在海底摸到了一个河蚌,河蚌在我肚皮上咬了'一小口'。"

当然,父亲不明白"海"的意思——那是被童年比例尺放大了的水库。我们那里没有湖,也没有海,只是比水库更大的水域,我只知道海了。

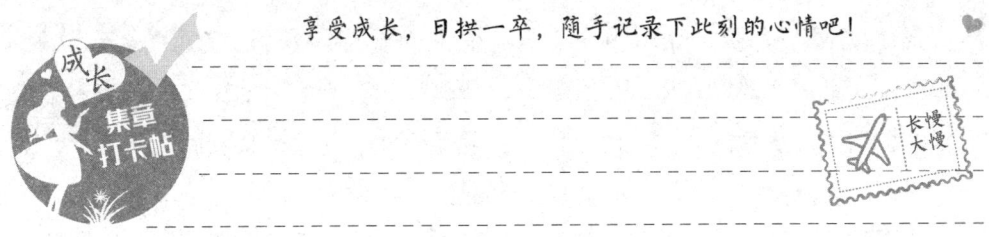

## 纸有魂

□王吴军

我喜欢在纸上写字，手中的笔在纸上尽情游动着，发出窸窸窣窣的声响，仿佛彼此之间的喁喁低语，真的是一件无比美妙的事情。

我曾在纸上写过许多日记和书信，它们记录了我难以对人言说的少年心事，那些文字在纸上犹如蝴蝶展开了双翅，轻舞飞扬，有着炫目的美丽，也有着不染纤尘的纯洁，那是我内心的诚挚倾诉。我无比专注又庄重地将它们写在纸上，即使沧海桑田，依然留下了真实而清晰的印记。

我喜欢读的书也是纸质书。翻开的，犹如默默展现万种风情的景致；在角落里蜷缩成一团的，像是被风吹落的叶子，暂时安然沉睡着；崭新的，它光洁的容颜神采奕奕，像是美丽的鸟以静美的姿态安然地卧在那里。有一次，我在院子里的树下读书，忽然，起风了，书中的那些纸页在风中尽情舞动着，像是一只只在天空中自由飞翔的白鸽，那样的姿态，是那么动人，又是那么让人向往。

我一直相信，纸是有魂的。虽然沉默无言，纸的魂却一直无比生动地藏在纸的深处，就像春意一直藏在大地的深处一样，一旦春风吹拂，盎然的春意就会从大地深处弥漫出来。当你爱上纸的时候，纸就会显得格外有光彩，有时候，纸在风中会欢快地舞动着身子，那就是纸的魂在为自己能够拥有一份爱而欢呼雀跃。

时光流转中，纸质书的魂总是盼啊盼，等一个爱书之人做知己，风晨雨夕，春夏秋冬，彼此相伴，彼此懂得，读到会心之处，真正爱书的人会抚摸着书中的那一张张纸页露出幸福而动人的微笑。

享受成长，日拱一卒，随手记录下此刻的心情吧！

## 虽然前方拥堵,但你仍在最优路线上

□王开东

从我家去单位的路上,总避不开要经过一段非常拥堵的高架桥,这时候常听到导航里的一句话"虽然前方拥堵,但你仍在最优路线上",这句话非常治愈,每次听到,骤然间就感觉心宽了。而且,这个"仍"字是最大的定心丸,意味着我们经过了这一段的苟且之后,后面将是诗和远方。

"虽然……但是"是最典型的转折复句,转折复句的核心在后半句。所以我们少安毋躁,我们心平气和。正如那句老话所说:"道路是曲折的,但前途是光明的。"

这岂止是导航,还是人生的启迪——"夫夷以近,则游者众;险以远,则至者少。而世之奇伟、瑰怪,非常之观,常在于险远,而人之所罕至焉,故非有志者不能至也。"这是生活经验带给我们的辩证法——更喜岷山千里雪,三军过后尽开颜。

方向就是你选的道,再难,总有到达彼岸的那天。

就像卡夫卡在《我的目的地》中写道:

"你往何处去?"

"我不知道,我只是由此出发。由此出发,我才能抵达我的目的地。"

"这么说你是知道你的目的地在何方?"

"……是的,我难道没告诉你吗?由此出发,就是我的目的地。"

由此出发就是我的目的地,更何况,我还在最优路线上。

享受成长,日拱一卒,随手记录下此刻的心情吧!

# 我得爱自己

□池 莉

有一种春,是无法守候的,这就是人生的春。人生的春往往与年龄没有关系,只是一种苏醒,一种懂事。

今年,我几乎用了大半年修订我的文集。在一篇一篇小说的重新阅读之中,我发现了那么多的错误,实在令人羞愧与不安。除了印刷过程中的校对错误之外,我自己的笔误居然多如牛毛,用字的生涩也多如牛毛,关于生活常识的错误也多如牛毛,还有一些因思想深处的混乱导致的形式上的含糊不清。一想到就是这样错误百出的《池莉文集》(七卷本)被六十万以上的读者阅读,我便会冒一额头的冷汗,当真有无颜见江东父老之感。如此,在私心里,我觉得,众人能够关注和给予我评价——无论褒贬,都算是抬举我了。有成千上万的读者喜欢我的书,也真是我的福气了。

哪怕只是为着不辜负自己的这份福气,我也应该认真地从容地写好每一个字,视每一个字如同新生的生命,胸怀里要拥有创造者的责任感与母亲式的顽固溺爱。

我总在守候,总想我人生的春季能够到来。春竟然是那样大方、清亮、顺畅、和煦和健康,无论世界上发生了多少事情,就跟没有发生一样,还是该做什么就做什么。与世界相看越久,心里也就越是熟悉和平和,即便地球的毁灭就在眼前,也是一样泰然。什么叫作活得体面?我以为,这就叫作活得体面。什么叫作死得高贵?我以为,这就叫作死得高贵。

半辈子过去了,我发现自己的,却尽是不体面和不高贵。且不多说别的了,单单是这种不体面不高贵的焦虑、急促、狼狈、愤懑之气,已然让自己遍体鳞伤。2000年前后,我惊讶地发现,自己的身体出毛病了。后来,我更惊讶地发现,原来不是他人伤害了我的身体,伤害者正是我自己。我们的肉体,不仅是细菌和病毒毁坏的,最大的致病源还是不健康的精神状态。

回头看了看已经过去的半辈子,我产生了一个最朴素的想法:我得爱自己。

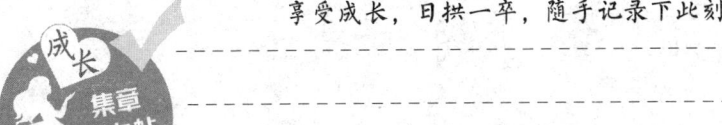

享受成长，日拱一卒，随手记录下此刻的心情吧！

# 过度追求只会失去自由

□李显坤

我曾读过两个关于牛的故事。

其一，一位农夫和儿子想把牛牵进牛棚，牛却死活不肯进。父子两人你拉我推，牛却丝毫不动。这时，农夫的妻子拔了把青草，一边喂牛一边顺利地将牛带进了牛棚。

其二，有人在乡间旅行，看到一位老农把喂牛的草铲到一间茅屋的屋檐上，于是好奇地问道："你为什么不把草放在地上呢？"老农说："这种草草质不好，我要是放在地上，牛就不屑一顾了！但我若是放到了牛勉强能够得着的屋檐上，牛就会努力去吃，直到吃完。"

这两个故事，有一个共同点，妻子和老农都了解牛的本性，并依靠牛的本性，很好地掌控了牛的行为。而牛则只顾满足自己本能的欲望，被动地顺应了人的要求，也失去了相应的自由。

享受成长，日拱一卒，随手记录下此刻的心情吧！

# 宋朝人的"朝九晚五"

□李开周

相当一部分宋朝人过着"朝九晚五"的生活。

我说的"朝九晚五",不是上午九点上班,下午五点下班,而是上午九点吃早饭,下午五点吃晚饭。

当然,古人计时不说"九点"和"五点",而是说"朝时"和"晡时"。相应地,古人把早饭和晚饭分别叫作"朝食"和"晡食"。过去大将军领兵打仗,喜欢撂一句狠话:"灭此朝食!"意思是等我们消灭了敌人再吃早饭!

上午九点吃早饭是春秋战国时期就有的传统,即使到了宋朝,绝大多数农民以及一部分顽固守旧的士绅仍然坚守着这一传统,但是不按饭点进餐的人多了起来。

最典型的例子是在京城上班的高级官员。除了假期,京城的高官们每天必须赶在五更去上朝,然后要等到辰时才能散朝回家。五更是凌晨三点到五点,辰时是上午七点到九点,从凌晨熬到上午,比上半天班还累,如果再坚持到上午九点才吃早饭,血糖低的官员大概要晕倒在朝堂上了。所以京城高官一般都是在凌晨吃早点,而且是在上朝的路上吃。

在北宋都城开封,御街南段的饭店和早点摊开业最早,摊主们凌晨两点备货,三点开张,两百步宽的御街两旁灯火通明,油条锅里咕嘟咕嘟冒着泡,烧饼案上噼啪作响,主要就是做上朝官员的生意。有些官员起得晚了,怕耽误上朝,买好早点翻身上马,一手抓着烧饼油条往嘴里送,一手抓着缰绳往前赶路,此乃汴梁一景。

赶早市做生意的商贩也必须在天明以前吃早点。宋朝的早市跟早朝一样,也是五更开始,进场卖菜卖鱼卖粮油的商人去得晚了,摊位可能会被别人占去,所以要早吃饭早占位。宋朝商业繁荣,早市经常持续到中午才结束,开市前要是不垫垫肚子,估计顶不住。

最后必须说明,也有一部分宋朝人很晚才吃早点。如那些市井妇女,没有公婆管束,太阳晒屁股才起床,慢慢地梳头洗脸穿衣打扮,拾掇完了,肚子饿了,

第七辑 生命是一块画板，你要自己一笔一笔着色

想吃早点，懒得上街，找根绳子，拴一笆斗，在笆斗里搁几文铜钱，什么时候听见挑着担子卖早点的小贩吆喝着从楼下经过，就打开窗户，把笆斗顺下去，让小贩往笆斗里装胡饼……

不妨想象一下，如果"美团外卖""饿了么"等外卖平台穿越到宋朝，生意一定很火。

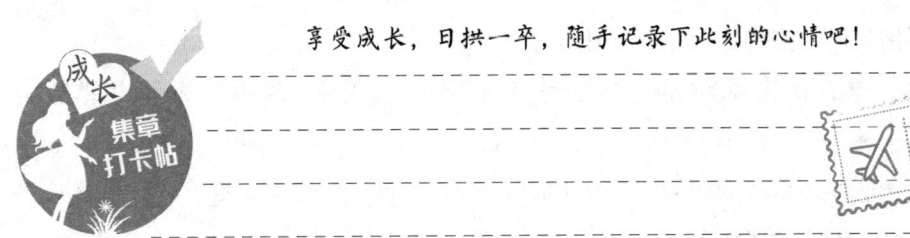

享受成长，日拱一卒，随手记录下此刻的心情吧！

# 那一年，有个少年想变成风

□潘云贵

我出生在农民家庭，皮肤黝黑，十六岁前一直穿着哥哥穿不下的旧衣服。

当因为成绩优异被保送进市里的高中时，我在激动之余非常紧张，因为这是一个我从未见过的世界。在学校里，我们统一穿校服，但一到节假日，同学们马上会换上一身新潮的衣服。我换上常穿的衣服，同学们扫视我的目光让我至今难忘。

过了不久，班上同学开始评价我的着装。

"他为什么要穿那样的衣服？都什么年代了！"

"真老土！"……

我待在角落，看不到他们嘲讽的眼神，听不到他们大声的议论。阳光照进来，我面颊滚烫，好像一记一记巴掌抽在上面。

后来，母亲察觉到我跟同学们在穿着上的不同，很快就给我买了新衣服。那是一件夹克，蓝白两色拼接，胸前、背后都写着一串英文字母，班上很多同学都有差不多款式的夹克。

穿上它那天，我感觉这个世界确实有一点点不同，似乎没人再用异样的目光打量我，我走起路来更自信。但很快，我又被打回原形，甚至更糟——眼尖的同学发现我的夹克上有个字母不对，这个消息立刻散播开了。服装厂很狡诈，将"a"印成"o"，以此来逃脱侵权的控告，却将我置于窘境。

"他难道不知道自己穿的是山寨货吗？"

"是呀，他走路时还把腰挺得直直的，生怕别人瞧不出来他穿的是高仿。"……

听着这些不堪入耳的话，我的自尊心碎了一地。那天课都没上完，我就跑回宿舍，把头埋在被子里哭。

我不责怪母亲——她跟父亲辛苦工作，能力有限，能给我买新衣服，我已经很高兴了。我难过的是我自以为足够坚强，没想到竟招架不住别人的冷嘲热讽。

这时，窗外停车场的篷布噗噗作响，我止住哭泣，往外看去，原来起风了……那一刻，我多想成为一阵风，没有形状，没有颜色，在天地间自由穿行，永远不用在意别人的目光，多好啊！

往后的日子里，我只顾学习，每天一个人去食堂吃饭，一个人做作业，一个人钻进图书馆……尽管如此，当我去洗手间的时候，隔着门板偶尔还能听到同学们议论我。

"他独来独往，都不跟人说话。"

"他以为自己学习成绩好就能目中无人吗？谁给他的优越感？"

我要推开门跟他们辩论吗？母亲常告诫我，在外面不要惹是生非。我忍住怒火，缩回那只将要推门的手。

那段时间，我被谣言、误解、嘲讽裹挟，半夜都会被噩梦惊醒。梦里出现一张张嘴巴，它们不停地动弹，吐出的言语像海水一样淹没了我。我期待有一阵风吹来，将我带走，我想成为风的孩子。

进入大学后，家境改善很多，我也没再买过山寨货，但我清楚，无论过上什么样的生活，我身上始终有农村人的气息。这种质朴的秉性非常真实，我不再排斥，曾经扎进内心深处的刺也早已拔出。

有一天，我在整理衣服时，竟然从那件夹克的兜里掏出一张高中时写的字条——上面是一个十六岁男孩儿的愿望：我想变成风，谁都看不见我，我要自由穿梭在这个世界。

享受成长，日拱一卒，随手记录下此刻的心情吧！

# 留堂，一场残酷又有趣的游戏

□ 和菜头

在我的中学时代，最有趣也是最残酷的一幕，就是每天下午放学之后的留堂。

下午，一般都是数学课，老师会随堂布置两三道题，要求我们正确解答之后才能放学回家，并且不允许同学之间相互讲解。

但留堂是残酷的，因为没有什么比它更让人绝望地认识到人和人之间的智力差距。最早一个完成题目，背起书包离开教室的学生，和最晚的一个之间，时间差可能达到两小时。当第一个学生打开教室门走出去的时候，所有剩下的人心里都如同万马奔腾：他为什么那么快？又是怎么解出来的？

有了第一个，然后就会陆陆续续不断有人交卷。有些时候你能感觉到空气里的确是有所谓"悟性"的东西在流动，因为经常会出现三五七人突然同时"啊！"了一声，就开始动笔答题，然后纷纷起身，去讲台边找老师交卷，那就是因为悟性同时降临在了他们身上。等得到老师肯定的评判，他们相互欢天喜地地无声对视，蹦蹦跳跳回来拿了书包就走，走时不忘把门摔出一声巨响。

每走一个同学，剩下的同学内心的压力就会大上一分，从茫然无措逐渐变成焦头烂额，然后是对同学的羡慕嫉妒、对题目的仇恨敌视和对自己的怀疑否定交织在一起，在心头起伏不定。然而，时间一秒秒过去，日影一点点斜下去，老师坐在讲台边从一开始的身镶金边，到慢慢陷入暗影中去，压迫感也变得越来越强，感觉随时会喷出火来。可我呢，明明知道一定存在解法，但是我就是找不到；坐在硬木板凳上，我一次次重复使用过去的错误方法求解，幻想着这一次会有不同的结果。

一定要到了十分痛苦和极度疲惫的时刻，内心会稍微放松一点点，不再沿着过去的老路一圈圈拉磨，这时候通常会灵光一闪，从看过千百遍的题目中看出一点儿不同的东西来。然后想法就像是河道决堤，突然扭转一个方向，在转瞬之间就找到了去处，找到了希望。在那一瞬间，我可以完整地体会到先前他们发出那一声"啊！"时究竟是什么心情，什么体验了。

悟性像是冰凉的水，从头灌到脚底，一切都清清楚楚，一切都豁然开朗——我知道了。

我不止一次留堂到最后。

我并不幻想能每天留堂时第一个走出教室，我也并不担忧自己是最后一个，但是我不能没有"啊！"一下！好像每"啊！"一次，我就聪明了一点儿、知道的多了一点儿——我因为我可以彻底转换一种想法解决问题，而感到充实、安全和快乐。

在这个有趣而又残酷的"啊！"中，我很小就养成了随时推翻自己的想法，从头重新思考一遍条件，重新思考新的可能的习惯——习惯接受自己可能是错误的，习惯相信自己在某种无知的、被遮蔽的状态下，努力地找启示，努力去达到那一声"啊！"，努力让每一个"啊！"之间的间隔越来越短。

事实证明，这件事的确是可以做到的。

但身为小孩子，大概会很辛苦，因为要不断地在苦里寻找快乐。大人，则轻松很多，甚至没有留堂这一说，并且，大人可以随时掀翻桌子，宣布题目是错的，宣布这道题是歪理邪说，甚至说这道题除了自己认为的无解，不存在任何解题的可能。

但我想，如果时光倒流回到从前，我还是会选择走进教室，继续参加每天的留堂，继续忍受希望和绝望的煎熬，只为那束光最后能照在我的头顶。

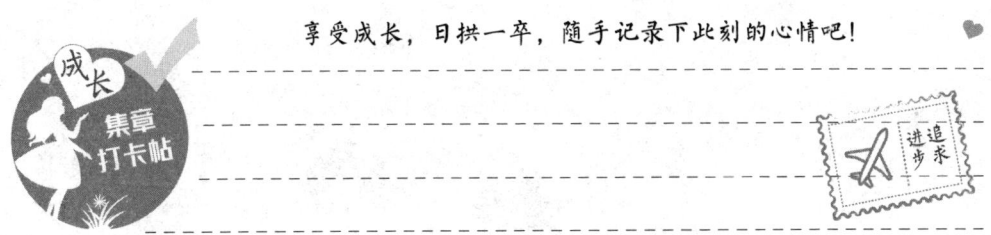

# 我是次品吗

□ 盛 慧

我从一只布包里翻出了户口本。那时，哥哥已经教我认识几个字了，只是具体的意思还是一知半解。我看到了哥哥的名字，旁边写着"长子"，我想这应该是哥哥身子比我长的缘故吧。我看到了我的名字，可旁边写的是"次子"二字。我不高兴了，开始只是感伤，又渐渐地觉得可怜，最后竟然绝望起来。我突然想到"次子"的意思，不就是一个"次品"的儿子吗？

一个人觉得自己是"次品"，他就会立刻自卑起来。我不敢问父母，我为什么是"次品"，我这个"次品"到底次在哪里。我越来越觉得自己是个"次品"，我觉得父母看我的眼神确实是不一样的，他们对我要比对哥哥凶得多。

我的话越来越少，舌头好像少了一截，嘴像生了锈的铁夹，有时候，整整一天，不肯说一句话。我越来越害怕见陌生人，有人来家里做客，我总是躲在房间里不肯出来。我害怕与人对视，好像目光一接触，他们就会发现我的秘密。

当然，我最害怕的还是长大，因为长大以后，谜底就会揭晓，我会毫无悬念地成为一个"次品"，一个不折不扣的"怪物"。

我迷上了画画。我喜欢画各种各样的怪物，它们有的是两个脑袋，有的是八条腿……我乐此不疲，因为它们是我的同类，在这些怪物中间，总有一个是我未来的样子。

夏日的午后，雨总是不可缺的，方才还是烈日当空，转瞬间，天色就变了，紧接着，雷声轰鸣，狂风大作，乌云像麻将一样被搓来搓去。

我家在村子的最西面，离下一个村子足足有一里多地，中间需要穿过一片广阔的田野。我家的走廊，顺理成章地成了躲雨者的天堂。我听到其中一个女人看了一下天空，叹着气说："天要掉下来了。"她说得很认真，让我恐惧不已。我觉得，天掉下来比地震还要可怕。天如果真的掉下来，房子就会倒掉，如果房子倒了，我就会被压成肉饼。

门反锁着，我无路可逃。那一刻，我变得伤感至极，我想等到父母回来，一切都晚了。求生的本能，让我开始寻找最后的避难所。我在房子里转了几圈，躲进了衣橱里。

夏天的雨总是来得快，去得也快。雨是什么时候停的，我全然不知。天并没有掉下来，空气湿润，风清凉得如同薄荷，我睡着了。

傍晚时分，劳碌了一天的父母，拖着疲乏的身体回到家，发现我居然不见了。他们惊慌失措，在村子里一遍又一遍呼唤我的乳名。父母的呼唤声越来越焦急，他们沿着河边往西跑，边跑边喊，嘶哑的声音在风中渐渐消散，飘进漆黑的小树林……

听到他们的呼唤，我突然有一种流泪的冲动。第一次觉得，我这个"次品"在他们心中还是挺重要的。我躺在黑暗中，尽情享受着他们的呼唤，如此焦急又如此动听，这让我无比幸福，这是我体验到的最初的幸福。

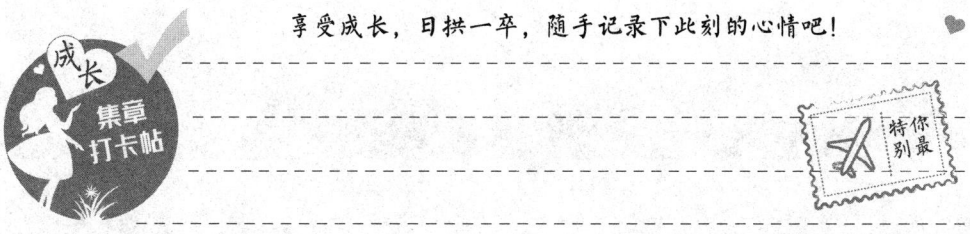

# 与"不完美"握手言和

□杨 倩

小时候,总以为自己无所不能,畏惧平庸寡淡的人生。长大后才发现,承认自己的能力边界,不被外在标签与期待裹挟,敢于面对真实的自己,才能更从容自在地过好每一天。

2010年,我11岁,入选宁波体育运动学校射击队。当所有的好奇和兴奋都还没来得及慢慢消化的时候,我就要开始直面高手如云的竞技场了。那时候,我时常怕得想转头跑掉。但现在回想起来,又觉得承认并正视自己的恐惧,也是一件挺有意思的事情。其实,在训练初期,和那些大快人心的小说情节不同,没有弹无虚发、百步穿杨的过瘾桥段,只有无穷无尽的枯燥和单调。当时,作为初级运动员的我,开始有心观察并模仿前辈们的表现,在过程中反复试错与磨合,并总结出一套适合自己的训练与比赛方法论,每天都想着怎么样才能朝着更高水平前进一步。

我有一个很多年的习惯,那就是坚持把每一场练习与比赛的状况和所思所想,化成文字记录在训练笔记本上,并常常翻阅笔记、自我反思。后来,当我比赛状态越来越好,经常能拿下第一时,我对自己的要求也慢慢提高了。尤其是刚

考入清华大学时，我能明显感觉到有一种向上的张力在抓着我飞快地往前跑。

然而，当我满腔壮志豪情备战奥运会时，有一天突然发现，自己好像再怎么努力也打不出理想的成绩了，甚至还有逐步倒退的趋势。当所有的沮丧、焦灼与质疑全都跑过来时，我选择了用苛责自我来对抗焦虑。

打不出巅峰时期的理想环数，那就以最高标准来要求自己。然而，换来的却是反复受挫的恶性循环。那时候，每天盘旋在我脑海里的问题就是：杨倩，你为什么现在这么糟糕？你到底还行不行？什么时候才能好起来？我常常是从懊恼的情绪走出来后，又陷入深深的自责和自卑中。

现在，再次复盘那段长达一个多月的瓶颈期，才发现，是我太注意每一次成绩和结果的完美，束手束脚，反而影响了发挥的稳定性。

如果时光能够倒流，我会告诉那时的自己，不妨坦然接受状态暂时低迷的事实吧，不必苛责次次完美，不必要求事事顺意。允许自己缓慢进步，允许成绩偶尔波动，追求总体稳定发挥，全力以赴就好。

希望在未来的日子里，我们都能卸掉心头那些枷锁，与自我和解，接纳自我，悦纳自我。既能奋力追逐置于山巅的荣耀与辉煌，也能坦然洒脱地享受暂时的自我低迷。不必过度焦虑，因为"不完美"本就是生活的自然状态，而"不完美"的我们也一样值得被爱。

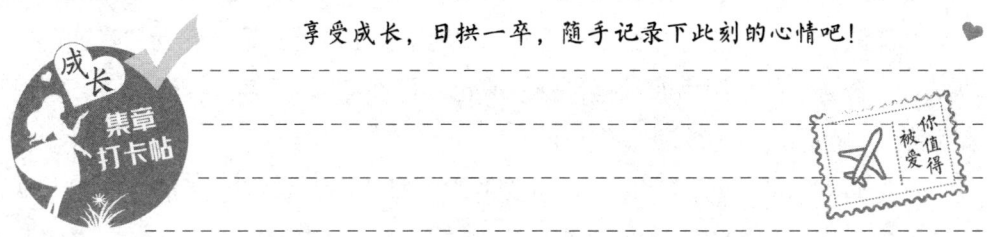

享受成长，日拱一卒，随手记录下此刻的心情吧！

## 找回"普通力":
## 难道只有我是来人间凑数的吗

□时间君

还记得《新华字典》1998年修订版"常用标点符号"中的一个例句吗?"张华考上了北京大学;李萍进了中等技术学校;我在百货公司当售货员。我们都有光明的前途。"在当年也许确实如此,但随着互联网的高度普及,"海归普及""马路上一砖拍下去就有仨大学生"等言论层出不穷,让更多普通人不禁发出灵魂拷问:"难道只有我是来人间凑数的吗?"

人人都渴望成功,很少有人会甘于"普通"。

几年前"成功学"席卷网络和书刊,成了新一波"财富密码"。而与"成功学"相对的,就是应运而生的"普通学"。

有这样一群年轻人,他们认为,"我们早已习惯了被教育如何追求成就,做个成功者。但鲜有人告诉我们,在此之前,如何接纳自我,如何做一个珍贵的、快乐的普通人"。

在这里,大家分享自己普通的生活和烦恼,逐渐调整心态,通过交流互助让大家都能做一个珍贵的、快乐的普通人,发现平淡生活的美好,感受"普通"的快乐。"普通学"小组自2021年创建以来已经汇集有近6万名"普通人",但现实生活中"普通人"的数量远不止于此。

"普通人"的"普通"是如何定义的呢?是学历、智商,还是金钱呢?从智商等先天特征角度来看,68.26%的人都是普通人。满大街都是高学历者?非也,从数据上看,近年来,211大学录取比例为4.83%,而985大学录取比例仅为1.69%。从金钱角度看,根据帕累托法则,也就是我们熟知的"二八定律",20%的人口掌握了80%的社会财富,且这个结论对大多数国家的社会财富分配情况都成立。

无论从理论还是现实来看,"普通人"都是绝大多数,但为什么我们时常觉得"只有我是普通人"呢?打开朋友圈,看到的是精致的九图plog(图片博客）；打开某社交晒图软件，看到的是奢侈品满柜；甚至在互联网匿名分享区，几乎"人均年薪百万"……互联网放大了个体"成功"的幸存者偏差，却让大多数的"普通"无家可归。

没有人生来就觉得自己的梦想是做一个"普通人"。《武林外传》里的吕轻侯秀才是前朝知府大人的孙儿，三岁识千字，五岁能背唐诗，七岁熟读四书五经。但因屡试不第，二十五岁穷困潦倒，变卖祖产在同福客栈当账房先生，被自己过去的老师评为"伤仲永"的一个经典案例。

电影《艋舺》中有一句台词，"年轻的时候，我也曾经以为自己是风。可是最后遍体鳞伤，我才知道我们原来都只是草"。"普通力"是一种在逆境中能找到生活勇气的力量，"普通力"是指有普通的思维方式，凡事都能正常进行，它比"攻击力"和"守备力"更重要。

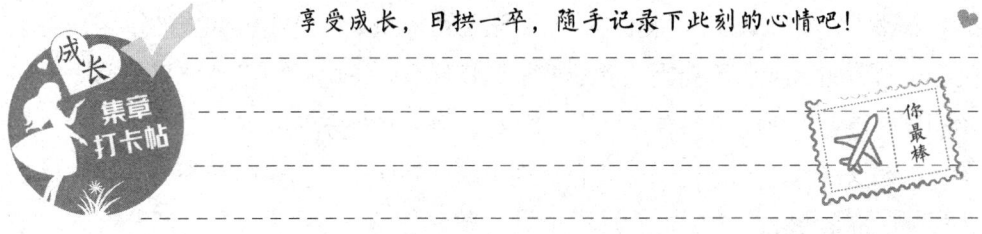

# 堂吉诃德的风车，以及我的兔子

□夏 眠

我从小就是一个非常典型的乖学生，典型到每个城市、每所学校里都有无数个我——在考试前几天惴惴不安，越是重要的考试越是紧张；在考试之后一道又一道乐此不疲地核对答案，哪怕纸上的结果早就不可更改。尤其是当同学们围成一个小圈讨论考题时，平日里再大的矛盾也会烟消云散，瞬间我们就成了一个战壕里的同志。

等成绩下来时，我会捂住胸口长舒一口气，脸上还带着掩饰不住的笑容。我的野心不大，在很长一段时间里，我的学习目标只是维持中等偏上的排名，在家长会上过得去，父母不会因为我的成绩而训斥我——仿佛自己是一只在草原上环顾四周的兔子，只要周围有一片小小的安全领域就万分满足。

抱着这样的心态，我一直"混"到大学。有次考试，考前两个月我才开始翻书复习，准备突击。

可看了一会儿书后，一种前所未有的恐惧从我心里"突突突"地冒出来："糟糕！我好像看不完了！"我试图求助于室友，但室友松松潇洒地拍了拍早已

束之高阁的教材，自信地回答我："放平心态！"我咬了咬嘴唇，抱着一丝幻想。从那天起，日日苦读，在入睡之前，还会看手机上记录的知识点。考期越近，我越像一座即将复苏的休眠火山。终于，在室友聊天打字的机械键盘声第三次打断我的思路时，我爆发了，朝着室友大吼大叫——我眼前是红色的，耳朵是炽热的，待我吼出胸中的怒气之后，一下子坐在地上大哭起来。

寝室里很安静，我的脸庞边多了毛茸茸的触感，是一沓纸巾。松松蹲下来，围着我的肩膀，一拍又一拍地、像安慰小动物一样安慰我。"大家都知道我在复习准备考试，要是我没考过……"我抽泣着喏嚅，忽然想起了那只草原上的兔子，我畏惧的不是家长会，而是被公开的失败，连隐藏的机会都没有。"不存在的！"松松揉了揉我的头发说，"在乎你努力，在乎你成绩的，都是关心你的人。我们怎么会嘲笑你的失败呢？不关心你的人，根本不会记得你去考试，更不会关心你的成绩呀！"松松打断了我的话，一口气说了出来。

我愣了愣，是呀！我在害怕什么呢？那天晚上，我没有复习，而是和室友们痛痛快快地吃了一顿大餐，大大方方地道歉。夜晚，当我丢开复习资料躺下的时候，过去一个月的疲倦荡然无存，未来好像大雨洗过的星空，清晰可见，莫名其妙的自信在我胸中膨胀——我可以的。

有人说，堂吉诃德是一个疯子，他把风车当作巨人，义无反顾得满身是伤；有人说，堂吉诃德是一个勇士，明知道不可战胜，还是冲了上去。堂吉诃德看到的风车，在他眼里是不可战胜的巨人，那也是我眼里的风车，只是我懦弱地裹足不前，唯恐失败后被拉曼却自治区人民嘲笑。可即便是堂吉诃德，拉曼却自治区人民也以最宽容的态度包容了他，包容了他的冒险，相信他的任性，那时候再可怕的巨人也会回归它最真实的样子——只是一座风车。

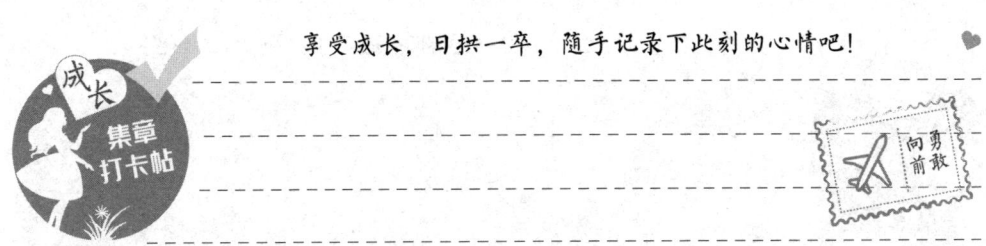

享受成长，日拱一卒，随手记录下此刻的心情吧！

# 自行车上的身体美学

□ 肖 遥

小时候,在骑车上学的途中,一家商店里的小黄狗每次都会追着我的自行车狂叫不已。于是,我每次经过小商店都会奋力蹬过去,在它发现我之前赶紧溜走,但没有几次能避开跟它赛跑。有一次我没看到小黄狗的身影,正庆幸着,忽然有个黄乎乎的东西追了上来,我猛蹬几下,为了躲避它,差点儿窜到水沟里。

猫猫狗狗们从不去追汽车,它们肯定已经发现追也是白追。唯有骑行者有其独特的身体美学,他们可以和外界零距离接触,感受着空气中温度和气味的微妙变化。骑车者可以超过在车流中亦步亦趋的机动车、掠过步行者缓慢沉重的身影,骑行的速度既可以躲过行人的目光追踪,同时汽车上的目光也无法将之锁定。也许这个秘密被猫狗们发现了——骑车人的轻灵使得他和那些在城市里或飞檐走壁或自由来去的动物一样——拥有了一项隐秘的自由:当奔跑起来的时候,他们就能置身于一切监视之外。

如果用电影语言来表现各类交通工具所蕴含的情感,飞机就像用上帝视角在俯瞰尘寰,适用于看透了、翻篇了的感情;绿皮火车则适合表现那种藕断丝连、欲说还休的分离,要有泪目、追赶、挥动的手、越来越小的身影,直至放手;只有骑行洒脱得多,伴随着唯美浪漫的音乐,骑单车的白衣少年就像展开翅膀的鸟儿,飞速穿过街巷、掠过田野……

镜头下的人们骑上自行车沿海而行,镜头无言地暗暗追踪着他们的身影,岌岌可危却又轻盈从容,好像一切都尽在掌控之中。

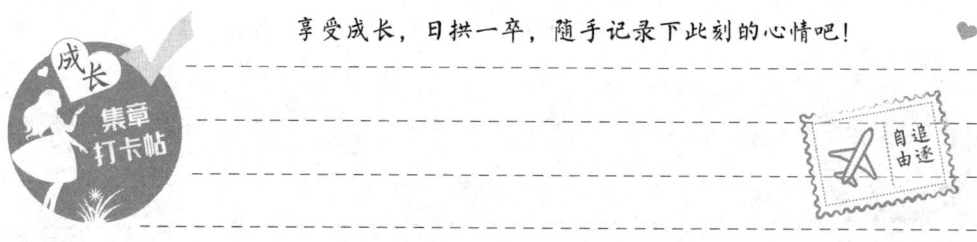

第七辑 生命是一块画板，你要自己一笔一笔着色

# 蜻蜓与少年

□庞余亮

他喜欢蜻蜓。振动翅膀的蜻蜓们像有绝世轻功一样，悬停在荷叶上，悬停在树枝的顶尖上，悬停在最危险也最美丽的草尖上。

蜻蜓们的悬停，蜻蜓们的盘旋，蜻蜓们的警惕，都让他崇拜得不得了：他捉过很多虫子喂家里的芦花鸡，但他从来没有捉过蜻蜓喂鸡。

有人想捉蜻蜓的时候，他总是站在一边，在心中暗暗为蜻蜓加油。

蜻蜓们落下，旋即又起飞，晃动的草茎像是骄傲的食指在摇动，在嘲笑那徒劳的捕捉者，蜻蜓们依旧悬停在空中，它们如纱般的翅膀在阳光下微微闪光。

他知道，那闪光的还有他的小骄傲。其实，成长中的他，才最像蜻蜓呢。

他不止一次去池塘边，打量自己的小影子，那是一个张开双臂准备飞翔的男孩，一个既像蜻蜓又像飞机的男孩。

蜻蜓像飞机。玉蜻蜓飞机、黄蜻蜓飞机、青蜻蜓飞机、黑蜻蜓飞机、红蜻蜓飞机。

飞机可比火车厉害多了，运气好的时候，天空中会有飞机轰鸣的声音，那声音需要耳朵特别尖的人才能听到，然后就比各自的眼力了，有人说看到了飞机，还看到了飞机尾巴上的五角星。

看到飞机，这帮乡村少年总会有一个仪式，一群伙伴追赶着天空中的飞机，大声喊："飞机飞机带我走啊。"也不知道飞机上的人听不听得到，反正飞机走后，天空中会留有一道白色的飞机云，像是飞机在天空中铺设的云路。

有人说这飞机是飞到上海去的。也有人说这飞机是飞到北京去的。他觉得都对，飞机想飞到上海就飞到上海，想飞到北京就飞到北京。

上海的蜻蜓，还有北京的蜻蜓，也许都是从他们村庄飞过去的。

享受成长，日拱一卒，随手记录下此刻的心情吧！

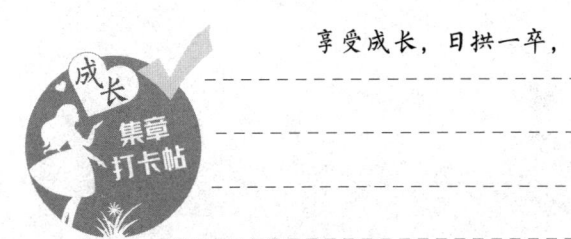

# 愿你恰到好处地生活

□沈嘉柯

我认识一个很特别的人。有一次在机场碰到他,他刚好送一个朋友出发去外地。而我,刚刚下飞机准备回家。回去的路上我蹭了他的顺风车。

他跟我说:"你是一个作家,又懂心理学,我想讲讲自己的故事。"其实他的故事很简单。每天晚上,他会开着自己的豪车在路上狂飙。他带着一个年轻的女孩,车上放着红酒,风驰电掣。那一瞬间,他忽然觉得,仿佛能穿越一切时空,看一切景物都变得影影绰绰。一股巨大的快意充斥全身。

这听起来像是一个炫富的故事。但是他接着说,他很想在这种无限快意中死掉,而且一点儿都不觉得遗憾。他问我,他这样是不是心理有病。

有一次我去南京旅行,深夜肚子饿,我就出门找东西吃。那时已经接近午夜,店铺都关门了。

我原路返回。一个大妈骑着三轮车,拖着卖桂花鸭的玻璃柜,在晚风中慢慢地踩着脚踏板。她在前面慢慢地骑,我在后面吹着风慢慢地走。我看得出来,

她忙碌了一天非常疲惫，走了好一截路，大妈突然哼起歌来，是一首很老的民歌旋律，三轮车越骑越慢，声音在夜空中回荡，几乎物我两忘。我一直听她把歌唱完，才折返酒店。大妈唱完歌以后，似乎一身轻松，脸上露出笑容。她回到家里睡一觉，明天又会出门做生意，卖起桂花鸭，赚钱养家。

开豪车的男孩告诉我，他真的迷上了那种飙车到想要瞬间死掉的感觉，很过瘾。所以他常常这样深夜飙车，并且瞒着父母。他觉得，自己的父母还在忙碌着想要赚更多的钱，活得真累。他没兴趣。

每当我想起这个男孩，同时就会想起那个大妈。一个快意，一个慢歌；一个想死，一个谋生。我猜，肯定有人讨厌这种有钱人，想死就让他去死好了；也肯定有人对大妈心存怜悯。男孩和大妈，就像是"无聊"和"痛苦"，共同构成了完整的人性。我们在谋生的痛苦中，日复一日的劳作里，用各种手段安抚慰藉自我，唱歌是抒情治愈，也是放松歇息。我们心中有一个遥远庞大的想象，我们会过上好日子的。我们在充分得到满足后，会无聊，于是又会追求更强烈的快意，强烈到想在最美好爽快的刹那死掉。

无论你是像这个男孩，还是像这个大妈，抑或介乎中间的普罗大众，愿你理解富庶丰盛的无聊，也了解平凡贫穷的痛苦。愿你恰到好处地生活。

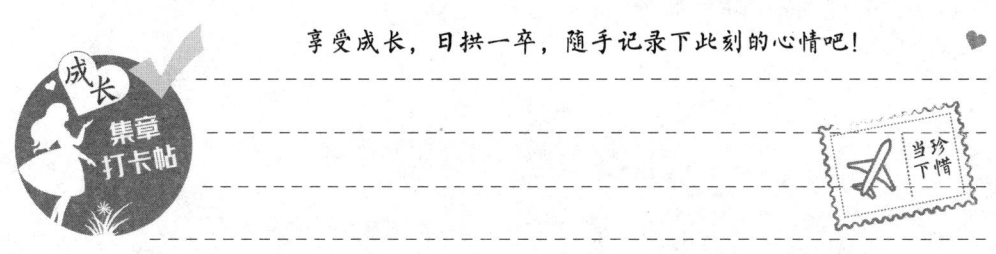

# 我觉得，有少许恋物也是好的

□黄佟佟

看过一个专栏，叫"每日都买一样嘢"，意思是每天都买一样东西。我朋友感叹，一个人怎么能买那么多东西？我羞愧地说：其实我就是"每日都买一样嘢"的人。

是啊！今天买六件衣服，明天买四本书，后天买两双鞋子，三天不到，已经买了十二样东西了，简直可以写一个"每日都买两样嘢"的专栏了——真是惭愧啊，原来自己是那么贪婪的人。

家里的东西满坑满谷，可是我还在不停地买。一切实物都令我迷恋，我特别喜欢把东西握在手里的感觉，摩挲着细腻的小羊皮产生的满足，以及确定自己家里鱼满塘粮满仓的富足感，这让我产生极大的愉悦和安全感。据说，这种感受源于上古时代人类对饥饿与贫乏的恐惧。

当然，童年阴影也是我恋物的另一个原因。小时候家里不算穷，但也不富裕，因为几乎没被允许买过什么东西，所以长大了就报复性地购物，这大概就是心理学上的"未被满足的欲望"。

我恋物的第三个原因大概是社会学家严厉批评的"都市病",愚蠢的人类用消费来表达感情,舒缓焦虑。

物品让我们放松,也代表了我们内心的渴望。一段时间内,我常常重复买一样东西,有一年,我买了十几件白衬衣,结果一件也没有穿过。最近我迷上了珍珠,买了无数串,可能这段时间很想变得优雅一点儿,不要再活得那么狼狈——恋物,某种程度上,先于我们的思想到达我们的生活。

我有几十把扇子,檀香的、棉纸的、中式的、日式的,但我最喜欢的还是在清迈买的一把竹条篾片编的泰式扇子,一面是兰花,一面是龟背竹。每到夏天,一用这把扇子,我会觉得空气都是绿的,想起在清迈酒店里吱吱咯咯的风扇下穿堂而过夹带着鸡蛋花香的凉风。啊!用自己喜欢的东西真是愉快啊!

不用写稿的时候,我最爱做的事是清理东西。看着自己历尽千辛万苦花了无数银子和精力弄到手的东西,油然而生一种巨大的快乐,会让你觉得生活是沉甸甸的,你的存在是有意义的。我知道这很庸俗,但比起日本人崇尚的所谓无一物的空落落的房子,我觉得自己喜欢的东西围绕在身边的感觉更温暖,更像人类——有少许恋物是好的,是温暖的,是安逸的——嗯,做不到那么凛然高洁,也许,我可以更真实一点儿。

至于你说这么多东西家里怎么摆得下,其实真摆不下了,人自然会选择和淘汰。欲望是有限度的,比如在狂买了十几件白衬衣之后的第三年,我把白衬衣几乎都送了人,只留下一两件最喜欢的,而且我知道我以后不会再买了,因为买过了。

对欲求不满这件事,我永远记得一位老师的教诲:尽量满足它,然后,终有一天你会放下它。

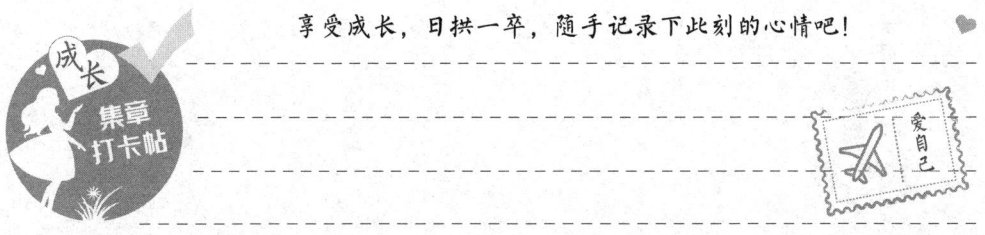

# 惊心动魄的兰花

□沈嘉柯

我曾经被好奇心驱使,到舞台背后,去拜会手艺人。

那是位国家级非遗皮影戏传人,十分钟表演结束,老人家满头大汗。

那么灵巧轻盈的美丽,一盏炽热的大灯照着,才能投映出影子。

空气中蒸腾着热气,老人家已经习以为常。年复一年,日复一日,这样的过程,早就经历成百上千次。

还有一次,拜会的是伶牙俐齿的相声演员,他奉献了一场妙语如珠、幽默诙谐的表演。散场后,在后台,他汗如瀑布。他那白发苍苍、成名多年的师父,正与他复盘核对是否还有瑕疵。

而我自己,也曾经一次又一次在讲座结束后,满头大汗。

陪同我的工作人员疑惑不解,认真发问:"沈老师只是动动嘴皮子,就把大家讲得笑声不断,掌声如雷,真厉害!可您又没有剧烈运动,怎么淌汗了?"

我笑了,说:"大概是因为我胖。"工作人员也被逗笑了。这世上的很多事,的确如此。外人看着,徒然羡慕,仿佛得来全不费工夫。

其实,"狮象搏兔,皆用全力尔"。

山中一朵静寂无声的兰花,开得幽香酣畅,极其出尘,也必然有你所不曾了解的惊心动魄。

所以,每当我嗅着那寂静无声的花香时,都会忍不住热泪盈眶。

兰花亦于风中点头,如有所应。

## 第七辑 生命是一块画板，你要自己一笔一笔着色

# 旋转木马

□ [新加坡] 尤 今

在匈牙利首都布达佩斯的游乐场里，我惊喜地驻足。

啊！童年时代百玩不厌的旋转木马，正跨越了时空，在陌生的异国里天真烂漫地旋转着、旋转着……上上下下、下下上上；由东而西、由南而北；转转转、转转转，转成了无懈可击的圆满。

动个不停的木马给孩子带来了无比的刺激，而孩子清脆的笑声又给家长捎来了难言的满足。孩子享受着自己的童年，家长享受着孩子的童真。

岁月悠悠地老去了，可旋转木马永远也不老。不论在东方还是西方社会中，它永永远远都是孩童的宠儿。

认真说起来，我们长长的一生，都是坐在"木马"上旋转的。

当木马在众目睽睽下缓缓上升时，我们被捧上了高高的云端，掌声如雷，锦上添花者络绎不绝。然而，当木马出其不意地快速下降时，我们立马被无情地推入深井内，东南西北落下的大小石块犹如穿心乱箭。

那些能够在劫难中重新快速站起来的人，通常都是因为有人拿着以亲情铸造的盾牌，默默地守护着他、保护着他，给予他康复的力量。

实际上，这个守护神，远在我们童年坐木马时，便已清楚地在我们身边现形了。

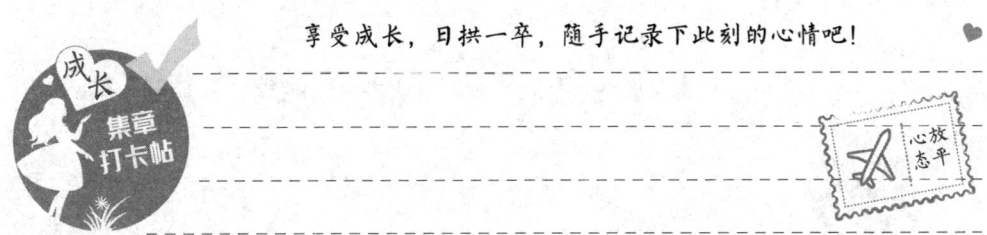

享受成长，日拱一卒，随手记录下此刻的心情吧！

# 艺术，从"稍微"开始

□何 俊

俄国画家勃留洛夫给一个学生修改习作，只在几个地方稍微点了几笔，这幅拙劣而死板的习作立刻就变得生动逼真了。一个学生说："看，只不过稍微点几笔，一切都改变了。"勃留洛夫说："艺术就是从这'稍微'两个字开始的。"

我国岭南画派巨匠赵少昂有一幅名作《春水池塘处处蛙》，整幅画上下一泓碧水，只画一蛙半浮水面，情趣夺人。假如让这只蛙浮出水面，坐在荷团上，会怎么样？我想，那味道就差多了。

如果一个文学作者肯在"稍微"二字上下功夫，肯定会有成果。

据说，高适曾路过杭州清风岭，触景生情，于是停步于僧房，写诗一首："绝岭秋风已自凉，鹤翔松露湿衣裳。前村月落一江水，僧在翠微闲竹房。"写完后，他便告辞了。在路上，他反复吟味诗句，细观钱塘江水，发觉月落时，江水随潮而退，只剩半江，并非如诗中所说的"前村月落一江水"。他想来想去，决定将诗中"一"字改为"半"字，便特地回僧房改诗，"前村月落半江水"的佳句就此问世。

俗话说："英雄不独疆场出，闪光尽在细微中。"一个艺术家，不管他在宏观上如何纵览，到头来还得在微观上落笔，从"稍微"开始。《红楼梦》被称为"封建社会的百科全书"，但此书中广阔的"天地"，还得先着眼于荣宁二府的有限空间。

# 《小马过河》还能这么读

□ 晋 早

《小马过河》是经典童话之一。

学这篇课文时,我们会说小马的妈妈真睿智,很会教育小孩,她教给了孩子一个道理:要养成自己尝试的习惯,而不是盲目听从别人的意见。

但我会在赞赏小马妈妈的教诲之后,继续告诉孩子们:这个世界的很多东西都是不能尝试的,比如去水库游泳、触电,甚至做违法的事情,等等。

比尝试更重要的是要学会思考。对过河这件事,你到底要听谁的建议,取决于你的身高更接近谁。事实上,小马能顺利过河,就是因为它的身高远超松鼠而接近牛伯伯。这就是思辨力。你不能盲目地认为"能不能过河,自己试一试"是唯一正确的解法。在现实生活中,小孩在没有监管的情况下,盲目去尝试蹚过一条不知深浅的河流,大概率会被淹死。这是尝试的不能承受之重。

经常有大学生问我:"我现在很困惑,我的老师说我应该考研,但我实习企业的主管说我不用考研,我该听谁的?"还有人跟我说:"我妈妈让我考研,但我叔叔让我直接参加工作,我该听谁的?"

这就要用上思辨力了。首先,这个世界的大部分人给别人提建议时,都是站在自己的角度看问题的——一个长期颠沛流离的人会建议子女找一份稳定的工作,其实这只是他把自己的价值观强行移植给了子女。

你要成为教授,那就不要听企业家的发展路径建议;你要成为企业家,就要慎重听取教授的建议。

道理很简单,《小马过河》的故事已经告诉过你了。

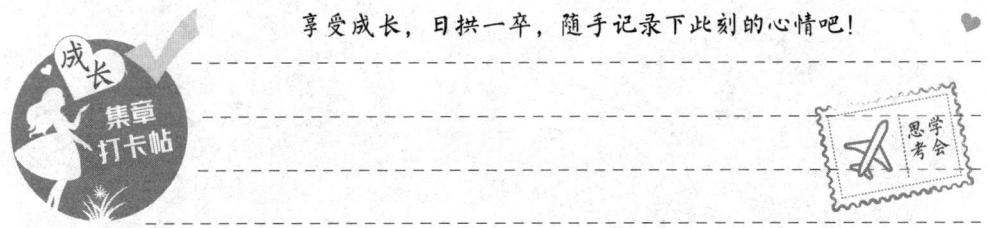

享受成长,日拱一卒,随手记录下此刻的心情吧!

# 吃一堑，长"半智"

□陈鲁民

俗话说，"吃一堑，长一智"，这句话其实很难实现，如果人人都能做到这一点，这世界上就会少很多失败者。

我就是个吃一堑长"半智"的人。我以前喜欢把手机放在很浅的裤兜里，有一次，手机直接滑了出来，差点儿丢掉，我却没有吸取教训，不久，手机真的丢了。

这一次，我才买了个小挎包用来装手机。您瞧，我是吃两堑才长一智，用二一除，就是吃一堑长"半智"。

战国末年，实力最强的只有秦赵两国。秦国之所以能笑到最后，原因很多，其中一点就是秦王是个"吃一堑，长一智"的人。他要灭楚，老将王翦说非六十万人不可，少壮派李信说二十万足矣。秦王先是采纳了李信的意见，可这二十万人没几个回合就被打光了。

秦王吃了这一堑，才知王翦的高明，立即降贵纡尊，亲自上门向王翦道歉，

恳请他出山，给他六十万大军指挥，这才灭了楚国。

反之，赵王就只吃堑不长智。

长平之战，他先是中了秦国的反间计，用纸上谈兵的赵括取代了老成持重的廉颇，导致四十万大军全军覆没；没过多久，又中了秦国的反间计，杀掉了屡败秦军的名将李牧，自毁长城，很快赵国就灭亡了。且不比别的，单说吃堑长智这一点，天下也该是秦国的。

历史是一面镜子，所谓"以史为鉴，可以知兴替"，看历史不是只看热闹，还要认真总结教训、摸索规律，知道秦朝亡在哪里，隋朝垮在哪里，宋朝衰在哪里……并引为鉴戒，不再犯类似错误。

人生在世，不如意事十之八九，没有从不犯错不吃堑的人，差别就在于有人"吃一堑，长一智"，越来越聪明；有人吃一堑长"半智"，也有成功的希望；有人光吃堑不长智，不可救药；有人不吃堑也长智，高明之至。

不夸张地说，吃堑与长智的不同搭配，在一定程度上决定了一个人到底能走多远，攀多高。

享受成长，日拱一卒，随手记录下此刻的心情吧！

# 人生不是一趟火车旅行

□［澳大利亚］达伦·波克　译／陈荣生

有些人认为，火车是一种美妙的、标志性的、浪漫的交通工具。

然而，它们的灵活性和适应性都不是很强。

你可以向前进或向后退，但如果你要改变方向，唯一的方法就是走上另一组轨道。

有时，我遇到一些人，他们的人生就像是一趟火车旅行。

想让他们动起来需要很大的力量，而一旦他们开始动起来，他们就不能（或不会）改变方向，无论他们目前的道路是多么痛苦或毫无意义。

他们可能做着自己讨厌的工作，但这只是他们人生轨迹的方向。

他们可能对自己的健康不满意，但他们不是去做些什么，而是耸耸肩，继续待在那趟火车上。

你对自己的人生有不喜欢的地方吗？

请记住，你不是在火车上。

你可以改变方向。

选择权在你手里。

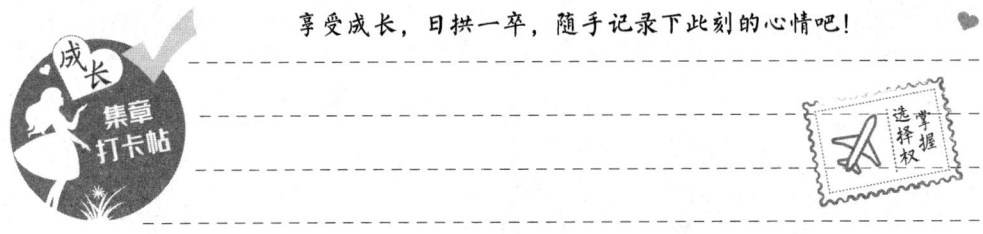

享受成长，日拱一卒，随手记录下此刻的心情吧！

## 第八辑

# 世间温情，
# 多藏于一餐一饭之中

♡ 奔走在自己的热爱里

  记忆深处的每一道美食，都承载着亲情的牵挂、友情的相伴、岁月的记忆和生命的成长。这种爱，也会伴随着一餐一食，丝丝入口，回味绵长。

  "人间烟火气，最抚凡人心。"人生最幸福的，不过人与人之间在烟火味里的彼此守候。

  岁月的流转，情感的流动，最终，都不着痕迹地投射在食物上，化作我们平凡又不凡的一日三餐。

  每个仔细品味的人，都会心怀感念，回味无穷。

# 馋不是罪，是有品位

□梁实秋

馋，在英文里找不到一个十分适当的单词。罗马暴君尼禄，以至于英国的亨利八世，在大宴群臣的时候，常见其撕下一根根又粗又壮的鸡腿，举起来大嚼，旁若无人，好一副饕餮相！但那不是馋。埃及废王法鲁克，据说每天早餐能一口气吃二十个荷包蛋，也不是馋，只是放肆，只是没有吃相。馋，着重在食物的质，最需要满足的是品位。馋，基于生理的需求，也可以发展为近于艺术的趣味。

也许我们中国人特别馋一些。馋字从食，本义是狡兔，善于奔走，人为了口腹之欲，不惜多方奔走以膏馋吻。真正的馋人，为了吃，决不懒。我有一位亲戚，又穷又馋。一日傍晚，大风雪，老头子缩头缩脑偎着小煤火炉子取暖。他的儿子下班回家，顺路市得四只鸭梨，以一只奉其父，父得梨，大喜，当即啃了半只，随后就披衣戴帽，拿着一只小碗，冲出门外，在风雪交加中不见了人影。

约一小时，老头子托着小碗回来了，原来他是要吃榅桲拌梨丝（这里的"榅

第八辑 世间温情，多藏于一餐一饭之中

桲"是满语"酸酸甜甜"的音译，即山楂之一种）！从前酒席，饭后一盘榅桲拌梨丝别有风味。这老头子吃剩半个梨，突然想起此味，乃不惜于风雪之中奔走一小时。这就是馋。

人最馋的时候是在想吃一样东西而又不可得的那一段期间。对于家乡风味总是念念不忘，其实"千里莼羹，末下盐豉"也不见得像传说的那样迷人。我曾痴想北平羊头肉的风味，想了七八年。胜利还乡之后，一个冬夜，听得深巷卖羊头肉小贩的吆喝声，立即从被窝里爬出来，把小贩唤进门洞，看着他于暗淡的油灯之下，抽出一把雪亮的薄刀，横着刀刃片羊脸子，片得飞薄，然后取出一只蒙着纱布的羊角，撒上一些焦盐。我托着一盘羊头肉，重新钻进被窝，在枕上把一片一片的羊头肉放进嘴里，不知不觉地进入了梦乡，十分满足地解了馋瘾。老实讲，滋味虽好，总不及在痴想时所想象的香。

我小时候，校门口有个小吃摊贩，切下一片片的东西放在碟子上，撒上红糖汁、玫瑰木樨，淡紫色，样子实在令人馋涎欲滴。走近看，知道是糯米藕。一问价钱，要四个铜板，而我早点费每天只有两个铜板。我当下决定，饿一天，明天就可以一尝异味。所付代价太大，所以也不能常吃。糯米藕一直在我心中留下了不可磨灭的印象。后来成家立业，想吃糯米藕不费吹灰之力，餐馆里有时也有供应，不过浅尝辄止，不复当年之馋。

馋非罪，反而是胃口好、健康的现象，比食而不知其味要好得多。

享受成长，日拱一卒，随手记录下此刻的心情吧！

# 我和橘皮的往事

□梁晓声

多少年过去了，那张清瘦而严厉的、戴六百度黑边近视眼镜的女人的脸，仍时时浮现在我眼前，她就是我小学四年级时的班主任老师。想起她，也使我想起了一些关于橘皮的往事……

其实，校办工厂并非今天的新事物。当年，我的小学母校就有校办工厂。不过规模很小罢了，专从民间收集橘皮，烘干了，碾成粉，送到药厂去。所得的加工费，用以补充学校的教学经费。

有一天，轮到我和我们班的几名同学去那小厂房里义务劳动。一名同学问指派我们干活儿的师傅，橘皮究竟可以治哪几种病。师傅就告诉我们可以治哪些病，尤其对平喘和减缓支气管炎有良效。

我听了暗暗记在心里。我的母亲，每年冬季都为支气管炎所苦，经常喘作一团，憋红了脸，透不过气来。可是家里穷，母亲舍不得花钱买药，就那么一冬又一冬地忍受着，一冬比一冬气喘得厉害。看着母亲痛苦的样子，我和弟弟妹妹每每心里难受得想哭。我暗想：一麻袋又一麻袋，这么多橘皮，我何不替母亲带回家一点儿呢？

当天，我往兜里偷偷揣了几片干橘皮。

以后，每次义务劳动，我都往兜里偷偷揣几片干橘皮。

母亲喝了一阵子干橘皮泡的水，剧烈喘息的情况明显减少了。起码我觉得是那样。我内心的高兴真是没法儿形容。母亲自然问过我从哪儿弄的干橘皮？我撒谎骗母亲，说是校办工厂师傅送的。母亲就抚摸我的头，用微笑表达她因儿子的孝心所感受到的欣慰。

不料，由于一名同学告发，我成了一个小偷、一个贼。先是在全班同学眼里成了一个小偷、一个贼，后来是在全校同学眼里成了一个小偷、一个贼。

在学校的操场上，我被迫当众承认自己偷了几次橘皮，当众承认自己是贼。当众，便是当着全校同学的面啊……

于是我在班级里不再是任何一个同学的同学，而是一个贼。于是我在学校里仿佛已经不再是一名学生,而仅仅是,无可争议的是一个贼、一个小偷了。

我觉得,连我上课举手回答问题,老师似乎都佯装看不见,目光故意从我身上一扫而过。

我不再有学友了。我处于可怕的孤立之中。我不敢对母亲讲我在学校的遭遇和处境,怕母亲为我而悲伤……

当时我的班主任老师,也就是那位清瘦而严厉的、戴六百度近视眼镜的中年女教师,正在休产假。

她重新给我们上第一堂课的时候,就察觉出了我的异常处境。

放学后,她把我叫到了僻静处,而不是教员室里,问我究竟做了什么不光彩的事。我哇地哭了……

第二天,她在上课之前说:"首先,我要讲讲梁绍生(我当年的本名)和橘皮的事。他不是小偷,不是贼。是我叮嘱他在义务劳动时,别忘了为老师带一点儿橘皮。老师需要橘皮掺进别的中药里治病。你们如果再认为他是小偷,是贼,那么也把老师看成小偷,看成贼吧!"

第三天,当全校同学做课间操时,大喇叭里传出了她的声音,说的就是她在课堂上所说的那番话……

从此,我又是同学的同学,学校的学生,而不再是小偷,不再是贼了……

我的班主任老师,她以前对我从不曾偏爱,以后也没有。在她眼里,以前和以后,我都只不过是她四十几名学生中的一个,最普通、最寻常的一个……但是,从此,在我的心目中,她不再是一位普通的老师。

享受成长,日拱一卒,随手记录下此刻的心情吧!

# 把好吃的留到最后，是一种浪漫

□张佳玮

您会只吃馅儿，不吃皮吗？

《我爱我家》里，傅明老人曾念叨他的一位初恋女生，是书香门第大家闺秀："在学校那会儿吃饺子的时候，人家是光吃肚儿，不吃皮儿！"立刻招来了非议："这就叫大家闺秀啊，撑死了就是一土财主……"

无独有偶，巴尔扎克的《欧也妮·葛朗台》里，吝啬鬼葛朗台老爹吩咐女佣拿侬，不用特意给他的纨绔侄子夏尔准备面包："这些巴黎年轻人，压根儿不吃面包！"淳朴的拿侬问道："那他们只吃frippe（某种特殊食物）吗？"

Frippe在法国的安茹，指各种面包上的搭配，从黄油到果酱，无所不包；巴尔扎克补了句："小时候那些舔过酱而不吃面包的人，都会明白这话的意义。"这也是法语版的"饺子只吃肚儿不吃皮儿"。

而我容易走另一个极端：先吃皮，后吃馅儿。

譬如，吃焖肉面。我在无锡、苏州、上海见着许多老前辈，都一个吃法，我也有样学样：焖肉扣在碗底，先吃面嘬汤；吃完了面，再慢慢啃那大排。跟前辈们一说，各有各的讲究：有说大排在汤里焖久了才入味，好吃；有说焖肉面自带味道，在汤里能焕发香味，不能先吃了肉，面汤是需要肉头的厚味添彩的；也有的直截了当："最好的，留在最后吃！"

但只从口感来讲，焖肉面一口肉一口面一口汤最好吃，牛腩粉一口牛腩一口粉更能得膏腴与爽滑之妙；连着吃炸鸡，肯定不如一口炸鸡一口腌菜、沙拉、薯条来得节奏分明，毕竟那是厨师们研究的最美味的配比，拆开了就没那么动人了。

但许多人还是会情不自禁地把最好吃的留到最后，单独地、私密地、慢慢地吃。大概，因为每个人或多或少都有先苦后甜的期望。知道还有更好吃的留到最后，之前吃的不那么动人的食物，都会好吃一点儿；就像每个没有安全感的人会时不时看看存款数字,每个小时候吃不到甜食的人长大后会不自觉地囤积巧克力。

到终于吃上等待已久的压箱底食物时,口味也许已经不是关键了:此前漫长的等待和忍耐,终于得到释放。好吃不好吃是味觉,香不香是心理。

十二年前,上海冬夜,我在一家快餐店,看隔壁桌刚下工的一位打工人,先慢慢地吃完了薯条,到最后,桌上只剩下三块炸鸡,我看着他缓慢地、斯文地、细致地、虔诚地,一小口一小口地咬上炸鸡,撕下来一小片,用手轻轻在嘴角护着,接住炸鸡酥皮的碎片,又放进嘴里;他慢慢咀嚼着炸鸡,动作如此明晰,我几乎听得见他咬碎炸鸡每一片酥皮的声音,看着他认真地把每一口嚼透的肉缓慢地咽下去,喉结滚动,然后慢慢喝一口可乐,继续端详一会儿炸鸡,眼睛微微眯一下,继续吃下一口。

我想:真香。

享受成长,日拱一卒,随手记录下此刻的心情吧!

# 半块面包的愧疚

□李柏林

十岁那年,家里因为盖房子欠了债,我妈只好外出打工。我跟我爸待在老家,我上学,他教书。我爸的工资只要发下来,一大半都要拿去还债,只留下一小部分做生活费,因此,童年的我几乎没有零花钱。

每当下课看见同学们边吃零食边聊天,我就很羡慕。可是我又不想让别人看出来,只能趴在桌子上,用假装睡觉来逃避空气中弥漫的香味。原本快乐又短暂的课间,也变得十分漫长。

每天早晨我爸都会给我五毛钱买早餐,可那时候的五毛钱,只能买两个馒头、一块面包或者一份鸡蛋饼,再也买不了别的。如果我不吃早饭,就没有体力走好几公里的路去上学。

年幼的我总是对穷很敏感,觉得如果没有零食就像低人一等。直到有一天,我发现了一家宝藏面包店,快要过期或者刚过期的面包只要三毛钱。我想,如果我每天早晨都吃这种快过期的面包,就可以省下两毛钱来买零食了——那一刻,我迎来了最快乐的校园生活:我会买上一袋糖豆或者一袋辣条,在同学们都吃东西的时候也大大方方地拿出来,和大家边吃边聊。

就这样过了半学期,直到有一天,我妈休假回来。还记得那天,我背着沉重的书包跨进我家的小院,阳光洒在我发黄的发梢上。我妈看到我后,摸着我的头,说我瘦了,还问我是不是太挑食。那晚吃过饭,她帮我收拾书包,恰巧发现了早晨我吃剩的半块面包。面包被捂得发白,恰巧在灯光下透出一块蓝色的斑点。

我妈把面包举在灯下看,斑点越发清晰,她开始大骂那没良心的老板。我从未见过她如此生气,吓得不敢说话。说累了,她就把那半块面包放在桌子中间,开始嘀咕,觉得我是因为吃了太多过期的面包,才会又瘦又矮。渐渐地,她的背没有那么直了,声音没有那么大了,她开始埋怨自己没照顾好我。最后,她只是叹了一口气,便没再说话。

第二天,她要拉着我去找那个老板理论,我说什么也不愿意去。我怕同学知道我经常吃过期面包,我更怕她知道那两毛钱的秘密。

妈妈因此也辞了职,她觉得不能因为赚钱,就让孩子把身体吃垮了。有时候,我都钻进了被窝,她还在厨房里忙碌着。守着蜂窝煤炉子炖汤,只为第二天我能吃到一碗热气腾腾的大骨面。有时候,她会起得特别早,只为我能喝上一碗养胃的小米粥,而面包也被她拉进了黑名单,甚至超市里再漂亮的面包,她都不会多看一眼。

这件事情已经过去了快二十年,但每当我们提起这过期的半块面包,她依然耿耿于怀,嘴里念叨着,还好发现及时,我才没有吃出毛病。

但是,那时的我并不觉得有多委屈啊,甚至那是我童年里一个甜美的秘密。而她,却把那蓝色的斑点当作记忆里一块永远也抹不去的伤疤。

我想,这以后的漫漫岁月,她依旧会把最好的给我,来抵消那半块面包带给我的"伤害"。我也在这种给予中懂得,这世上的母亲总会把她们认为的委屈种在心里,咀嚼着生活给你的苦来弥补你。

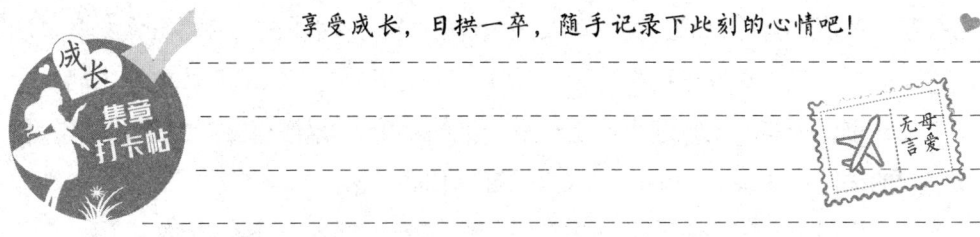

# 中国最动人的酸，串联起我家三代女性

□李歪歪

我家冰箱里永远会有个位置留给浆水。毫无悬念，我是甘肃天水人，自带"浆水基因"的天水人。

姥姥的浆水，带着委屈的酸楚。

嫁到姥爷家之前，姥姥没进过厨房。跟同村的其他女孩相比，她算幸运的，一直读到高二才嫁人。从学生到主妇，姥姥的转变从第一缸浆水开始。它是天水人一日三餐离不得的东西。好做，便宜，且能保留蔬菜的鲜香清爽，给单调的饮食增加滋味。

腌浆水并不难，但琐碎，需要忍受重复的耐心。制作浆水没有严格的秘方，卷心菜、苜蓿、苦荬、蒲公英、芹菜……什么菜多就用什么。有时缸大菜多，切好的菜需要分三四次放进锅中焯，分批次投进缸里，是个考验身体的体力活儿。一年又一年，厨房的大缸迎来送走一批一批的蔬菜，姥姥却始终站在大缸旁，重复相同的动作：洗菜、切菜、焯水、投缸、和面、擀面、舀浆水、做饭……她的孩子一个个出生，在这个厨房里哭泣、入睡、嬉戏、争吵，慢慢长大。

生养了四个孩子的姥姥在那片田地上耕种了30多年，在儿女成家之后照顾了十几年太奶奶……要承受的委屈，可能不只是每天都要吃同样的浆水搅团。有时我会想象，她每次把菜投到浆水缸里的时候，都怀着怎样的心情。小时候，我会听她讲她对厨房的厌倦，当然听不太懂。其他时候，我不知道姥姥会跟谁说，也许这些都融入了浆水清澈纯白的液体里。浆水的酸虽然柔和，但也有股很有辨识度的劲，很像姥姥。

妈妈的浆水，曾见过广阔的天地。

18岁，妈妈高中毕业，去参加城镇招工考试，到了市里工作。妈妈住单位宿舍，宿舍离城区很远，周六日食堂不做饭，周围很难买到吃的。第一个月发了工资，她花十几块钱买了个煤油炉子，添置了厨具。第一顿饭，妈妈从食堂的师傅那里要了一碗浆水,回家搅了白面疙瘩,做了浆水拌汤(类似于疙瘩汤)。很简单的一餐饭,但滋味是新的。那是一个农村女孩进入更广阔天地的成就感,朴素,充满希望。

我的浆水,化成了乡愁。

说起来,浆水从前是经常被我们小孩子调侃的食物,一部分是因为它跟从前的物质匮乏年月有太紧密的联系,一直不算什么"高级"的食物,甚至有"年初一不吃浆水"这样的说法;一部分也是因为,那种发酵的酸就像老北京的豆汁儿,并非每个人都能接受。但现在,想起家的时候,舌尖泛起的,往往就是这种很难形容的酸。这好像是离开家的人才会有的体验:某种你过去从没稀罕过,甚至有点儿嫌弃的食物,因为不再能够随时吃到,突然就成了一种固执的念想。恍然间才发现,那种东西早已渗进味觉记忆的最深处。

从一个大家族的厨房,到三口之家,再到公寓楼里的一人食,浆水似乎也是一个见证者。各家的浆水都有自己的味道,它们浸润着天水女人的性格和智慧,也见证着不同但相似的故事。关于如何坚实具体地生活,如何把单调转化为美味,如何在硬生生的话语里传递温柔……一代代的女人,从厨房走到更广阔的天地,吃潮汕菜、北京菜、云南菜、贵州菜、西餐,已经不必跟那只浆水坛子绑在一起,但仍然会在某一刻,对那种清淡倔强的酸念念不忘。

享受成长,日拱一卒,随手记录下此刻的心情吧!

## 那年的雪花面：风雪中的热气腾腾

□马海霞

那年深冬，雪下得不大，但天气极寒，北风吹在脸上如刀割一样疼。母亲去外婆家了，由我负责午饭。我炖了一锅白菜豆腐汤，掐着父亲快下班的点儿，煮上面条。我平时不怎么做饭，煮面条时放多了挂面，煮了满满一大锅。面条剩下，坨了就不好吃了，母亲回来若看到，肯定会劈头盖脸数落我一顿。

正发愁时，看到修鞋的瘦大叔又来出摊了。不如将多余的面条送他，他肯定不会嫌弃。我盛了满满一碗面条，端到瘦大叔面前。瘦大叔放下手中的活计，客气地推却。但我哪里容得他拒绝，直接将面条放在他的三轮车上，边往回走边说："吃吧，吃完了我再给您盛，家里还有呢。"

正说着，父亲骑车回来了，我低声对父亲说："面条煮多了，咱俩肯定吃不了，与其到下午坨得不能吃，不如送给那位修鞋的吃……"父亲听我说到这里，

忙折回去请瘦大叔来家里吃,说外面天冷,风又大,凉风灌热气的,吃了不舒服。瘦大叔笑着说:"没事的,我天天在外面吃饭,习惯了。我昨天答应人家今天还来这里出摊,让人家来这里取鞋,中午下班时间来取鞋子的多,我不能离开鞋摊。"

父亲见他这么说,转身回家,让我把小桌子搬到外面,自己则盛了一碗面条,盛了一盘菜,他要和瘦大叔一起在街边吃。这么冷的天,要和瘦大叔在街边吃饭?父亲不理我,把酒瓶装在左口袋里,酒盅装在右口袋里,一手端面一手端菜,径直出了家门,我只好搬着小桌子紧随其后。

那天,父亲和瘦大叔一边喝酒一边吃面条碰杯,雪花飘落在他俩身上、脸上、饭碗里、酒盅里,但他俩依然吃得开心,喝得尽兴,不知道的,还以为他俩是多年不见的旧友呢。

后来,我向父亲问起他与瘦大叔在外面喝酒吃饭的事儿,父亲反问我,若亲朋来到咱家门口出摊儿,你是请他来家里吃饭还是端碗面条送出去呢?那还用说吗,当然请家里了。父亲的意思我明白了,我送修鞋的瘦大叔面条,初衷是让他帮忙消灭剩饭,送给人家时还一副大善人的模样。而父亲就不同了,他是以朋友之礼对待瘦大叔,陪他在风雪中吃一碗面,是情义。

父亲和瘦大叔成了朋友。瘦大叔说,刚开始干这份活儿的时候,有点儿磨不开面子,怕被人瞧不起,心情也非常低落。但那天天那么冷,父亲还陪他在外面喝酒吃饭挨冻,让他非常感动。那碗面让他吃得热气腾腾,寒意全无。

父亲说得对,一碗"雪花面",有了情义便有了温度。

享受成长,日拱一卒,随手记录下此刻的心情吧!

# 被一碗面改变的人生

□ 曾 颖

云南省昭通市鲁甸县发生6.5级地震的那年,我前往灾区做志愿者,在火车上遇到中年人谢大哥,他也是去灾区参加救援的,听我们聊救灾的话题,于是引以为同道,热情地加入我们的聊天之中。我们聊得颇为投机,直至饭点也不舍得停止,于是硬拉我们到餐车吃饭,说要代表昭通人民谢谢我们。

说话间,服务员为我们送来了食物,一份回锅肉、一份炒青菜、一碗鸡蛋汤,还有三碗香气扑鼻的蒜香醋汤面。谢大哥一看到面,宛如在异乡遇见从小一起长大的邻家小妹,眉宇间流露出一股掩饰不住的惊喜与爱意。

原来,谢大哥家在山中,自幼没出过远门。生活范围也就是自家的村子,在村民眼中,读书的意义不大,一个学习成绩好的孩子还不如一个擅打弹弓或砍柴有力气的孩子。

13岁那年,他小学毕业,面临一个选择:要么去15公里外的镇上读初中,要么跟着当木匠的父亲学手艺。父亲确信,这门生计足以让儿子挣得一碗饭吃,不出意外的话,还可以养家糊口。与那些世代种田的人相比,木匠毕竟还算是受尊敬的手艺人。

那年暑假，他便开始跟着父亲学木匠。一天，姨父要到邻近的宜宾拉竹笋，叫他去帮忙押车。虽然跨了省，但距离并不远。他和姨父坐车，小半天就到了筠连县。

中午吃饭时，姨父把他带到城外路边的小馆子，点了两碗面。不一会儿，老板娘便把两碗热气腾腾的面端了出来。那是两碗蒜香醋汤面，红红的油汤、黄黄的面、绿绿的菜叶和葱，面上顶着肥瘦正宜的肉臊子，空气中顿时弥漫起一股淡淡的酸辣气息。

不得不承认，这是他这10多年来吃过的最好吃的一碗面。在他的家乡，面虽是主要食物之一，却没有人能做出这样一碗色香味俱佳的面。家乡的人们，没有谁会用红糖加大料去熬制老陈醋，没有人会用芝麻加粗细辣椒和炒香的玉米粉去炼制红油，没有谁在乎辣椒油的温度是50℃还是80℃时再往里面放葱段和老姜，没有人在乎面起锅时要不要再加一瓢凉水下去激发一下口感。没有人会为了煮一碗面，从头天晚上就开始用骨头去熬汤……

这只是县城外一家小小的面馆做面的普通流程，已经彻底打破了他对故乡的所有认知和自豪，让他觉得，此前懂得的所有东西，都像是落入水中的纸一样，脆弱而苍白……

他想，离家乡仅60公里的一碗面，已如此神奇，不知道在更远的地方还有些什么值得惊叹的东西？他不想再当木匠，决定回到学校，把初中文凭拿到，到远方去打工。

谁知却考上了高中和大学，后来选择创业，一路走到现在。人们都觉得他运气好，而他却坚定地相信自己的命运，是由那碗面改变的。

享受成长，日拱一卒，随手记录下此刻的心情吧！

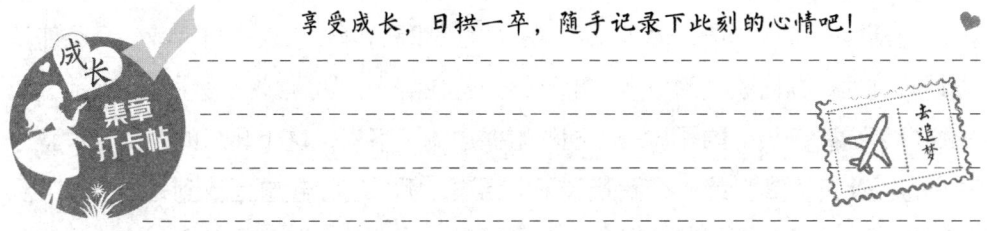

## 饭菜都在锅里热着呢

□梅雨墨

那年,我25岁,在煤矿做井下保健员。

那天,像往常一样,凌晨5点多我来到矿井口,换上保健员的橘红色矿服,到灯房领了矿灯和自救器,下井的罐笼带着我和上早班的工人呼啸着向地心深处滑去。

突然,我听到大巷深处传来了一阵闷响,然后是几声巨响,我头顶的日光灯熄灭了。

矿洞里一片漆黑。

突然,矿洞外传来了纷乱的脚步声,拉开门,很多一闪一闪的灯光自远而近。从穿着来看,他们是矿山救护大队的人员。我知道是井下出事了,连忙向他们大声喊道:"井下是什么情况?我是井下保健员,请问有给我的指令吗?"远处传来一个回答:"垮巷了,有人员伤亡,我们去救援。你待在原地,等调度员发指令吧。"

我转身回到矿洞里,继续在黑暗中等待。那部防爆电话一直都没有响,我仿佛被人遗忘了。偶尔我会打开水杯盖,用舌头舔一下杯中的水。我不敢多喝,因为不知道自己还要在这里坚守多久。

突然,电话铃声响起,我拧亮头顶的矿灯,往电话所在的地方一照,不由得倒吸了一口凉气——电话上方的顶板不知道什么时候掉落了,我要去接电话的话,只能匍匐着过去。

电话铃响了十几声,停了。我拧灭矿灯,四周再次陷入黑暗,我的耳朵能清晰地听到顶板摇摇欲坠的声音。电话铃一直在响,我趴在地上慢慢匍匐向前。我的心怦怦跳着,头上的汗从胶壳帽的帽檐边流了下来,这十几米的距离,对我来说好像是生死距离。终于,我爬到了电话边,颤抖着抓起电话放到耳边,只听到里边传来:"是井下保健员吗?现在通知你立即上井。"我回答了一声"收到"后就扔下电话,赶紧倒着往回爬。

刚爬回到我出发的地方,我还没来得及站起身,只听到一声闷响,电话所在的那条小巷塌了下来。与此同时,我身后不远处落下了一块巨石……我慌忙爬起来,背起药箱,跌跌撞撞地走向井口,走进那个正等着我的罐笼,冲向地面。

师傅打开罐笼,我摇摇晃晃地走了出来。踏上地面的一刹那,我贪婪地深吸了一口气。给我开门的师傅说:"小伙子,你在井下待了46个小时,真不容易。听调度员说联系不上你。但有一个人呀,一直在等你,不论白天黑夜。她回去做饭的时候会交代我,如果你上井了,一定要告诉她。"顺着他示意的方向,我看见远处有一个自己熟悉的、苍老的身影,站在昏黄的灯光下。

那是我的母亲。我一步一步地走过去,朝着我的母亲。走近了,我轻轻喊了一声"妈",就再也说不出一句话来。

母亲脸上没有流露出任何表情,她只是轻轻地对我说:"孩子,你饿了吧?快些回家,妈给你做了饭菜,都在锅里热着呢。"

听到这句话后,我的鼻子有些发酸,强忍着没有哭出来。我快步走到前面,母亲在我的身后跟着,我们就这样一前一后走回了家。路上,母亲没有问我一句话,我也没有和母亲说一句话。

我家厨房里,烧着一锅热水,蒸笼上热着白米饭、红烧排骨、青椒土豆丝,都是我最爱吃的。我把这些饭菜统统端上桌,狼吞虎咽地吃起来。母亲拉过一只板凳坐在我旁边,静静地看着我吃,少见地没有提醒我慢点儿吃。

*享受成长,日拱一卒,随手记录下此刻的心情吧!*

# 那些请我吃过饭的哥哥姐姐

□ 肖 遥

8岁那年寒假,过年走亲戚去大姑家,大人们叙旧,大姑遣表哥带我出去逛逛。表哥比我大10岁,实在不知道带我玩啥,就用他的压岁钱在街边买了几根羊肉串给我吃。表哥问我:"香不?"我点头,点得很轻,因为我不想显得自己很馋,也不好意思让表哥再破费。可是那几串肉实在太好吃了,虽然我点头点得犹犹豫豫,眼神还是出卖了我。表哥笑了,又给我买了个肉夹馍,直到我彻底吃饱为止。这些特色小吃,一直生活在山沟里的我是第一次吃到。

16岁那年,我的独舞在学校年会上获奖了,学校派小林老师和伴奏胡老师同我一起去兄弟院校表演。我跟着老师们坐公交车进城,完成任务出来,已经是华灯初上,胡老师推荐去吃附近坊间的名小吃灌汤包。

我们学校很偏远,那是我第一次去市中心,也是第一次跟除了父母以外的成年人吃饭,所以我很慌张。灌汤包端上来了,我夹起来就咬,小林老师赶紧制止,让我小心烫着。我呆呆的,不知所措,她只好给我做示范:先咬一小口,再灌点儿调好的汁水,一口进嘴;或先咬开皮,待滚烫的蒸汽散出来,再慢慢把肉

汤吸完,趁热把皮和馅吃掉。我一路上都在装作自己是个大人,忽然被发现连灌汤包都不会吃,一下子变回了面红耳赤的小孩。

小林老师那年刚留校,也才19岁,看到我的尴尬,也难掩紧张。好在胡老师话题一转,调侃我刚才表演时手绢花扔得太高,他以为我要失手接不住。"你在上面没看见,第一排观众都缩了下脑袋,怕被你砸到。"于是,这一餐虽然兵荒马乱地开始,竟然在欢声笑语里结束了。

再后来,我们文艺队的几个高年级学姐毕业了,我们几个就时常去找她们蹭饭。现在想来,当年也真是不客气,不知道电话,只晓得我们是会计学校,毕业后大概率在会计科工作,就直接去找会计科。门房大爷告知我们下班了,我们就又打听宿舍在哪儿,一副找不到人誓不罢休的样子。尽管学姐说了没事儿就来玩,可我们还是怕把她们吃穷了,不敢频繁去找她们。

我经常会想起这些请我吃过饭的哥哥姐姐,当年请我们吃饭的时候,我们的矜持、幼稚、窘迫、匮乏,他们都看在眼里,善良的他们却不露声色,丝毫没表现出不耐烦。他们尽己所能地引领我们见世面品美味,小心翼翼地保护着我们的脆弱和自尊。我们被开启的不仅是味觉审美,还有眼界和见识。

几十年过去了,我走进成年人的世界,虽然时不时被残酷的现实按在地上摩擦,却始终没被打磨得世故油腻,甚至有些许天真,也跟少年时代这些"麦田里的守望者"有关。那种毫不功利的、温柔的给予,奠定了初涉人世的我对外面那既精彩又无奈的世界的认知底色。

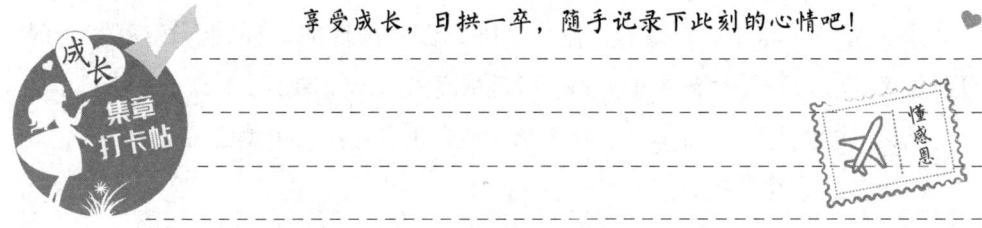

## 吃也汹汹，爱也汹汹

□ 贾 柯

听到一个故事。说时，人家是当笑话讲的；听时，我是当莎士比亚戏剧听的。人间喜剧、人间悲剧、人间悲喜剧，混在一处。

一位南下打工的父亲，三年在外，年关前，才坐火车转汽车兼步行赶回家。儿子又长高一截儿，也越发沉默。爸爸也叫不出一声，像是哑巴。跟儿子搭话，递给儿子压岁钱，儿子闷声不接。依稀想起儿子喜欢上街，就扯着儿子的胳膊上街去，出门那一刻，感到儿子那截胳膊都是硬的，像一种无声的抗拒。到了街上，父亲凭记忆加猜想，遇上食物，就一样一样地问儿子："吃不吃？"开始，儿子一声不吭，只被动地跟着走，父亲觉得像在拖石头，他在外干活儿都没这么累过，也许，是心口那块累，还痛。走着走着，儿子的胳膊松动变软了。儿子接过父亲递来的食物，一样一样打开，像是从没有吃过东西一样，一样一样吃起来，胃变成巨大的陈列馆，把蛋糕、肉脯、鸡爪、糖果等全往里放。吃到后来，儿子完全谅解了父亲的三年不归。

世上再没有一个人，会像父亲这样走遍一条街给他买吃的了，一直买，一直买，仿佛三年不回家就是为了这一天要堆给他这些食物。再后来，孩子吃到胃痛，捂着肚子。父亲很内疚，笨手笨脚地帮儿子揉肚子，不知道该拿儿子怎么办，就像不知道该拿相隔千山万水的生活怎么办。此后，儿子神奇地跟父亲感情深起来。

是父亲那一堆导致胃痛的错乱食物吧，误打误撞成了狼狈而真切的父爱物证。父亲在外，是没有忘掉儿子的，只是距离太远，传递不了一碗汤的关怀。

所以，回到儿子面前，父亲恨不能一顿给儿子恶补三年美食。

吃也汹汹，爱也汹汹。

享受成长，日拱一卒，随手记录下此刻的心情吧！

# 第九辑

# 足够努力才会足够幸运，请享受无法回避的痛苦

♡ 奔走在自己的热爱里

  只有足够努力，才会足够幸运。想要得到这世上最好的东西，得先让世界看到最好的你。努力是很难，但永远要记住，如果不努力，就会一直很难。希望你不要沉溺在安逸里得过且过，能给你遮风挡雨的屋檐，同样会让你不见天日。只有你自己强大了，才能不惧风雨，自己撑起一片天空。造船的目的从来不是停在港湾，而是去冲击风浪。

  没有谁的幸运是凭空而来的，所谓的好运不过是机会眷顾了努力的你。

  前进吧，少年，你想要的东西只有你能给自己。

## 多亏这句提醒，我的散漫才没开枝散叶

□ 王 潇

理想这个东西，通常在人生早期就会埋下种子。比如我的理想雏形始自七岁，是在我爸的引导下建立的。

我从小学一年级就告别了无忧无虑的童年。我那威严的爸勒令：放学后必须准时回家，回家后必须伏案学习至上床睡觉，雷打不动。晚饭后，楼下小朋友玩耍的欢笑声总会飘进小屋，搅扰得我抓心挠肝。一年级期末考试结束后，我终于鼓起勇气向我爸提问："爸，那谁家小谁小测验总得四分，还有谁谁，老得两分，为什么他们放了学都可以出去玩？我每次得五分，为什么不可以出去玩呢？"

我那威严的爸不动声色地沉吟了一会儿，做出了对我的整个人生具有决定性意义的早期教育，他接下来这样说道："好，我告诉你，为什么他们学得很差可以玩，你学习好却不可以。那是因为，他们长大以后都是平凡人，你是要成气候的！"

我当时虽然还不大明白怎么样才叫成气候，但单就我爸那冷厉的神色和掷地有声的预言，已经把我深深震慑了！自那一刻，我就在幼小的心里确立和认同了自己的人生发展目标。

许多年以后，我明白了我爸的教育方法叫作心理暗示。从本人案例看，心理暗示对人类行为的影响，简直大得超乎想象。

在我爸的教导下，我自然而然就认同了如下逻辑：如果我力争上游、出类拔萃，那是应该的；如果我懈怠、碌碌无为，就辜负了我成气候的天然使命。

我的荣辱观从七岁起就已经泾渭分明，所有事物都能被一分为二地看待——那就是有助于成气候的，以及有悖于成气候的。一个七八岁的小孩儿，竟然动不动就学会审视当下，人生一有进展就沾沾自喜，一遇阻塞就愧疚悔恨，唯恐出现偏差，不能成长为命中注定的人才。花无百日红，学习再好，总有掉链子的时

候,一掉链子,我的情绪就灰暗沮丧,心里暗暗不服。回忆起来,我在整个少年时代,都是一个好战、喜胜的小姑娘,玩耍的时候内心也不得放松,时刻充满紧迫感。

这份紧迫感真是跟随我太久了,具体来说就是总觉得会的东西不够多,不努力小跑就跟不上大部队。求学时期就表现为考试好争个前几名,大合唱的时候老想当指挥,谁说哪个女同学漂亮我就暗中观察揣摩比对。一直到高中之前,我都对"假以时日,我终将成气候"这件事深信不疑。

我就读的中学叫北京八中,是一所著名的市重点中学。我家当时住在二环枢纽西直门,八中在复兴门,方圆一里内还有实验中学、三十五中,这些也都是西城区有头有脸的重点中学,是八中的竞争对手。我每天会沿着西二环的辅路由北向南,骑15分钟自行车上学。

在高三那年的一天早上,我和平时一样捏闸刹车,单脚点地,停在复兴门立交桥北面的武定胡同十字路口等待绿灯。我前后左右布满上学的男生女生,多如过江之鲫,他们和我一样风尘仆仆、面无表情。

人群之中,不知道那时我的心念怎样一转动,整个人瞬间被一种巨大的惶恐吞没,直让我后背发凉、心惊胆战。

我突然发现,从七岁起就孜孜不倦读书到今天,十年寒窗过去了,我却依然湮没在无数前途未卜的学生当中,在立交桥下等待红绿灯,像等待自己的命运。我曾经沾沾自喜的童年,自以为和大家有什么不同,还不是在众生(对,我当时就是想到"众生"这个词)中间继续挣扎。虽身在重点中学,但在以后的种种人生测验里,只要稍有闪失,在任何一环掉了链子,我就会更加惨烈地跌回到"众生"的深渊里。莘莘学子,熙熙攘攘,浩浩荡荡,什么时候才能出头?

我第一次怀疑,我能成气候这件事,只是我爸望女成凤的一厢情愿。

那天的惶恐过后,高考迎面袭来,我决定"人得自个儿成全自个儿"。几个月后,我考进北京广播学院播音系。漫长的暑假结束后,我终于神清气爽、踌躇满志地步入大学校园。

开学不久,我很快就发现自己跳脱一个湮没自己的"众生",又投入了另一级世界的"众生"里去,离成气候还早着呢。

由此可见,我要成气候的早期理想,受我爸的影响,并早已贯穿了我的前半生。多亏有了这个自我暗示般的理想，否则我天性中的自由散漫过早地开枝散叶，今天的境遇就很难说了。

我工作几年后重返校园读了研究生，年龄大得足够做本科生的小姨，几次遇到临毕业的他们幽怨地向我发问："理想与现实差距太大怎么办？"我一般都如实回答："理想和现实能没有差距吗？""我们国家都建设60年了，最高理想依然没有实现啊！但是我们国家早就提出了现阶段的任务和多个五年计划，分段五年五年地实现。理想嘛，当然高高在上，先拟定一个现阶段的任务比较可行。"

他们听了，大多都似懂非懂地点点头，心事重重地走了。我望着他们年轻的背影，因心虚而暗暗流汗。

我清清楚楚地知道，自己才摆脱前几年的纠结困惑。刚撇下书本一脚踏进红尘那两年，俯仰即是理想与现实之争，日子当真不好过。我后来才明白，人们终极追求的，是附着于理想这一载体上的理想生活方式与心理状态。通俗点儿说，活的就是个得到后的心情。

至于后来我的职业选择，确实真切地反映了我的理想：为了自由灵魂，我放弃了做新闻播音员；为了战斗的生活，我成为一名私企小老板。现在看来，一切都不是偶然的，不是际遇和凑巧，而是我为了理想做出的选择。虽然今日，我依然和理想状态相差甚远，但我已经走在路上了。我的确是这样走过来的：设定一个目标，抓紧忙活，直至把目标踩在脚下，然后再定一个。循环往复，以此为乐。

同样是抱怨理想没能实现的人，却可以选择两种截然不同的状态，一种是背道而驰，一种是走在路上。如果选了前者，就只好渐行渐远，切莫怨天尤人；如果选了后者，我十二万分地支持你，理想总要用现实一寸寸地走出来，不积跬步，无以至千里。暂时没实现的理想，只有到临终前，才有资格说它破灭了。

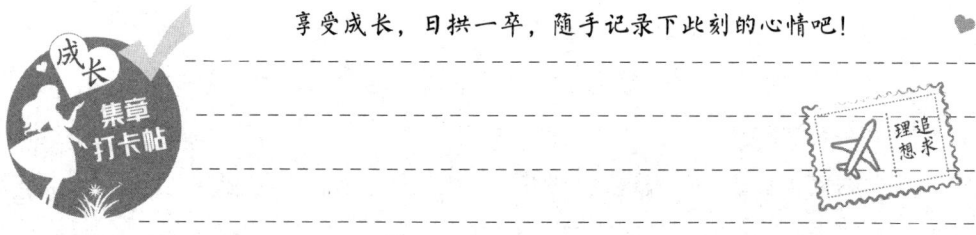

第九辑 足够努力才会足够幸运,请享受无法回避的痛苦

# 找到你的"土豆泥技能"

□ [新加坡]沈文才 [新西兰]西蒙·莫特洛克

每家口碑不错的餐厅都有一两道既能吸引回头客,又能让顾客口口相传的招牌菜。在香港中环有家名叫罗比雄美食坊的法式餐厅,有许多招牌菜,但最受欢迎的一道菜是土豆泥——将冻黄油和热土豆按1∶2混合在一起,大力搅拌后,呈现一道蓬松、丝滑的美味。

猜猜它要多少钱?免费!只要你点主菜,就会获赠一份土豆泥。当然,罗比雄赠送土豆泥并非不图回报。"我的一切都拜这些土豆泥所赐。它会给顾客带来一点点怀旧感,把初来乍到的人变成常客。"人们还会热心地帮忙宣传,吸引更多的人前来就餐。那么罗比雄的菜单上什么最赚钱?是红葡萄酒。售卖红葡萄酒有几个好处:几十瓶酒很容易储藏,而且,几乎不需要多少时间就能准备好。

我们在学校和工作场所学到的技能大多是"红酒",是完成日常工作所需的基本技能,但团队中的其他人也有"红酒技能"。这就是为什么你还需要"土豆泥"来吸引新机会和建立新关系。

20世纪90年代中期,我在新加坡的一家亚洲银行从事外汇销售工作,我用外汇知识为银行创收,就像红酒为餐馆赚钱一样,这是我的"红酒技能",而我的"土豆泥技能"是编程,那时候没有多少前端工作人员了解编程。我用大学时学到的C++语言(一种编程语言的名称,"C++"三个字符指的是在C语言基础上的增强,所以C++可以理解为C语言的增强版)给外汇掉期定价编了个程序——虽然银行并没有额外付钱给我,但上司想在部门内推行流程自动化时,就找到了我。

多多关注新趋势吧,其中很可能就有你的下一个"土豆泥"!

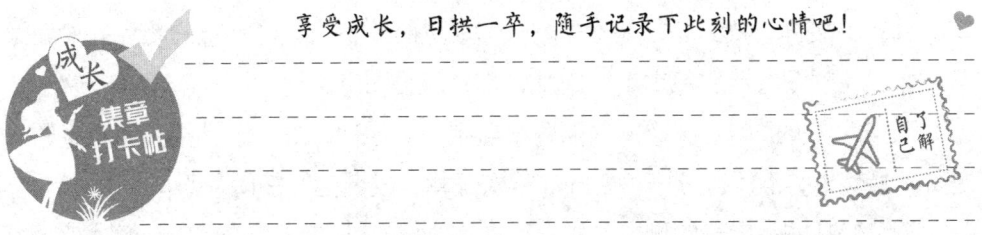

享受成长,日拱一卒,随手记录下此刻的心情吧!

## 人生，不是完成一场任务

□帅芃莲

你是注重计划的J人，还是随机应变的P人？

啥是"P"和"J"？很简单，来个对号入座——J人的房间井井有条，P人主打混乱风；当P人列好出游目的地的概览时，J人已经列好了精确到分钟的旅行计划；P人电脑桌面上永远有一个命名为"杂七杂八"、能够装下整个宇宙的文件夹，而J人则按时间排序，将文件整理得一丝不苟。

本来是两种不同的人生，不分高下，但社交媒体上，J人凭借可以出色地完成计划的能力，被奉为新一代"爆改"模板。制订每日清单，是"爆改P人"教程中被提及最多的方法。如果担心自己不能坚持，就购买以周为单位的计划本，避免用年计划挫伤自己的信心；或者用贴纸与图画装饰纸页，减少推进计划的枯燥与痛苦——即使有攻略的加成，"爆改"对P人来说依然是一场豪赌——有人在前一晚把设好闹钟的手机放到床下的书桌上，倒逼自己离开被窝。但关上闹钟、翻个身再睡，仍是常态。

作为荣格16型人格分类的最后一个维度，在MBTI的官方解释里，J与P分别代表基于"判断"与"感知"。可发展到现在，似乎变了味，开始与"价值"挂钩，当J人变成了成功的唯一标准，"爆改"的意义，也开始被质疑——

有P人咬牙写完一本手账，但这种整齐像一种艺术形式，有必要吗；也有人逃脱了拖延带来的焦虑，强秩序感又带来了新的不适："我的身体分裂出一个监视器，盯着我，哪怕已经睡觉，只要任务没完成，还是会惊醒后坐到桌子边，这样才会好受一些。"

但人生，并不等于完成一场任务呀！

网友小文首先做到的，是不再刻意追求桌面的整洁。她特意为凌乱的桌面做了一张"注解图"："每个地方的乱，都有理由和意义。"因为乱中自有序；她也享受与朋友出游时，大家不约而同地迟到——这种时刻让她感觉到人不应该只是一颗螺丝钉，而可以是一片落叶、一棵野草，或者别的任何东西。

祝我们都能在自己的世界中找到稳定的内核。

第九辑 足够努力才会足够幸运,请享受无法回避的痛苦

享受成长,日拱一卒,随手记录下此刻的心情吧!

# 控制自己能控制的

□陈海贤

回想一个让你焦虑的问题,在这个问题里你能控制的部分是什么?不能控制的部分是什么?从你能控制的部分里找一件事情尝试着做一下。

如果你想锻炼身体,你可以控制自己是否早起,晚上是否去小区散步,还可以控制自己的饮食,就算不能控制自己每天都锻炼身体,每周至少可以保证锻炼一天。

可是我们并不愿意控制这些,因为这些事情看起来太小了,不能马上改变结局,我们只想控制现实,好让我们立马就拥有锻炼后的好身体。我们由着性子去想那些自己控制不了的事情,由此便陷入自己给自己制造出来的旋涡之中,痛苦不堪。

享受成长,日拱一卒,随手记录下此刻的心情吧!

# 实现遥不可及的目标，只需要做三件事

□张泉灵

我有时会和别人"吹牛"："成为中国最好的新闻直播主持人之一，我只干了三件事。"那具体是哪三件事呢？

第一，多举手。

直播主持人，是一个非常依赖临场经验的活儿，你越有经验，就越有机会；越有机会，就越有经验。这看似很难，其实只需要多举手说：我想试试。也许会被拒绝很多次，但是的确会比不举手的人多太多机会。去珠峰直播奥运火炬登顶、去汶川现场，都是我举手的结果。

第二，把大目标变成小目标。

比如，你希望成为最好的新闻节目主持人，但你的领导信任你吗？观众喜欢你吗？这些绝对是玄学。不如把精力放在那些无须外部评价的小目标上，比如没有钟表的时候，能随时按照时长要求开口说话。我曾经练了8个月，变成了一个倒计时能卡零秒的人，那么，如果有特别重大且对时间要求极高的新闻直播，就会优先找我；这也让我从心理上摆脱了外部评价的压力：我不在乎你喜不喜欢我，我知道我进步了就好。

第三，别甩锅。

当你面对前道工序无能为力时，主持人作为最后出口，就要坚决接着。比如一次直播中，导播临时告诉我"多说10分钟，嘉宾没到"。我本可以直接说"我们看一个片子吧"，观众不会发现我有什么错。但是，导播让我多说10分钟，不就意味着她没有片子也没有其他的内容吗？直播是一项团队配合的工作，如果你甩锅，你就失去了团队信任。我见过很多有天赋的主持人折在这件事上。

真的，如果成为最优秀的新闻直播主持人是我的目标，那么，我只有三个行动准则：多举手、分解目标、不甩锅。而且这三件事，都是靠我自己就能完成的，不需要依靠运气。

## 第九辑 足够努力才会足够幸运，请享受无法回避的痛苦

享受成长，日拱一卒，随手记录下此刻的心情吧！

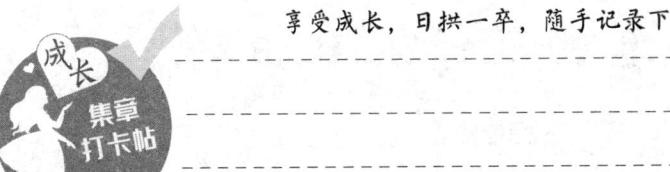

# 无效时间

□ 林清平

看这个世界的时候，一定要一分为二，甚至要一分为三。一分为二，非黑即白。为什么说要一分为三呢？因为黑与白之间有一个灰色地带，我们要悟的道往往就藏在这个灰色地带。无量的世界就在黑与白之间，从中哪怕汲取一点点的能量，你对人生的看法可能就大不一样了。

处在人生巅峰状态的人，往往以为自己无所不能；挣扎在生命低谷的人，常常以为自己一无是处。人总是在自大和自卑之间游走。既有旭日跃海的蓬勃，也有夕阳在山的美丽，更多是日出和日落之间的一路寻常，太阳才成为太阳。

我们一生中的大半时间其实是无效的，人的成就大小取决于有效利用无效时间的多少。

享受成长，日拱一卒，随手记录下此刻的心情吧！

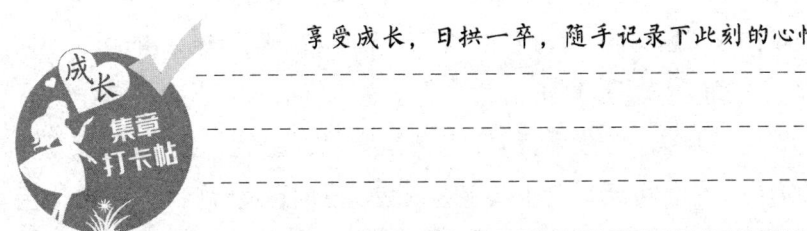

# 自律真的能使人自由吗

□陈鲁豫

我是奶奶带大的,一天幼儿园也没上过。

奶奶不识字,但头脑清晰,有人生的大智慧。她觉得学习是一辈子的事儿,六岁以前的小孩子就让她疯玩好了,上学以后想玩都没时间。于是一年级入学前,我一个字都不认得,每天就是玩。

开学第一天,语文课上到一半,我突然站起来就往教室外走,老师都愣了,拦住我问我怎么了。我觉得老师好奇怪,难道看不出我要上厕所吗?老师很和气地让我去了,下课后跟我说以后课间十分钟才可以去卫生间,上课万一憋不住了,也要先举手向老师报告。从那一刻开始,我自由无羁的天性慢慢被驯化着,而那些不动声色有礼有节的管理,我开始接受了。

我适应得很快,幼儿园教育的缺失并没有影响我的小学生活,唯一让我困惑的是每次语文生字练习,我的田字格本上的成绩永远是大大的"差"。我纳闷儿了整整一个学期,我一笔都没有写错啊,为什么老师不给我"优",哪怕是个"良"呢?

然后某一天我如梦初醒,原来生字练习不只要把字写对,还要把字写得工整好看才行。我幡然醒悟的第二天,老师估计又疯了,因为我的狂放天书一夜之间变得一笔一画,工工整整,我又莫名其妙选了最细最浅的好像是中华6H铅笔,下笔之小心,仿佛怕惊扰了谁,于是那一页作业若有若无,估计看得老师心惊肉跳,上气不接下气。

生字作业风格革命性的转变,标志着我从一个自然散养没有任何束缚的小孩成长为一个尊重纪律规则、接受适度被管理的群体中的一分子。这是人生存的本能,成长的第一步,就是用文化、教养、纪律等各种约束让自己融入群体。

守纪律很辛苦,而自律才是真正的考验。小学二年级,我从上海转学到北京,当时北京的课堂上要求小学生手背后,坐端正听讲,这个要求如今想来不科学、不人性、没必要,但作为亲历者也没有对我造成任何不良影响,而且公平地说,它的确提升了我的专注度。

## 第九辑 足够努力才会足够幸运，请享受无法回避的痛苦

直到今天，我还记得当时坐在我左手边隔着过道的一个梳马尾辫、一脸严肃、鼻子又高又直的女生，她的坐姿永远被老师表扬。我当时心里颇为不忿，每每也试图挺胸收腹，想和她一争高下，但每次都败下阵来，那女孩的定力简直可怕。这一路碰到了不少这样的狠角色，都是神人，都极其自律。

NBA球星诺维斯基说，他退役以后最大的改变就是几乎每天都吃冰激凌，半个月就胖了14斤左右。还有当年休·杰克曼不演金刚狼之后，有一段时间也常在社交媒体上秀垃圾食品，这些小小放纵的背后是曾经长时间的、非人的自律。

相比身材与生活习惯上的自律，对情感和情绪的自我掌控才更难。比如，如何做到从容淡定，宠辱不惊，这恐怕才是人生的终极难题吧。

自律的过程并不愉悦，甚至痛苦不堪，它不会使人更自由，也不一定使人更成功，但自律会让人更体面，更接近心目中那个更好的自己。

享受成长，日拱一卒，随手记录下此刻的心情吧！

## 塑 造

□明前茶

在上海，见过足尖鞋制作大师顾老师后，我才明白一个事实：没有哪个首席舞者能定制自己的足尖鞋，他最多能选择无限接近自己的鞋号。

足尖鞋在芭蕾生涯中，是一种前所未见的消耗品。一名勤奋的舞者要锻炼出熠熠生辉的技巧，在演出旺季，每天的训练与演出就可能消耗两双鞋。因此，鞋子必须批量生产，供应脚型相似的舞者共同使用，才能把价格降下来。另外，哪怕是同一位舞者，跳不同的舞剧时，脚上肌肉韧带的配合都会发生变化，脚的形状也会随之发生微妙的波动。因此，成熟的舞者必须懂得，如何去塑造一双"生硬"的足尖鞋。

女舞者往往会带着针线包，自己缝制鞋带以有力地支撑脚踝，自己在墙上轻轻撞击坚硬的鞋头，把它塑造成贴合自己立脚尖时的模样。她们仔细研究如何用硅胶带及止痛胶布缠绕脚趾，或者以棉花填充鞋头空隙，减轻站立、腾跃、旋转起来的疼痛感，她们也会把热胶水涂抹在鞋头外面，等胶水冷却后，鞋头的形状就变得更稳定，支撑力更佳，可以承受3小时的演出，确保足尖不会因为沾染热汗，软化到难以支撑激烈动作的程度。

顾老师也经常到少儿芭蕾学校去，现场指导那里的女孩缝鞋带，手把手教她们"盘鞋子"。

芭蕾少女们已经有了3~5年的学习经历，第一次学习立脚尖，既兴奋又忐忑。缝好鞋子，第一场立脚尖的练习课上下来，有的孩子哭得很厉害——那双怎么盘弄都硌脚的足尖鞋在暗示她，扶着把杆立脚尖都这么困难，更别说大跳与旋转了，这是在暗示自己在芭蕾上没有天分吗？

对此，顾老师像一名真正的芭蕾教师一样蹲下来，安慰那些自卑的小姑娘——天才的芭蕾舞者都是塑造出来的。训练量可以帮你塑造鞋子，脚上的使力点，出的汗水和皮肤表面凸起的血管与筋脉，都会帮你软化鞋子，进而塑造它，让它变得适脚，与你共进退、同呼吸。如果训练量不够，又三天打鱼两天晒网，那么足尖鞋就变得"坚不可摧"。

第九辑 足够努力才会足够幸运，请享受无法回避的痛苦

自信与自卑的分界线有时就在这里。如果你确信才能不仅是天赐，也是后天的训练与适应而得，你就会去用心揣摩规律，找到每一根脚趾的支撑点，找到每一根韧带的稳定连接，并一次次地回到那个点上，明确它，就能成就一种下意识的肌肉记忆，让你发挥得灵巧又稳定，减小受伤的可能。

国内一线舞团在职演员的脚，顾老师都见过，她单独拍下他们的脚的形状给孩子们看，让孩子们去猜，谁是首席舞者，谁是群舞演员。有意思的是，孩子们大部分都猜错了——那些脚型出色的可能是默默无闻的群舞，而有轻微的外翻、从前被判定"不适合学芭蕾舞"的，是21岁就签合约的首席舞者。后者是怎样做到的？顾老师很简洁地说："无他，后者用掉了更多的止痛胶布，穿坏了更多的鞋，以及用掉了更多的松香粉。"

芭蕾训练时流下的汗水，会使训练场打滑，因此除了及时擦去地板上的汗水外，穿上足尖鞋后，舞者会去放松香粉的小池子里踩一踩。

舞者对舞团中的佼佼者都心服口服，因为，她一年穿坏了400双鞋，用掉了5公斤松香粉。

享受成长，日拱一卒，随手记录下此刻的心情吧！

# 独立思考一定是件好事吗

□王 路

很多人喜欢强调独立思考。我觉得,绝大多数时候,独立思考是不太可能的,也没有必要。

什么叫独立思考?完全不借助别人的思考,只靠自己思考,叫独立思考。这样,能思考出什么有价值的东西吗?牛顿要思考,也得站到巨人的肩膀上。一切思考,假如不是建立在对知识的掌握上、对事实的了解上,只不过是联翩的浮想,没有多少价值和意义。

喜欢到处标榜独立思考的人,其实是因为他很难汲取真正专业的、有价值的思考——那些并不容易,他弄不明白,只好闷头在屋里"独立"思考。这是不得已。

如果一个人能思考到别人思考不到的地方,他的思考又是有洞见的、正确的,他一定巴不得别人理解他的思考,渴望能基于他的思考做出更深入的思考——无论新的一步是由自己迈出,还是别人迈出,都是令他振奋的。他才不想做一个"独立"者。

知识的积累,是一代又一代人相继站在前人肩膀上,吸取了前人的教训,然

后才有可能得到那么一丁点儿"边际贡献"的。所谓"独立"其实并不独立,离开了别人的工作,你什么都做不了,只能做一些重复的、琐碎的,别人早就解决过、有结论的事情。

孔子从来就没有教人"独立思考"。相反,孔子说:"吾尝终日不食,终夜不寝,以思,无益,不如学也。"不吃不睡地去"独立思考",没什么用,不如老老实实去学。又说:"思而不学则殆。""思"和"学",是相辅相成的,"学",当然是学别人的东西,那么,"思"也就不可能离开"学"而独立了。

"盲从",虽然不好听,但是我们哪个人的知识积累,不是从接受种种信息开始的?只是信息有真有假,质量有高有低,渠道有优有劣。真的信息,叫事实;普遍流行的事实,叫知识。而假的信息,叫谣言、谬论。我们尽量通过优质的渠道,接触到高质量的、真实的信息,根据这些做出抉择、判断,庶几能以非专业的身份,少受欺瞒和诓骗。

孔子说:"多闻阙疑,慎言其余,则寡尤;多见阙殆,慎行其余,则寡悔。"多听听不同的说法,其间有冲突的,解决不了的,不要轻易下结论;那些比较明了的,谨慎地表达,错的时候就少。多观察事物,不要轻易涉险,别人委托的事情,谨慎去做,就会减少后悔的可能。

孔子给出的建议,可以供热衷于"独立思考"的人参考。如果太热衷于"独立思考",而拒绝参考任何与自己倾向相左的理解,那就没办法了。

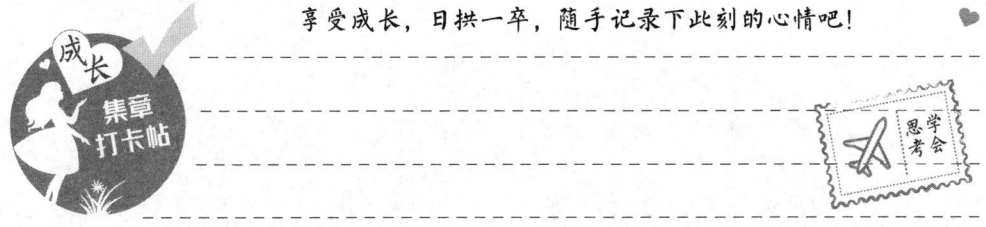

# 你偷过的懒，终会囚禁你的心

□潘云贵

上初中后，从小就喜欢模仿动物发声的我，对英语非常感兴趣。我央求老爸买来复读机和影碟机，一个人躲在房间里听英语磁带，看英语电影，矫情地模仿里面的咬字发音，现在一回想起那些场景就一身鸡皮疙瘩。但效果还是有的，两周过去，我们进行单元检测，我的英语竟然获得全班最高分。

可好景不长，我为这点成绩沾沾自喜，开始轻视英语，复读机和影碟机上都落了一层灰。

第二回单元考试，我的成绩只在中游。老爸很生气，后果很严重。我那时很幼稚，把这一切归罪于英语，不想碰它。后来英语一直是我的软肋。

记得电影《无间道》中有一句话："出来混，迟早是要还的。"同样，我们偷过的懒迟早都是要还回来的。还不回来的，就会变成耳光，一记记打在你脸上。

2015年3月底，我收到湖南卫视《天天向上》节目组的邀请，他们打算在4月初录制一期"世界读书日"主题的节目。那时我正在台湾交换学习，在东吴大学

的操场上看到这条信息,我兴奋得跑了几圈,然后躺在草地上,想着自己是不是就要红了。随后我联系负责交换生日常事务的吴老师,她告诉我,因为交换生的签证比较特殊,如果返回大陆的话,就不能直接再来学习了。我问她有没有处理的办法,她说,有是有,但很麻烦,需要再走一遍之前的程序。

我想起报名、填报材料、面试、到研究生处备案等一系列手续,觉得太累了,心里打起了退堂鼓。

我失落地回到宿舍,给导演发了无法录制的回复,导演对我表示遗憾。20天后,那期节目播出了,我没有去看。只是后来责编跟我说,有个与我同龄的"90后"男作家因此火了,他的书一夜间销售数万册。我默默听着,没有回应一句话。

读书的时候偷懒,等到考试时看到周围人奋笔疾书的样子,你只能对着自己还是一片白茫茫的卷子干着急;健身的时候偷懒,等发现曾经柔弱的同学都练出八块腹肌、人鱼线的时候,你只能朝着镜子里自己的水桶腰苦笑……

一次会上,见到了来自荷兰罗斯福精英学院的雷恩教授,我用蹩脚的英语询问他,关于拖延、懒惰的成因。他微笑着跟我说:"是来自你的逃避,对繁忙生活的逃避,对未知世界的逃避。"

记得看电影《火星救援》时,我对马特·达蒙说的一段话印象极深。当他一个人孤零零地被扔在火星上时,面对艰难的处境,他没有选择抱怨或空想,而是让自己忙起来做各种事。马特·达蒙讲道:"面对困难时,你可以选择等死,也可以选择马上动手解决问题,解决完一个,就再解决一个,解决了足够多的问题,然后就可以回家了。"

因偷懒享受到的快乐,会在未来以痛苦的方式囚禁你。怎样摆脱偷懒的毛病呢?"别想了,快去做!"只有这个答案。

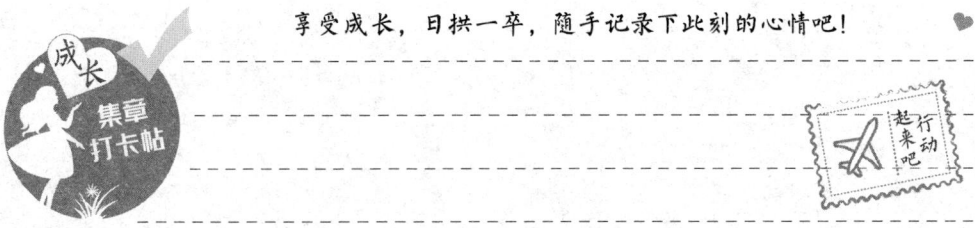

享受成长,日拱一卒,随手记录下此刻的心情吧!

### 读者敬启

　　本书为正规出版物。在阅读过程中,若遇内容方面任何问题,请与我们联系,联系电话010-51900054。如果因此影响到您的阅读体验,我们深表歉意!感谢您对本书的细致阅读,这是我们更加精益求精的动力!